NICOLA CORNICK

Deseada

Editado por Harlequin Ibérica.
Una división de HarperCollins Ibérica, S.A.
Núñez de Balboa, 56
28001 Madrid

I.S.B.N.: 978-84-687-0474-6
Depósito legal: M-20840-2012

Para Kimberley Young con toda mi gratitud, por todos los años que hemos trabajado juntas.

Capítulo 1

Londres, octubre de 1816

Covent Garden: «Las maneras astutas seducen al tácito libertino».

—Tomado de
La Guía Harris de las Damas de Covent Garden.

Esa noche finalmente se le acabó la buena suerte.

Tess Darent sabía que la red se estaba cerrando y que venían a por ella. Esa noche podía sentir cómo le pisaban los talones. Esa noche, lo supo instintivamente, terminarían atrapándola.

—¡Deprisa! —la señora Tong, la dueña de la casa de citas Templo de Venus, le entregó el vestido con manos temblorosas y Tess lo tomó y se lo metió por la cabeza, sintiendo el sensual contacto de la seda azul lavanda.

Tampoco estaba tan mal: se sorprendió de que la señora Tong tuviera algo de tan buen gusto en su guardarropa. Una verdadera suerte, porque ni muerta se habría puesto uno de los vestidos de meretriz que solían llevar sus chicas. Aunque la estuvieran persiguiendo las fuerzas de la ley. Tess tenía su dignidad.

El rostro de la alcahueta estaba lívido bajo la capa de pintura y polvos, con la mirada desorbitada de terror. Fuera, en el pasillo, el fragor de la persecución se oía cada vez más cerca: voces ladrando órdenes, retumbar de botas, el estrépito de las piezas de estatuaria erótica de la señora Tong al estrellarse contra el suelo de mármol.

—¡Los casacas rojas! —exclamó la alcahueta—. Andan registrando la casa. Si os encuentran aquí...

—No me encontrarán —le espetó Tess. Giró sobre sus talones, recogiéndose la melena de color rubio cobrizo para que la señora Tong le abrochara el vestido.

Podía sentir el temblor de los dedos de la alcahueta. El miedo de la señora Tong se le estaba contagiando. Un nudo de pánico le atenazó el pecho, robándole el aliento. Su perseguidor estaba tan cerca... Literalmente le estaba pisando los talones.

—Aunque me encontraran aquí —añadió por encima del hombro, maravillada de la tranquilidad de su propia voz—... ¿qué importaría? Mi reputación es ya tan pésima que nadie se sorprendería de que me descubrieran en una casa de citas.

—¿Pero y los papeles? —inquirió la señora Tong con voz temblorosa.

—Ocultos —Tess palmeó la retícula azul lavanda que hacia juego con el vestido—. No temáis, señora T. De vos nadie sospechará nada peor de lo que sois: una avariciosa madame de burdel.

—A eso lo llamo yo gratitud —repuso la señora Tong, irritable—. A veces me pregunto por qué os ayudo.

—Porque me lo debéis —replicó Tess. Meses atrás había ayudado al hijo de la señora Tong cuando fue detenido en el curso de una redada política. En aquel momento estaba saldando esa deuda.

—Yo no soy partidaria de la causa de los radicales —rezongó la mujer mientras tiraba de los lazos del vestido con excesiva fuerza, en un pequeño gesto de venganza.

—El vestido me queda algo grande —protestó Tess casi sin aliento.

–Por eso necesito apretaros tanto los lazos –la madame dio otro fuerte tirón. Le entregó luego un chal a juego con flecos de plumas y caminó de puntillas hasta la puerta. La entreabrió apenas, con un dedo sobre los labios.

Tess enarcó una ceja, expectante. La señora Tong negó con la cabeza, volvió a cerrar sigilosamente la puerta y giró la llave.

–No hay escapatoria. Están por toda la casa, como una peste. Tendréis que esconderos.

–Me encontrarán –el miedo volvió a hacer presa en Tess. Sabía que sería un desastre que la detuvieran estando en posesión de los papeles. La mandarían a prisión. Todo aquello por lo que tanto había trabajado se perdería. Un sudor frío empezó a resbalar por su espalda.

–Necesito algo de tiempo, señora Tong –le pidió–. Es una compañía de soldados y esto es un burdel. Distraedlos.

Recogió la chaqueta de hombre que había lucido a su llegada, extrajo la pequeña pistola plateada de un bolsillo, la metió en su redecilla junto con los papeles y tiró con fuerza del cordón que la ataba. Se puso luego los elegantes zapatos azules que hacían juego con el vestido y esbozó una mueca: estaban diseñados para pies más pequeños que los suyos. Tendría ampollas para cuando consiguiera llegar a casa.

–No hay manera de distraer a su capitán –replicó la señora Tong–. No le gustan las mujeres.

–Enviad entonces a alguno de vuestros chicos.

–Tampoco le gustan los chicos. Se dice que es lisiado de guerra. Su lápiz no tiene mina, como se suele decir. Un lápiz extraordinariamente pequeño, por cierto.

–Pobrecito –dijo Tess, irónica–. Qué gran sacrificio el que ha hecho por su país. Pero lo que no logra el sexo, lo consigue el dinero. Hacedle una oferta que no pueda rechazar.

Podía oír las voces de los soldados acercándose por el

rellano, con los portazos que daban conforme registraban las habitaciones con la misma delicadeza que un toro en una cacharrería. Las chicas de la señora Tong chillaban. Las voces masculinas de los aristócratas se alzaban en quejumbrosa protesta. Mucha gente, pensó Tess, iba a ver expuestos sus vicios más privados aquella noche. La redada de los casacas rojas en el burdel de la señora Tong aparecería en las gacetas y hojas de escándalo del día siguiente. Sería la comidilla de la alta sociedad.

—Hora de hacer una rápida salida —dijo mientras se acercaba a la ventana—. ¿A qué altura estamos de la calle, señora T.?

La mujer se la quedó mirando de hito en hito.

—No podréis bajar.

—¿Por qué no? —replicó Tess—. Hay un balcón, ¿no? —sacó las sábanas de la cama y empezó a anudarlas para elaborar una improvisada soga.

—¡Es mi mejor ropa de cama! —protestó la señora Tong—. ¡Me la estropearéis!

—Cargadlo a mi cuenta. ¿Me olvido de algo?

La mujer sacudió la cabeza, con un brillo de admiración en los ojos.

—Sois mujer de gran sangre fría, señora. Deberíais asociaros conmigo en el negocio.

Tess negó con un gesto. Solo la urgencia más desesperada había podido empujarla a refugiarse en un burdel.

—Olvidaos de ello, señora T. Vender sexo no es lo mío. Ni siquiera lo quiero cuando me lo ofrecen gratis —se despidió con la mano—. Gracias por vuestra ayuda.

Apartó las cortinas y abrió la puerta ventana que daba al pequeño balcón con balaustrada de piedra. Ató el extremo de la sábana a uno de los postes y tiró con fuerza. La tela aguantó, aunque seguía dudando si podría con su nada desdeñable peso. No tenía más opción, sin embargo, que correr el riesgo. Con los zapatos y la retícula azul lavanda en la mano, saltó la balaustrada, agarró la sábana con la otra y empezó a descolgarse. Las anchas faldas del vestido se inflaron como una campana.

Estaba todavía a alguna distancia del suelo cuando se acabó su improvisada cuerda y quedó suspendida en el aire, balanceándose hacia atrás y hacia adelante con la brisa otoñal. Arriba podía ver a la señora Tong asomada al balcón, rezongando todavía por sus sábanas. Abajo quedaba aún su buen metro y medio para llegar al suelo. Por unos segundos permaneció allí colgada, indecisa entre trepar de nuevo por la sábana o arriesgarse a saltar. La sábana crujió, rasgándose unos centímetros. Los lazos de su vestido se quejaron casi al mismo tiempo, quedando al descubierto su espalda al ceder las costuras.

De improviso, bruscamente, alguien le quitó la redecilla y los zapatos de la mano y al momento siguiente la tomó de la cintura para depositarla con suavidad en el suelo.

—Espléndida visión —murmuró una perezosa voz masculina cerca de su oído—. Pensé que podríais necesitar algo de ayuda.

La habían atrapado. Un nudo de pánico le subió por la garganta. Sus temores habían sido fundados. No había escapatoria.

«Tranquila. No te rindas», se ordenó. Intentó controlar la respiración. Algo en el contacto de aquel hombre la inquietaba, pero a un nivel más profundo y turbador, latía como una sensación de reconocimiento. Aquel hombre había ido directamente a por ella y no podía huir. Consciente de ello, se puso a temblar.

Ni siquiera sabía quién era. No podía verle la cara.

Las farolas de gas de la plaza estaban apagadas, y el leve resplandor dorado de las ventanas del burdel no bastaba para ahuyentar la oscuridad otoñal. Tess era una mujer alta, pero aquel hombre parecía serlo mucho más: una sombra como de uno ochenta y cinco de estatura. Evocaba una impresión de dureza y fortaleza, de cuerpo como esculpido en piedra. Y también de fría especulación, manifestada en la absoluta impasibilidad con que la observaba. Todas aquellas impresiones no podían confundirla más.

Seguía sujetándola, no de la cintura sino de las caderas, con firmeza. Su contacto le provocó un escalofrío que la recorrió de pies a cabeza. Después de acercarla al círculo de luz que proyectaba una de las ventanas, la soltó con deliberada cortesía, retrocedió un paso e improvisó una reverencia.

Los lazos de aquel pérfido vestido escogieron aquel preciso momento para saltar. Como resultado, la prenda resbaló por sus hombros hasta caer al suelo, con la languidez de una damisela que se hubiera desmayado de pronto. Viéndola de pronto en corpiño y enaguas, su compañero se echó a reír.

—Qué vestido tan perfecto —comentó, bromista.

—Un comentario algo prematuro, ¿no creéis? —replicó fríamente Tess—. Acabamos de encontrarnos.

A esas alturas ya lo había reconocido, con una nueva punzada de inquietud. Fue su voz lo que acabó de traicionarlo, tan profunda y melodiosa. Tan diferente del entrecortado acento británico que estaba acostumbrada a escuchar todos los días. Solo un hombre podía tener aquel acento indolente, tan dulce y suave como la melaza. Solo un hombre de la alta sociedad londinense era americano de nacimiento: un hombre tan peligroso, exótico y seductor como su nombre: *Rothbury*.

El vizconde Rothbury era el hombre enviado para capturarla. Tess lo conocía algo. Era un viejo amigo de Alex, lord Grant, el marido de su hermana Joanna, y también de Garrick, duque de Farne, su otro cuñado. Hasta ese mismo año, Rothbury había sido simplemente Owen Purchase, antiguo capitán americano de la Marina que inesperadamente había heredado un título inglés. Ahora que era vizconde, la alta sociedad lo adulaba, pero él se mostraba tan indiferente a sus atenciones como antes lo había sido a su desdén. Había visitado a Alex y a Joanna en Bedford Square en varias ocasiones, pero Tess siempre había guardado las distancias. Trataba cotidianamente con demasiados hombres atractivos y casi ninguno le despertaba emoción alguna. Ocasionalmente podía llegar a experimentar cierto interés por alguno que fuera ingenioso e inteligente, pero la sensación se evaporaba en seguida. Hacía mucho tiempo que había aceptado que cualquier deseo natural que hubiera podido sentir en el pasado había quedado aplastado por la vil experiencia de su segundo matrimonio. Y había terminado por asumir que jamás volvería a sentir atracción física hacia hombre alguno. Se había acostumbrado a ello, y además tampoco lo esperaba.

Rothbury, sin embargo, desafiaba todas aquellas certidumbres, lo cual no le agradaba en absoluto.

No era solamente su físico: alto, ancho de hombros, fuerte. Tess suponía que era guapo... no, por fuerza tenía que admitir que lo *era*: solo que de una belleza dura, demasiado física para su propia comodidad. Ella prefería a los hombres que no entrañaban ninguna amenaza física, hombres que se pasaban la mañana en compañía de su barbero y de su sastre, en lugar de montando a caballo o practicando esgrima; hombres que se acicalaban y vestían a la última moda. Rothbury había luchado por los británicos contra los franceses en Gibraltar, y más tarde por los americanos contra los británicos en Punta Norte. Había sido marino, explorador y aventurero. Y Tess prefería a hombres que nunca se habían desplazado más allá de sus propias fincas en el campo.

Luego estaban sus modales: su capacidad de penetración disimulada detrás de aquella voz engañosamente suave. Tess no se dejaba engañar ni por un momento. Rothbury simulaba indolencia cuando era de hecho uno de los hombres más sagaces e inteligentes que había conocido. La conciencia que tenía de su presencia, de su cercanía, era tan aguda como la punta de una espada. Y eso la incomodaba sobremanera.

Seguía observándola. Evaluándola. Sin sonreír. Evidentemente también él la había reconocido, porque ensayó otra impecable reverencia.

–Buenas tardes, lady Darent. Qué original manera la vuestra de abandonar un burdel.

–Lord Rothbury –repuso fríamente Tess–. Gracias. Ya sabéis que no soy amiga de las convenciones.

Por el rabillo del ojo, pudo ver a la señora Tong haciendo gestos como una loca. La alcahueta parecía estar esforzándose por indicarle que precisamente aquel hombre era el responsable de la redada del burdel, aquel de quien le había dicho que carecía de los *recursos* necesarios para ejercer de libertino sexual. Tess pensó que si eso era cierto, Rothbury se las había arreglado muy bien para escondérselo a sus amigos, lo cual tampoco tenía nada de extraño. Le daba que era un hombre orgulloso que probablemente se sentiría poco inclinado a comentar su incapacidad con otros, corriendo así el riesgo de que pasara a conocimiento público. No era el típico dato que alguien podía dejar caer en medio de una conversación convencional.

Procuró no bajar la mirada a su pantalón. Tenía asuntos mucho más preocupantes en la cabeza que la presunta incapacidad de aquel hombre para dar continuidad a su línea dinástica. Como por ejemplo el hecho de que en aquel momento se hallara en estado de *déshabillée* y Rothbury continuara sosteniendo sus zapatos con una mano y su redecilla con la otra, con los papeles incriminatorios tan cerca. Estaba a unos centímetros de ser desenmascarada, después de haber sido desnudada.

–Puede que queráis volver a poneros el vestido –dijo Rothbury–. Es algo opcional… –una irónica sonrisa asomó a sus labios–, aunque ambos nos sentiríamos más cómodos.

Su mirada había partido de sus pies descalzos y la recorrió en aquel momento con pausada meticulosidad, reparando en el halo de cabello rubio rojizo que se derramaba sobre sus desnudos hombros y finalizando en su rostro. Sus ojos verdes, fríos como una ducha helada, se encontraron con los azules de ella y acabaron por dejarla sin aliento.

Tess experimentó un escalofrío y recogió la escurridiza tela mientras se esforzaba todo lo posible por cubrirse. El frío aire de la noche le mordía la piel y se sintió agradecida cuando Rothbury le echó su capa forrada de piel sobre los hombros. Pero seguía descalza. No había tenido tiempo de ponerse las medias y los dedos se le estaban quedando muy fríos.

—Si pudierais devolverme las zapatillas, lord Rothbury —le dijo—. Dudo que sean de vuestro número.

Miró sus elegantes botas, que brillaban al débil resplandor de la única farola de gas que seguía ardiendo. Descubrió de pronto que estaba intentando recordar el insidioso rumor que había escuchado sobre la correlación entre la proporción de los pies de un hombre y el tamaño de su miembro. ¿Estarían los hombres de pies grandes igualmente bien dotados en otras partes de su anatomía, o existirían varones de baja estatura con falos desproporcionadamente grandes? Lady Farr mantenía una aventura con su jockey, que era extremadamente bajo. Y Napoleón Bonaparte también lo era, aunque se rumoreaba que era un fantástico amante... ¿Pero por qué estaba pensando en sexo cuando eso era algo en lo que jamás pensaba? ¿Y por qué estaba pensando en sexo *ahora*, en el momento más inapropiado, cuando debería estar concentrándose en escapar? Y además en relación con Rothbury, cuyos atributos habían quedado presuntamente inutilizados por alguna bala o metralla de mortero.

Para su sorpresa, Rothbury clavó una rodilla en tierra y le presentó un zapato con una sonrisa que era pura perversión: un relámpago blanco en un rostro atezado por un clima bastante más cálido que el de Londres en invierno. Procedió a calzarla, cálida su palma en el momento en que agarró su empeine, y Tess experimentó una reacción tan extraña como desconcertante en lo más profundo de su ser.

—Gracias —dijo, obligando a sus pies a encajarse en los diminutos zapatos—. Parecéis el Príncipe Encantador.

—Del cuento me pasó desapercibida la escena en la que Cenicienta visitaba el burdel —repuso Rothbury, irguiéndose—. ¿Qué estabais haciendo aquí, lady Darent?

Su tono seguía siendo tan cortés como antes, solo que aquella cortesía tenía un filo acerado. El instinto de supervivencia de Tess volvió a alertarla. Rothbury era un representante del gobierno, el hombre enviado para atraparla. Estaba caminando de puntillas por una cuerda floja: un solo paso en falso y caería al vacío. La única ventaja con que contaba era que él ignoraba la identidad de la persona a la que había ido a detener.

Seguía sosteniendo su redecilla. A su espalda, Tess podía ver a una partida de dragones rodeando a unos pocos y harapientos manifestantes. Aquella noche había estallado un motín y el empedrado estaba sembrado de escombros, vigas y palos rotos. Las farolas estaban destrozadas y había hasta un carruaje volcado. Una de las contraventanas del Templo de Venus había sido arrancada de sus goznes. La brisa arrastraba periódicos desgarrados. Todo había quedado en silencio. Una vez que llegaron los soldados, la multitud se había disuelto con la misma rapidez con que se había congregado, y solo un leve hedor a humo flotaba en el frío aire de Londres.

Tess se encogió de hombros, mirando de nuevo el rostro impasible de Rothbury.

—¿Para qué querría alguien visitar una casa de citas, lord Rothbury? —inquirió con tono ligero—. Si tenéis algo de imaginación, ha llegado el momento de usarla —enarcó una ceja con gesto irónico—. Porque supongo que me estaréis interrogando con alguna autoridad, y no simplemente porque sintáis una impertinente curiosidad por mi vida sexual.

–Estoy aquí con la autoridad del Secretario de Estado, lord Sidmouth –le informó–. Esta noche se ha celebrado un mitin clandestino en la posada de Las Plumas. ¿Sabéis vos algo al respecto?

El corazón de Tess empezó a latir desenfrenado.

–¿Os parezco el tipo de mujer que entendería algo de política, lord Rothbury? No tengo absolutamente ningún interés por todo eso.

Vio el brillo de los dientes de Rothbury cuando sonrió.

–Por supuesto. Como supongo que tampoco tendréis interés alguno por el hecho de que yo mismo esté persiguiendo a cierto número de peligrosos delincuentes, incluido el caricaturista radical conocido como Júpiter.

El miedo le puso la carne de gallina. Ella no era una peligrosa delincuente. Era una filántropa, y lo único que pretendía era reformar el sistema. Lo único que había hecho era trabajar para aliviar la terrible miseria y sufrimiento de los pobres. Pero el Secretario de Estado no lo veía de la misma forma. Para él, los reformadores representaban una amenaza para el orden público y un peligro al que había que poner fin.

Tragó saliva. Ni por un instante podía permitirse traicionar cualquier conocimiento sobre la causa de los reformadores, y menos aún reconocer que estaba íntimamente relacionada con ella. Pero bajo la perceptiva mirada de aquel hombre, sentía que sus defensas quedaban al desnudo.

«Finge. Actúa», se ordenó. «Ya lo has hecho antes…».

–¿Os dedicáis a perseguir delincuentes en un burdel? –le preguntó, adoptando un tono aburrido–. Qué manera tan singular de combinar el trabajo con el placer, milord. ¿Habéis encontrado alguno?

–Aún no –respondió Rothbury.

El tono de su voz le provocó un nuevo escalofrío. Tess miró la redecilla con los papeles incriminatorios, descansando todavía en la palma de su mano. Si la abría y veía las caricaturas...

–Habéis mencionado a lord Sidmouth –dijo ella–. No lo recuerdo. ¿Es posible que haya coincidido con él en algún baile o alguna fiesta, quizás?

–Lo dudo. Lord Sidmouth no es hombre aficionado a fiestas.

Tess se encogió de hombros, como si la conversación hubiera empezado a aburrirla. Desvió la mirada hacia la puerta del burdel, abierta en ese momento, con el resplandor del interior iluminando el empedrado de la plaza de Covent Garden.

–Bueno, lord Rothbury. Por muy encantador que resulte estar aquí de pie pasando frío y conversando con vos, la verdad es que estoy cansada. Agotada, de hecho, por mis excesos de esta noche. Estoy segura de que tendréis trabajo que hacer –simuló un delicado bostezo, como para subrayar sus palabras–. Así que si me devolvéis mi redecilla y me disculpáis, tomaré un carruaje para que me lleve a casa.

Rothbury sopesó el pequeño bolso en la mano mientras ella contenía el aliento. Sabía que tenía que mantener una expresión indiferente a cualquier precio. Si dejaba traslucir un excesivo interés por la redecilla, Rothbury la abriría y a ella la encerrarían en la torre de Londres en calidad de prisionera política. Y más rápido de lo que uno tardaba en pronunciar el término condenatorio: «posesión de caricatura sediciosa».

–¿Qué lleváis aquí? –le preguntó Rothbury.

–El contenido de la redecilla de una dama es privado –repuso Tess con la garganta seca–. Supongo que seréis lo suficiente caballero como para respetar la intimidad de una señora.

–Yo no supondría tanto –continuó sopesando la redecilla–. Parece una pistola. Debéis de jugar a juegos muy peligrosos con vuestros amantes –pronunció con tono seco.

–Solo disparo contra aquellos que fracasan a la hora de satisfacerme –dijo Tess, sonriendo con dulzura.

Vio que Rothbury sonreía en respuesta: un brillo de calor asomó a sus ojos verdes mientras una larga cicatriz se dibujaba en su mejilla. Aquella sonrisa provocó extraños efectos en su equilibrio emocional. Rothbury depositó suavemente la redecilla sobre su palma tendida. Los dedos de Tess se cerraron sobre la seda al tiempo que experimentaba un enorme alivio, tan intenso que le flaquearon las rodillas. Solo entonces se dio cuenta de que no oyó crujido alguno de papel. Apretó con fuerza el bolso, intentando desesperadamente palpar las caricaturas dobladas. El estómago le dio un vuelco de estupor.

–No estaban.

Capítulo 2

Tenía los pies más bonitos que había visto en su vida.

No era el primer detalle de la anatomía de Teresa Darent en el que la mayoría de los hombres se habrían fijado, pero Owen Purchase, vizconde Rothbury, nunca se había sentido atraído por lo demasiado obvio o convencional.

Ayudó a Tess a subir al coche de caballos y observó cómo se descalzaba los zapatos azul lavanda para esconder los pies bajo las vaporosas faldas de su vestido. Aquellos zapatos le estaba demasiado pequeños: Owen se había fijado en ello cuando, un poco antes, la ayudó a calzarse uno. El vestido tampoco era de ella. No era ningún experto en vestidos de mujeres, ya que su única habilidad consistía más bien en desnudarlas, pero sabía que una mujer con la opulenta figura de Tess Darent, para no hablar de su extravagante reputación, nunca luciría un vestido un par de tallas mayor. De modo que la prenda era prestada, lo que suscitaba la sugerente pregunta de la ropa que habría llevado puesta cuando entró en el Templo de Venus, y el motivo por el que había necesitado cambiarse.

Tess Darent interesaba a Owen. Le había interesado desde la primera vez que se encontraron. No era solo que tuviera la cara de un ángel y la reputación de una pecadora. La opinión pública la tenía por una mujer frívola, mercenaria, amoral, extravagante. Era un árbitro del buen gusto que había convertido el gastar dinero en una forma de arte. Simultáneamente fascinaba y escandalizaba a la buena sociedad con sus disolutos matrimonios y su decadente comportamiento, y por lo general era considerada una cabeza hueca. No había razón alguna, pues, que justificara el interés de Owen. Excepto algún instinto que le decía que no era en absoluto la mujer que aparentaba ser...

—Gracias, lord Rothbury.

Tess le sonrió desde el interior en sombra del carruaje. El vestido azul lavanda brillaba etéreo a la débil luz de la calle. Fascinado por la rubia melena que veía derramarse sobre sus hombros, y que le daba un aspecto insoportablemente atractivo, el cuerpo de Owen reaccionó con una inesperada punzada de placer. Ansió deslizar aquel vestido por sus hombros, verlo caer al suelo tal y como había ocurrido unos minutos atrás, para revelar el sensual y curvilíneo cuerpo que escondía. Recordó la deliciosa línea de su cuello cuando quedó al descubierto, tan cremoso y tentador. Deseó poder besar el hueco que distinguía en su base y saborear su piel...

Pero ese no era el asunto en el que se suponía debería estar concentrando su atención en aquellos momentos.

—Estamos persiguiendo a peligrosos delincuentes, Rothbury —le había advertido lord Sidmouth cuando ofreció a Owen el cargo de investigador especial para la Secretaría de Estado—. Gente que no guarda respeto alguno por la ley y el orden —en aquel momento había señalado una bastante lograda caricatura que descansaba sobre su escritorio, un dibujo previamente arrugado por su furiosa mano—. Traición. Sedición. Incitación al amotinamiento de las masas. Pienso colgarlos a todos —había añadido, frunciendo el ceño—. Ahora sois un lord británico, Rothbury, aunque hayamos tenido que aprobar una ley del Parlamento para poder nombraros —tamborileó con los dedos sobre la caricatura—. Necesito vuestra ayuda contra esos traidores.

—Sí, milord —había respondido Owen un tanto desanimado.

La ironía de la situación no se le había escapado. Hacía no tanto tiempo que Sidmouth no habría dudado en tacharlo de renegado y criminal. Como estadounidense que era, había sido enemigo de la monarquía británica cuando ambos países entraron en guerra. Pero eso había sido antes de que heredara un título de lord británico y pasara a convertirse en un pilar un tanto extraño del mismo sistema que años atrás había combatido. En ese momento, sin embargo, le debía a su familia comportarse a la altura de tal honor. Antaño había mancillado el buen nombre familiar en las más vergonzosas circunstancias, pero no pensaba volver a hacerlo. Aceptar sus nuevas responsabilidades era, de hecho, su oportunidad de expiar antiguos pecados.

Tess Darent se removió en el interior del carruaje, atrayendo nuevamente su atención mientras se arrebujaba en la capa. Owen podía oler su perfume, leve y fresco, ácido pero dulce a la vez, como ella misma. Le sentaba perfectamente, delicioso y provocativo, otro elemento de su imagen insinuante y encantadora. Se preguntó que sería lo que escondía. Su comportamiento habría engañado a nueve de cada diez hombres, haciéndoles creer que era tan frívola y superficial como aparentaba. Lástima para ella que él fuera el décimo y que no se lo hubiera creído ni por un momento.

No tenía motivos para arrestarla, sin embargo. Visitar una casa de citas no era ilegal y tampoco que portara pistola. Por lo demás, si ella era una militante radical emboscada, él era la reina de Saba. La idea resultaba sencillamente absurda.

—Buenas noches, lady Darent —se despidió, con una mano en la puerta del carruaje—. Os deseo un seguro viaje de vuelta a casa.

—Y yo os deseo buena suerte en vuestra cacería de bellacos —la expresión de Tess no podía ser más inocente—. ¿Cómo los llamáis? ¿Madrigales?

–Radicales –la corrigió Owen.

–Lo que sea.

Hizo un leve gesto de indiferencia con las manos; incluso bostezó. Owen se preguntó si sería realmente tan frívola como parecía. Si ese no era el caso, entonces tenía que ser una actriz extremadamente buena.

–Por favor, transmitid mis saludos y mejores deseos a lord... Sidmouth, ¿verdad? –se interrumpió–. ¿Es rico? ¿Estás casado?

–De momento no –respondió Owen.

Tess se sonrió.

–¿No qué? ¿No es rico o no está casado?

–Sidmouth es rico, y no, actualmente no está casado –clarificó Owen.

La sonrisa de Tess se amplió.

–Entonces deberían presentármelo.

–¿Andáis buscando otro marido para vuestra colección? –inquirió, irónico.

–El matrimonio es mi estado natural –repuso Tess–. ¿Es mayor Sidmouth?

Owen se echó a reír.

–Probablemente no lo suficiente como para confiar en que se muera pronto.

–Lástima. Ese siempre me ha parecido un atributo muy útil en un marido –sus ojos azules parecieron burlarse de él mientras lo recorrían de pies a cabeza, con evidente apreciación–. ¿Qué me decís de vos, lord Rothbury? –inquirió–. ¿Estáis buscando acaso una esposa rica que añadir a vuestro flamante título? Tengo entendido que vuestros fondos están algo apolillados.

–Veo que los fabricantes de chismes han estado bastante ocupados.

–Es su función –repuso Tess–. Como es la de toda matrona exhibir a su hija casadera ante vos.

–No ando buscando esposa en este momento –dijo Owen, picado por su anterior comentario.

Resultaba ciertamente curioso que la penetrante mirada azul de Tess Darent hubiera derribado, siquiera por un momento, sus defensas. Era de conocimiento público que no poseía fortuna que acompañar a su título. Apenas aquella misma mañana había mantenido una incómoda entrevista con su tía abuela, uno de los parientes mayores que le había regalado su reciente herencia. Lady Martindale era obscenamente rica, excéntrica y terriblemente dogmática en sus opiniones. Le había prometido a Owen que, si se casaba, le daría suficiente dinero para que reformara y pusiera en orden sus propiedades y además le nombraría heredero. Owen era consciente de haber reaccionado a sus presiones como un chiquillo obstinado: no tenía deseo alguno de tomar esposa simplemente porque lady Martindale así se lo exigiera, y la alternativa, buscarse una rica heredera, se le antojaba igualmente aborrecible. Hasta el momento, no había conocido una sola dama en disposición de casarse que no lo hubiera aburrido. A excepción de Tess Darent. Ella sí que no lo aburría.

Aquel último pensamiento lo tomó desprevenido.

Tess lo estaba observando. Owen advirtió que tenía los mismos ojos azul lavanda que su hermana Joanna, y el mismo rostro en forma de corazón. El color de su pelo era algo más claro que el de Joanna, de un rubio rojizo que no castaño dorado, aunque la penumbra del interior del carruaje le impedía distinguir mayores matices. Años atrás, Owen había profesado una cierta pasión a Joanna Grant, antes de que ella hubiera tenido el mal gusto de preferir a Alex, su mejor amigo. En aquel momento sintió que algo se removía en su pecho, una punzada extraña, como si sus sentimientos le estuvieran gastando una broma pesada. Su mente racional le decía que Tess y Joanna eran mujeres muy diferentes, pero ni el instinto ni el deseo eran tan lógicos, o tan dóciles. Recordaba bien que la primera vez que había visto a Tess se había quedado impresionado por su parecido físico con Joanna. Pero Tess Darent era muy distinta: tenía que tenerlo en cuenta. A una no la podía tener y a la otra no la quería. Desearla era otra cosa.

Se apartó de la puerta y dio al cochero la orden de partida. No se movió del sitio mientras veía desaparecer el carruaje en la oscuridad. Tenía la extraña sensación de que le había pasado desapercibido algo importante, pero no conseguía identificarlo. Intentando sobreponerse, se dirigió a paso decidido hacia el burdel, subió los blancos escalones de piedra y entró en el vestíbulo de suelo ajedrezado. Los últimos dragones se marchaban; su capitán, un hombre de aspecto avinagrado con una expresión permanente dolorida en el rostro, lo saludó con hosquedad. Owen sabía que a las tropas convencionales les disgustaba trabajar con los investigadores especiales nombrados por Sidmouth.

–No hagas caso al capitán Smart –le dijo su amigo Garrick Farne al oído–. Recibió una herida de metralla en la entrepierna en Salamanca: de ahí que una redada en un burdel sea una particular forma de tortura para él.

–Pobre hombre –murmuró Owen, compasivo–. ¿Has encontrado algo relevante?

–No mucho, me temo –respondió Garrick–. Si alguno de los líderes del club Júpiter llegó a refugiarse aquí, ha volado ya.

Owen se encogió de hombros.

–Nuestras posibilidades de éxito eran ya bastante remotas.

Estaba acostumbrado a trabajar a largo plazo. Aquel trabajo era distinto de cualquier otro que hubiera hecho antes, pero requería las mismas cualidades: paciencia, resolución y sangre fría. Aunque no era lo mismo que explorar, navegar, combatir por su país o todas las otras cosas que había hecho desde que empezó a abrirse paso en el mundo, seguía representando un desafío. Y lo único que sabía Owen era que, sin desafío, sin acción, acabaría fosilizándose. Había aceptado las responsabilidades que conllevaba su título, pero no conseguía verse a sí mismo convertido en el clásico aristócrata inglés, aferrado a su club de la capital y a sus propiedades en el campo, apoltronado en una vida tan lujosa como vacía. Llevaba demasiada sangre americana en las venas para ello: el deseo de luchar y de labrarse su propio futuro.

—Tampoco habrás encontrado rastro alguno de Tom, supongo —añadió.

Garrick negó con la cabeza.

—Seguiré buscando.

Garrick lo había acompañado aquella noche porque corrían rumores de que su descarriado hermanastro, Tom Bradshaw, estaba de vuelta en Londres, y en contacto con el movimiento radical. Tom, hijo bastardo del duque y consumado delincuente, se había casado el año anterior con una rica heredera para abandonarla enseguida, escabulléndose con su fortuna y dejándola en la ruina. Unido todo ello al intento de Tom de arruinar también al propio Garrick y de asesinar a su mujer, Merryn, lo ocurrido el año anterior había bastado para poner a lord Sidmouth al borde de la apoplejía. El Secretario de Estado había dispuesto que los nobles que tuvieran la desgracia de tener parientes de tan condenable comportamiento debían detenerlos y llevarlos ante la justicia. Garrick había acatado la orden, aunque sus motivaciones eran bastante más personales. Tom había intentado matar a su amada, con lo que estaba dispuesto a mover cielo y tierra para capturarlo.

—¿Algún otro dato de interés? —inquirió Owen.

—Que este no es el lugar adecuado para un hombre felizmente casado —contestó Garrick, sonriendo—. Tuve que desviar la mirada más de una vez. Pese a mi defectuosa visión, sin embargo, encontré esto —alzó una camisa, una chaqueta y un pantalón—. Nadie ha reclamado esta ropa: algo normal, teniendo en cuenta lo que había en el bolsillo de la chaqueta —en la palma de la otra mano sostenía un cuchillo de perverso aspecto, con el puño de marfil labrado y un diseño floral en la hoja.

Owen enarcó las cejas.

—Estupendo —recogió la daga: era un arma ligera pero con un filo mortal—. Seguiremos esta pista.

—Y eso no es todo —Garrick metió la mano en un bolsillo y sacó una bola de papeles arrugados, que alisó y entregó a su amigo—. Los encontré en una de las habitaciones del piso superior, escondidos debajo de una pila de ropa interior en un armario. La vieja alcahueta jura que no tenía idea de que estuvieran allí y no hay quien la saque de esa historia. Dice que pudo habérselos dejado alguno de sus huéspedes.

Owen miró los dibujos. Estaban sorprendentemente bien hechos, capaces de conjurar una vívida imagen con unos pocos trazos. Uno era una particularmente cruel pero ajustada caricatura de lord Sidmouth, representado como un globo de aire caliente. La otra mostraba a una tropa de dragones pisoteando a hombres, mujeres y niños bajo las pezuñas de sus caballos. El título rezaba: *La libertad no es libre*. Owen esbozó una mueca ante la sorprendente capacidad de denuncia y sugestión de aquel simple dibujo. En una esquina figuraba la firma del caricaturista, un garabato de tinta negra en el que podía leerse simplemente *Júpiter*. Dejó escapar el aliento en un silbido de sorpresa.

—Así que Júpiter ha estado escondido aquí.

—Eso parece. Poderosa propaganda, la de estas caricaturas —comentó Garrick—. No me extraña que Sidmouth las odie.

—Sí que son peligrosas. Una incitación a la violencia.

Se guardó los dibujos en el bolsillo. La pila de ropa que antes le había mostrado Garrick estaba ahora en el suelo, y la movió con la punta de la bota. Un evocador aroma flotó por un momento en el aire, fresco y penetrante, junto con un perfume que reconoció. Se agachó para recoger la camisa, palpando la fina calidad del tejido.

Ahora sabía la ropa que había llevado puesta Tess cuando entró en el burdel. ¿Habría entrado de incógnito porque no había querido que la buena sociedad se enterara de que le gustaba divertirse en una casa de citas? ¿O formaría parte aquella ropa de alguna clase de juego sensual? ¿Disfrutaría haciendo que su amante la despojara de aquel atuendo masculino antes de hacerle el amor?

Owen evocó la sensación del cuerpo de Tess Darent bajo sus manos cuando la bajó al suelo: la forma de sus caderas, lo delicado de su cintura. Evocó el calor de su piel a través de la resbaladiza seda de su vestido azul lavanda, y se imaginó luego aquellas curvas ceñidas por las severas líneas de la chaqueta y el pantalón, con la fina tela de la camisa presionando contra sus senos... Se acercó la prenda a la nariz, aspiró profundo y sintió que sus sentidos se llenaban de Tess, de su aroma y de su esencia. Una vez más se vio violentamente atravesado por una punzada de deseo ardiente, feroz.

Recordó sus palabras: «si tenéis algo de imaginación, lord Rothbury, ha llegado el momento de usarla...»

Owen, que hasta esa noche no se había tenido por un hombre imaginativo, descubrió de pronto que su imaginación se había literalmente amotinado.

—Por cierto, acabo de encontrarme con tu cuñada —le dijo bruscamente a Garrick.

Garrick, como era de esperar, se quedó de piedra ante aquella aparente incongruencia.

—¿Joanna... lady Grant... está aquí?

—No, me refería a lady Darent. La encontré fuera, en la calle... descolgándose con una sábana anudada de una de las habitaciones de la planta superior.

Una sonrisa se dibujó en el rostro de Garrick.

—Oh, entiendo. Sí, parece exactamente la clase de cosas que Tess sería capaz de hacer. Es terriblemente escandalosa. Probablemente estaría disfrutando de alguna orgía.

Owen esbozó otra mueca. Acababa de refrenar su imaginación para borrar de su cabeza la imagen de Tess desnuda bajo aquella camisa, y ahora descubría que su mente se había llenado de toda una novedosa y más oscura imaginería relativa a la manera en que habría podido gozar aquella noche en el burdel. Tess, con sus cremosos miembros extendidos en abandonada voluptuosidad y su melena rubio cobriza derramada sobre sus hombros. Tess yaciendo desnuda en una cama... Tragó saliva y fijó la mirada a media distancia, en un intento por distraer su mente. Por desgracia, la media distancia consistía en la pintura de una ninfa desnuda y de un grupo de caballeros generosamente dotados que se entregaban a una tumultuosa orgía. Se llevó una mano al cuello de la camisa para aflojárselo. Evidentemente la libidinosa atmósfera de aquella casa de citas le estaba afectando.

Arrancando de sus pensamientos aquella nueva y perversa imagen de Tess, se volvió para descubrir que Garrick lo miraba pensativo, especulador.

—¿Tienes algún interés en ella?

Owen se pasó distraídamente una mano por el pelo.

—¿En lady Darent? Sería un loco si lo tuviera.

—Lo cual no responde a mi pregunta, ¿no te parece? —sonrió levemente Garrick—. Las hermanas Fenner... —sacudió la cabeza—. Cualquiera de ellas podría volver loco a un hombre.

—Lo sé —reconoció Owen—. Nacieron para arrastrar a los hombres a la perdición —lanzó una última mirada al vestíbulo—. Tengo que salir de aquí. Este lugar está empezando a afectarme.

—Si ese es el efecto que te produce, muy bien podrías quedarte... —repuso Garrick, haciendo un significativo gesto con las cejas.

Owen señaló entonces el balcón interior del piso superior, desde donde la señora Tong los observaba con un venenoso brillo en sus ojos oscuros.

—Creo más bien que llevamos aquí ya más tiempo del necesario —murmuró—. Aquel basilisco bastaría para desanimar al hombre más fogoso.

Se inclinó para recoger nuevamente la ropa del suelo. El aroma de Tess se había vuelto más tenue. Recordó lo que le había dicho Garrick sobre que la daga había sido hallada en un bolsillo de la chaqueta. De modo que Tess había portado cuchillo y pistola. Interesante. Se preguntó de quién querría defenderse. Y si sabría usar ambas armas.

Luego estaban las caricaturas, que, según Garrick, habían estado escondidas en una cámara del piso superior. La decidida escapatoria de Tess por medio de la sábana anudada había partido precisamente de aquella habitación...

Owen volvió a experimentar aquella extraña y punzante sensación, una especie de intuición aún más fuerte que la primera, acerca de que le había pasado desapercibido algo evidente, obvio. Una ocurrencia asaltó entonces su cerebro, tan escandalosa e increíble que le robó el aliento. Una ocurrencia que le decía que había sido burlado por una mano maestra. Había creído lo que se había presentado ante sus ojos, sin cuestionarlo. Se había tropezado con una viuda de pésima fama descolgándose del balcón de una casa de citas, y se había creído lo que ella le había dicho acerca de que el propósito de su huida había sido evitar el escándalo.

Owen recordó que Tess Darent había afirmado no saber quién era lord Sidmouth y desconocerlo todo sobre el movimiento radical. Simplemente había asegurado tener prisa por volver a casa para descansar de sus excesos sexuales. Y en verdad que había tenido prisa por escapar.

Dejó que la ropa resbalara entre sus dedos para sacar las caricaturas del bolsillo y examinarlas una vez más. No había nada en aquellos dibujos que dijera que Júpiter, el ingenioso y peligroso caricaturista, tuviera que ser un hombre. Sidmouth lo había juzgado así a partir de la suposición de que el club Júpiter estaba formado exclusivamente por varones. Pero Júpiter podría ser perfectamente un seudónimo para una mujer: la clase de mujer que portaba una pistola en su redecilla y participaba en mítines radicales con atuendo masculino. Una mujer que se ocultaba detrás de una escandalosa reputación y fingía ser tan ligera y frívola como una mariposa...

Parecía imposible. Y sin embargo...

Exhaló un profundo suspiro. Nadie le creería, por supuesto. Lord Sidmouth se reiría en su cara si se le ocurría sugerirle que Júpiter era la escandalosa marquesa viuda de Darent. La evidencia no era más que circunstancial. Y, sin embargo, Owen estaba seguro de que su intuición estaba en lo cierto. Se había preguntado antes por lo que Tess Darent había estado escondiendo. Ahora lo sabía. Lo único que tenía que hacer era demostrarlo.

Lady Emma Bradshaw acababa de volver de la reunión del Club Júpiter y esperaba en la puerta de su diminuta casa de campo, escuchando el cada vez más distante rumor del carruaje de su hermano mientras se alejaba rumbo a la capital, cuando un hombre surgió de pronto de las sombras, justo a su lado. El desconocido empujó la puerta abierta y la obligó a entrar al tiempo que la agarraba con un brazo de la cintura y le tapaba la boca con la otra mano. Fue todo tan rápido y sorpresivo que Emma no tuvo tiempo de chillar. Luchó y forcejeó, necesariamente en silencio, lo pateó y le mordió, hasta que, con la misma brusquedad, renunció en el instante en que reconoció su olor y su contacto. Una sorpresa mayúscula la asaltó; le flaquearon las rodillas, se abandonó a sus brazos y lo soltó.

—Tom —pronunció Emma con voz ronca.

Tom Bradshaw, su marido, estaba *allí*, seis meses después de que la hubiera abandonado, dejándola sola, sin un penique y sin una palabra de explicación...

La sorpresa cedió y esperó a sentir algo en su lugar, furia quizá, o incredulidad, o incluso amor. *Lo que fuera*. Lo que fuera excepto aquel frío helado que parecía envolverle el corazón.

La orgullosa sonrisa que tan bien recordaba había desaparecido de sus labios. Parecía mayor, y no solamente por la palidez de su rostro y de las profundas arrugas que lo surcaban, sino porque había algo diferente en él: una especie de experiencia en sus ojos que no había estado allí antes, relacionada con el dolor y el sufrimiento. Estaba demacrado, como si hubiera estado enfermo. No intentó tocarla de nuevo, ni siquiera acercarse. Se quedó justo al pie de la puerta, mirándola con una desconfianza y un anhelo que no pudo menos que desgarrarle el corazón. Nunca había imaginado que un día vería a Tom tan vulnerable.

Se dio cuenta de que no sabía qué decirle. Algo ciertamente extraño, cuando tantas veces antes había ensayado mentalmente lo que le diría a aquel mentiroso y estafador sinvergüenza en caso de que tuviera la desgracia de volver a verlo.

—¿Qué te pasó? ¿Dónde te habías metido? —de inmediato se arrepintió de lo banal de la pregunta, como si Tom simplemente se hubiera marchado por unas pocas horas a disfrutar de una pinta o dos en la taberna del pueblo.

Vio una leve sonrisa asomar a sus labios, como si él también hubiera reconocido la incongruencia de cualquier frase que pudieran decirse. Fue en aquel momento cuando despertaron los sentimientos de Emma. Lo odió con una rabia y una amargura feroces: hasta escondió las manos detrás de la espalda, para no pegarlo. Podía sentir el frío y áspero contacto de la pared de cal bajo sus palmas. El resto de su cuerpo ardía tenso y furioso.

—Me embarcaron.

Se apartó de la puerta para dirigirse al pasillo. Sus pasos resonaron con fuerza en el suelo de baldosa. Emma temió de pronto que la doncella pudiera despertarse y pensar que había dejado entrar a algún amante en mitad de la noche, así que lo tomó del brazo y le hizo entrar en la cocina. Cerró la puerta sigilosamente a su espalda.

–¿Que te embarcaron? –sabía que estaba repitiendo sus palabras como un loro.

–Alguien al que no le caía bien –Tom se encogió de hombros–. Le pagaron para que me golpeara en la cabeza y me metieron en la sentina de un barco rumbo a las Indias.

Emma sintió que el estómago le daba un vuelco. Tuvo una náusea. Así que aquella era la excusa de Tom para haberla abandonado y escapado con su fortuna. No le creía. No podía. Tom siempre había sido un consumado mentiroso. Evidentemente nunca admitiría que la había abandonado por propia voluntad: no si lo que deseaba era volver con ella.

–Lo que me sorprende es que tardaran tanto en hacerlo –repuso con tono dulce, aunque con un sabor amargo en la garganta–. Debe de haber por lo menos un centenar de personas deseosas de deshacerse de ti –le dio la espalda para quedarse mirando fijamente la pequeña acuarela con una escena de campo que colgaba en la pared. Los tenues colores pastel parecían navegar a la luz del candil. Tess Darent se la había pintado como regalo cuando se mudó a Hampstead Wells: le había dicho que suavizaría la severidad de sus paredes encaladas. Tess se había revelado como su más sólida amiga cuando Tom la abandonó.

–¿Por qué te has molestado en regresar? –le preguntó–. Eres de la clase de hombres que habría hecho fortuna en las Indias –pese a sus esfuerzos por mostrarse indiferente, se le quebró un tanto la voz–. Tengo entendido que en aquellos lugares hay oportunidades para los de tu calaña.

–He vuelto por ti –le aseguró él.

Emma no lo miraba. Pero podía sentir su mirada clavada en ella con una intensidad especial, inquebrantable.

—Tú fuiste la única persona que ocupó mis pensamientos cuando me vi encerrado en aquel infierno de barco. Fue únicamente el pensamiento de volver a verte lo que me mantuvo vivo...

Se interrumpió cuando Emma dio un manotazo sobre la mesa de la cocina, haciendo saltar el cuchillo del pan.

—¡Tom, basta ya! —aspiró profundamente y bajó el tono—. Es demasiado tarde —un vacío de desesperanza se había abierto en lo más profundo de su corazón—. No puedo creerme ya nada de lo que me digas... Siempre has sido un mentiroso.

—Te amo. Te juro que es verdad.

Emma sacudió la cabeza.

—No, Tom. No quiero escucharte.

Tom se puso aún más pálido. Se tambaleó levemente. Emma hizo un instintivo gesto hacia él, pero se detuvo a tiempo y dejó caer la mano al costado. Ya no podía confiar en él. La había abandonado sin decirle una palabra, dejándola sola y sin dinero, sin hogar, sin reputación. Había sabido que era un estafador cuando se casó con él. Fue precisamente el aire de peligro que desprendía lo que encontró tan fatalmente atractivo. En ese momento, sin embargo, la joven que se había enamorado del encanto de Tom Bradshaw era como una desconocida para ella, alguien procedente de otra vida.

—Fue tu hermanastro quien me ayudó —le dijo, sosteniéndole la mirada con ojos que ardían por las lágrimas que se esforzaba por contener—. ¿Te acuerdas de tu hermanastro, Garrick Farne... el hombre al que tú quisiste arruinar, a cuya esposa intentaste *asesinar*?

Tom se había quedado todavía más lívido.

—Reconozco que hice cosas terribles. Pero todo eso se ha acabado. He cambiado. Te lo demostraré. Te prometo que...

—Oh, Tom... es demasiado tarde para eso —se volvió de nuevo—. Si me amas —pronunció con dificultad—, lo mejor que puedes hacer por mí es no volver a verme.

–No, Emma...
–Vete.

Cuando se volvió de nuevo, Tom ya se había marchado y la cocina estaba helada y vacía. La puerta se cerró suavemente con un leve crujido.

Moviéndose con extremada lentitud, con un frío que le calaba los huesos, cerró con llave y recorrió el pasillo hasta llegar al pequeño salón. El fuego había formado brasas en la rejilla, y acercó las temblorosas manos. Sobre la mesa había la bandeja de carnes frías, pan y queso con el vaso de vino que constituía su cena, pero en aquel momento era incapaz de tocarla. Tenía la boca seca como la lija, la garganta cerrada.

«No lo necesito», se recordó, feroz, parpadeando para contener las lágrimas. «No necesito a Tom. Volvería a hacerme daño».

Reinaba un agradable calor en el salón, pero Emma descubrió que el fuego no lograba ahuyentar el frío que sentía más dentro que fuera. Con un suspiro, recogió la bandeja y la llevó a la cocina; después de guardar la comida en la despensa, fue a acostarse.

Solo cuando se refugió bajo las mantas, ovillada y con los pies sobre la botella de piedra llena de agua caliente, se permitió llorar. Porque había *querido* creer que todavía existía siquiera una onza de bondad en Tom, que podía reformarse... pero confiar en él habría sido la mayor estupidez que hubiera cometido jamás. Y ya había sufrido demasiado.

Deseó que Tess Darent estuviera en ese momento allí para aconsejarla. A menudo pensaba que sería capaz de hacer cualquier cosa por Tess, que le había regalado su cariño y su generosidad cuando todos los demás le habían dado la espalda. No la conocía bien y la entendía aún menos, más allá de su aparente frivolidad y su impenetrable reserva, pero la quería de todas formas con una ferviente lealtad que no había sentido por nadie en toda su vida. Muchas veces se había preguntado si Tess también habría sufrido a manos de los hombres, y si no habría sido esa la razón por la que la había ayudado. Quizá nunca llegaría a conocer sus experiencias. Pero siempre le estaría agradecida.

Capítulo 3

Tess alzó la mirada de la carta que tenía en la mano al rostro necio y colorado del hombre que esperaba junto a la chimenea del salón de su hermana. De barriga prominente, con las manos detrás de la espalda, se estaba calentando el trasero. Su engreída expresión venía a decirle que estaba en posesión de todos los triunfos, y Tess, ella misma hábil jugadora, mucho se temía que llevaba razón. Estaba en un aprieto. No había duda al respecto.

«Hora de jugar», se recordó.

—A ver si lo he entendido bien, lord Corwen —«repugnante sapo», añadió para sus adentros—. Me estáis proponiendo que os conceda permiso, como tutora que soy de mis hijastros gemelos, para casaros con lady Sybil Darent, y que si no lo hago... —bajó su tono varios grados, del frío al helado—, me reclamaréis un préstamo privado que aparentemente adelantasteis a mi difunto esposo y obligaréis a mi hijastro, lord Darent, a vender todas las partes no vinculadas de su propiedad. A vendéroslas a vos, por supuesto.

«Vil y codicioso animal...», añadió en silencio.

Corwen esbozó una lobuna sonrisa que no llegó hasta sus ojillos fríos.

—Precisamente, lady Darent.

Tess golpeó suavemente la carta del abogado contra la

palma de su mano. La noticia del préstamo la había dejado consternada, pero no podía permitirse el escándalo de desafiar a Corwen en los tribunales, y él lo sabía. Ella quería llevarlo a juicio porque sabía que era un charlatán que había engañado al anciano marqués de Darent para que renunciara a la mitad de sus propiedades a cambio de aquel préstamo. Hacia el final de su vida, Darent apenas había sido consciente de nada debido al exceso de láudano, con lo que habría firmado cualquier cosa que le hubieran puesto delante. Irónicamente, eran muchos los rumores que aseguraban que había sido precisamente así como Tess había persuadido a Darent de que se desposara con ella.

—Yo misma pagaré ese préstamo —el corazón le martilleaba en el pecho y las palabras se le atascaban en la garganta, pero se obligó a pronunciarlas. Cuarenta y ocho mil libras no eran una suma pequeña, y pocas ganas tenía de regalársela a lord Corwen, pero sus tres pensiones de viuda, su exitosa trayectoria como jugadora y una serie de hábiles inversiones la habían convertido en una mujer rica, con lo que fácilmente se lo podría permitir. Aquella era también la opción menos penosa para sus hijastros. Moriría antes que ver a cualquiera de ellos caer a los pies de aquel hombre.

Pero Corwen negaba en aquel momento con la cabeza, esbozando una perversa sonrisa que le provocó un escalofrío.

—No aceptaré vuestro dinero, lady Darent. La deuda es sobre la propiedad Darent. Y os repito... —se aclaró la garganta, lo cual no le sirvió para disimular la libidinosa ronquera de su voz— que deseo casarme con lady Sybil; solo *después* daré por cancelada enteramente la deuda.

—Lady Sybil solo tiene *quince* años —Tess fue incapaz de reprimir un tono de repugnancia—. Es una adolescente.

«Y vos un asqueroso», añadió nuevamente para sus adentros.

—Estoy dispuesto a esperar un año siempre y cuando

lleguemos ahora a un acuerdo —repuso lord Corwen mientras se balanceaba sobre sus talones—. Dieciséis años será una edad encantadora para que lady Sybil contraiga matrimonio. Es una joven deliciosa. Fresca, dócil, inocente... —pareció acariciar con la lengua la última palabra.

Tess apretó los dientes. No mucho tiempo atrás, hacía apenas diez años, ella misma había sido comprometida en matrimonio antes de alcanzar los veinte. Dos veces. Y Corwen, al esconder su carácter disoluto detrás de sus desagradables y paternalistas maneras, no podía menos que recordarle a Charles Brokeby, su segundo marido. Un temblor la recorrió por dentro. Sybil nunca, *jamás*, debía pasar por lo que ella había soportado.

—Y vos tenéis... —miró su gordezuela papada y las arrugas de disipación que se dibujaban en torno a sus ojos— ¿cuarenta y cinco? ¿Cuarenta y seis?

Corwen frunció el ceño.

—Cumpliré cuarenta y siete el año próximo. Buena edad para volver a casarse.

—No con mi hijastra —replicó Tess—. Es demasiado joven. No puedo permitirlo y, en todo caso, comparto la responsabilidad de su educación con sus tíos. Ambos convendrán conmigo en que semejante matrimonio es improcedente.

Para desconcierto de Tess, Corwen no se mostró en absoluto sorprendido. Quizá pensara que sus protestas eran puramente simbólicas. Dado que la estaba amenazando con reclamar un crédito de unas cincuenta mil libras, debía de pensar que podía dictar sus condiciones a voluntad.

—Quizá os sintáis algo celosa... —Corwen bajó la voz, adoptando un tono de intimidad. Sorprendentemente adelantó una mano para rozar los rizos que habían escapado de la banda azul de Tess. Y hasta se atrevió a recorrer con un dedo la curva de su mejilla—. No puede ser agradable verse eclipsada por una chiquilla catorce años más joven— murmuró—. Y, mi querida lady Darent...

Tess le apartó la mano de un manotazo.

—No soy *vuestra* querida lady Darent ni nada por el estilo.

Corwen se echó a reír.

—¿Es eso lo que os duele? Si hubierais sido algo más joven, os habría sugerido que os convirtierais en mi amante como pago.

—Y yo me habría sentido tan poco halagada como ahora —podía sentir el pánico aleteando en su pecho.

Corwen se había acercado demasiado. Era un hombre grande, ancho y carnoso, y su proximidad resultaba amenazadora. Le pareció que le faltaba el aire. Por un segundo volvió a ver a Brokeby estirando los brazos hacia ella, esbozando aquella horrible sonrisa. Un escalofrío la recorrió de pies a cabeza. Luego la visión desapareció y volvió a encontrarse en el salón de su hermana, con la luz otoñal acariciando sus paredes de color amarillo claro y creando una falsa sensación de alegría y ligereza.

Se apartó bruscamente de Corwen, aunque ni el curso del Támesis habría sido suficiente distancia tratándose de un hombre tan repugnante.

El rostro del hombre pareció sofocarse, todo colorado.

—Os ofrezco el matrimonio de vuestra hijastra, señora. Deberíais estarme agradecida por ello. Y si pensáis que vuestros parientes podrían objetar algo, confío en que vos misma los persuadiréis.

—Queréis desposaros con una niña que aún está estudiando sus primeras letras —le dijo Tess con tono helado—. No disfracéis de respetable algo que no lo es. Que os quede claro, milord —tensó tanto los dedos sobre la carta del abogado que a punto estuvo de arrugarla—. Me doy por enterada de vuestra petición de mano de lady Sybil y la rechazo. Y rechazo asimismo vender parte alguna de la propiedad Darent en nombre de mi hijastro, con tal de saldar esta deuda. Os he ofrecido pagaros yo misma la cantidad. Os habéis negado, de manera que tendré que dejar este asunto en manos de mis abogados. Ya recibirán ellos noticias vuestras.

Corwen no se movió. Por un momento Tess pensó que no la había comprendido. Volvió luego a dar otro paso hacia ella.

—Creo que no habéis oído lo que he dicho, señora. Me *casaré* con lady Sybil —sus labios dibujaron una mueca desdeñosa—. Dentro de un par de años, su tía la presentará en sociedad. Sería una lástima que su debut se viera empañado por la clase de rumores y escándalos que correrían asociados a vuestra persona —se interrumpió—. Asumisteis su educación durante cinco años antes de que falleciera su padre. Una palabra puesta aquí, un rumor difundido allá... —se encogió de hombros— y lady Sybil se vería manchada por vuestra propia fama. Su moralidad quedaría en entredicho, su reputación puesta en duda. Para entonces —añadió, sonriendo con evidente delectación— ningún hombre respetable querría tenerla por esposa, y el futuro de lady Sybil quedaría arruinado —inclinó la cabeza, mirándola con un brillo en los ojos—. ¿Entendéis ahora lo que quiero decir, lady Darent?

A Tess la sangre se le heló en las venas. Corwen seguía frente a ella, con las piernas abiertas, sacando pecho como si quisiera enseñorearse de la habitación. Ordenándole que le entregara a su hijastra en matrimonio, so pena que, en venganza, acabara mancillando la reputación de Sybil.

Y ella misma le había entregado los medios y recursos mediante los cuales podría llegar a hacerlo: ella, con su mancillada reputación y escandalosa fama. Debió haber previsto que todo aquello acabaría volviéndose contra su persona, solo que en aquel entonces nada la había preparado para el frío cálculo de un rijoso como lord Corwen.

La desesperación hizo presa en Tess. Era su matrimonio con Brokeby lo que había causado el daño. Había ocurrido diez años atrás, pero la sombra del mismo se había cernido sobre ella desde entonces. Brokeby había mancillado su honra con su vil imagen de hombre pervertido. Luego, hacía apenas un año, una exposición de pinturas de desnudos que la habían tomado como modelo había significado el golpe de gracia para su reputación. Las malditas pinturas de Brokeby... Un temblor la recorrió de pies a cabeza. No podría nunca revelar la verdad sobre aquellas pinturas. La garganta se le volvió a cerrar de asco y le costó trabajo tragar. Era mejor no recordar aquella noche. Era mejor dejar enterrados aquellos espantosos recuerdos. Solo que, con el curso de los años, había descubierto que no podía olvidarlos: los llevaba consigo a todas partes. Estaban grabados en su mente como si estuvieran indeleblemente escritos en su cuerpo con todos sus escabrosos detalles. Odiosas imágenes que nunca desaparecerían.

Parpadeó para combatir el picor de las lágrimas. Brokeby estaba muerto y en el infierno, como se merecía. Ella era libre. El problema era que no se sentía tal. De alguna manera, la vergüenza y el horror estaban grabados en su alma: lo suficiente como para que no pudiera olvidarlos.

Y ahora allí estaba Corwen, un hombre de similar catadura a la de su segundo marido, esperando a que ella sucumbiera a su chantaje. Muy lentamente, alzó la mirada hasta su rostro. Había un brillo de diversión en sus ojillos: el placer de un hombre que disfrutaba imponiendo su voluntad y haciendo sufrir a los demás. En eso se parecía tanto a Brokeby... Solo que ella ya no era la chiquilla asustada de antaño.

—Lord Corwen, si osáis acercaros a lady Sybil o amenazar su reputación, me aseguraré personalmente de mutilaros para que nunca más volváis a incordiar a mujer alguna con vuestros viles propósitos —esbozó una sonrisa helada—. ¿Os ha quedado al fin claro?

Corwen hizo entonces un súbito gesto cargado de violencia, y la mente de Tess se vio sacudida por aterradoras imágenes de un Brokeby brutal, perverso, inmisericorde. Cerró los ojos por un segundo para ahuyentar aquellos viles y vívidos recuerdos. Para cuando volvió a abrirlos, Corwen se había marchado dando un portazo que hizo temblar el mantel de la chimenea y dejó regadas por el suelo las tarjetas de invitación.

Suspirando, se dejó caer pesadamente en el sofá con brocados en oro de Joanna. La licorera de oporto parecía llamarla, pero había pasado una mala noche y le dolía la cabeza, y sabía por propia y amarga experiencia que intentar olvidar las penas con la bebida era una actividad estúpida. Lo había probado después de la muerte de Brokeby: había intentado ahogar el pasado en alcohol. Como resultado, en ese momento era incapaz de mirar fijamente una botella de ginebra sin que le asaltaran las náuseas. Lo había probado todo, incluido el láudano, del cual en más de una ocasión había llegado a pensar que nunca más se despertaría. Nada la había ayudado, ni los dulces y bombones ni gastar siquiera excesivas cantidades de dinero en ropa, calzado y complementos. A final se había levantado a pura fuerza de voluntad, pero para entonces había sido demasiado tarde. La buena sociedad había sido testigo de sus excesos en la bebida, en el juego y en el derroche, y luego estaban aquellas repugnantes pinturas. No le extrañaba que su reputación hubiera resultado tan perjudicada.

Tess cerró los dedos con tanta fuerza sobre uno de los cojines de brocado de Joanna que rompió las costuras. Se apresuró a volver a meter el relleno en su sitio y volvió el cojín del revés, para que no se viera. Le latían las sienes por la jaqueca. No había sido capaz de dormir desde que regresó del burdel la noche anterior. Tendida en la cama, mirando al techo, había llegado a la inevitable conclusión de que el club Júpiter se había acabado. Era demasiado peligroso que volvieran a reunirse cuando probablemente el gobierno había infiltrado provocadores que estaban fomentando la violencia. Quienquiera que hubiera instigado aquellos motines estaría actuando asimismo como informador. Solo sería cuestión de tiempo que el espía acabara descubriéndolos a todos: no solo a ella sino a su joven protegido Justin Brooke y a su hermana Emma.

Y ahora, para colmo, tenía que enfrentarse a aquel repugnante chantaje de Corwen, para que le entregara en bandeja a su hijastra, Sybil, como una virgen que sacrificar a su perverso paladar. El pensamiento le dejó un sabor a bilis en la garganta. Adoraba a Sybil y a su hermano gemelo, Julius, casi desde el primer momento en que los conoció. No podía soportar la perspectiva de verlos a ambos a merced de lord Corwen.

Con gesto distraído, Tess estiró una mano hacia los bombones de chocolate que Joanna guardaba en una caja de plata, sobre una mesa cercana. La caja estaba vacía; suspirando, volvió a dejarla en su sitio. Por el momento había despachado a Corwen, pero sabía que volvería, de una forma u otra, con su mirada de avidez y sus repugnantes demandas. Deseaba a Sybil y estaba decidido a conseguirla. Y Tess conocía perfectamente aquel irrefrenable impulso que podía llevar a un hombre como Corwen a poseer a un ser tan fresco y dulce como Sybil Darent.

Podía mantener físicamente a salvo a Sybil, pero su reputación era otra cosa. No dudaba de que si Corwen no podía poseerla, terminaría perjudicándola de otra manera. Y la odiosa verdad era que Corwen tenía razón: un rumor de escándalo podía mancillar el buen nombre de cualquier debutante así como sus futuras perspectivas de matrimonio, tanto si tenía alguna base de verdad como si no. La tía de Sybil era la carabina más respetable de todo Londres, pero Tess seguía siendo su madrastra, y su pésima reputación no podía menos que afectar a la niña. Corwen dejaría caer una palabra aquí y allá, poniendo a la buena sociedad en contra de Sybil por la sencilla razón de que la deseaba y no había podido tenerla.

Tess se estremeció mientras clavaba los dedos en el ricamente tapizado brazo del sofá. Maldijo a Corwen por su cruel determinación de satisfacer sus más bajos impulsos con el cuerpo de su hijastra. Era insoportable. Y lo maldijo todavía más por haberla amenazado con la ejecución de aquel préstamo, que la obligaba a diezmar la herencia de Julius para poder pagárselo.

Podía entretenerlo y obligarlo a esperar, pero al final solo sería cuestión de tiempo.

Ahogando una exclamación de frustración, se levantó de un salto para acercarse a la ventana. Una nube se extendía en aquel momento a lo largo del horizonte, cubriendo la ciudad entera con una plomiza oscuridad. La débil luz otoñal se había desvanecido para dar paso a una fría escena invernal.

No parecía haber escapatoria ni para Julius ni para Sybil, y sin embargo tenía que hacer algo para ayudarlos. Su padre se los había confiado a su cuidado. No podía fallarles.

No había salida. A no ser que...

A no ser que volviera a casarse.

El pensamiento se deslizó en su mente con la sinuosa tentación de la serpiente del paraíso terrenal. Cerró los ojos con fuerza. Había enviudado hacía dos años y le había prometido a Joanna que no habría más matrimonios. A Joanna, según sospechaba Tess, le avergonzaba tener una marquesa cargada de matrimonios como hermana. Pero Joanna también se había olvidado de lo muy vulnerable que podía ser una viuda.

Lo que necesitaba era un matrimonio puramente nominal con un hombre que tuviera el poder y la autoridad suficientes para mandar al diablo a Corwen, y proporcionarle al mismo tiempo la protección de su nombre tanto a ella como a sus hijastros. Luego, una vez que estuviera irreprochablemente casada, necesitaría transformarse en matrona respetable. Se acabarían las escapadas de los burdeles por las ventanas. Se acabaría el juego. Se acabaría el club Júpiter.

Se acabarían las caricaturas satíricas.

Por lo demás, terminar en una cárcel daría al traste con todos sus esfuerzos de años. Ese sería ciertamente un punto de no retorno.

Esbozó una mueca. El pensamiento de renunciar a su talento para el arte y el dibujo, de renunciar deliberadamente a sus caricaturas, lo único que daba apasionado sentido a su vida, se le antojaba casi insoportable. Había empezado a dibujar ya de niña, vertiendo sus sentimientos en bocetos como un medio tanto de expresión como de escape. La tristeza, la alegría, el miedo y la frustración habían fluido a través de su pluma.

Y sin embargo se daba cuenta de que no tenía otra salida. Tendría que abandonar la sátira política y escoger algo inocente, como las acuarelas o el dibujo artístico. Las damas solían montar sus caballetes para capturar alguna idílica escena rural. Ella haría lo mismo. El dibujo y la pintura figuraban entre las escasas habilidades femeninas que poseía.

Un matrimonio respetable le proporcionaría también el camuflaje necesario en caso de que las investigaciones de lord Sidmouth se demostraran lo suficientemente eficaces como para sospechar de su persona. Necesitaba una pantalla de humo. Necesitaba encontrar un cuarto marido... y rápido.

Atravesó la habitación hacia el escritorio de palisandro, sacó un grueso volumen, volvió a instalarse en el sofá y se puso a leer.

Media hora más tarde seguía enfrascada en la lectura cuando apareció Joanna acompañada de un criado con el servicio de té.

—¿Qué es eso que estás leyendo? —le preguntó, sentándose a su lado—. *¿La Revista de la Dama?*

—No —Tess experimentó una punzada de aprensión: la desaprobación de su hermana no era algo que disfrutara precisamente. Le mostró la cubierta del libro para que pudiera leer el título—. Es la nueva edición de *La Gacetera.*

Tal y como había previsto, una vívida expresión de decepción se dibujó en el rostro de Joanna.

–¡Oh, Tess, no! –exclamó–. ¡No me digas que estás pensando en casarte otra vez! Cuando viniste aquí me prometiste... –se interrumpió de pronto, mordiéndose el labio, y cambió de tono. Adoptó una voz fría, indiferente, y sin embargo todavía indicativa de sus sentimientos al respecto–. La decisión es tuya, supongo.

–Siento una afinidad natural por el matrimonio –dijo Tess.

Reconocía la disculpa en su tono. No quería recordarle lo muy insegura que era su situación. Su hermana no sabía nada de su vida, y menos aún de su secreta afiliación política con el movimiento de reforma. Como tampoco deseaba hablarle de las amenazas de lord Corwen: una conversación semejante habría evocado demasiados dolorosos paralelismos con su propio matrimonio con Brokeby. Apretando los labios con gesto terco, se esforzó por soportar la desaprobación de Joanna.

–Es precisamente al contrario –la corrigió su hermana, claramente incapaz de permanecer callada durante un par de segundos–. No hay nada natural en ello. Tus matrimonios se han caracterizado, sin excepción, por ser todos *antinaturales*.

Tess no podía discutírselo. Su hermana era una de las pocas personas que sabían que tenía miedo, terror más bien, a la verdadera intimidad, si bien desconocía el motivo. Joanna había intentado hablar de ello en el pasado, pero Tess se había negado siempre a explicarle nada. Ropa, calzado, sombreros, chales: podían hablar de moda durante horas, lo cual daba a su relación un barniz de cercanía, pero cada vez que Joanna le preguntaba por sus matrimonios, Tess sentía aquel familiar horror corriendo por sus venas como el veneno... y terminaba dándole respuestas evasivas. Sabía que ella no se lo preguntaba movida por la malsana curiosidad sino por un sincero interés, y eso la entristecía aun más. El daño que le había infligido

Charles Brokeby era demasiado antiguo, y no tenía por tanto remedio.

–No todo el mundo disfruta de la clase de matrimonio que tú compartes con Alex –replicó.

La frase le salió más áspera de lo que había pretendido, quizá porque aunque le aterraba cualquier perspectiva de intimidad, se sentía a veces ferozmente celosa del vínculo a la vez físico y emocional que Joanna y Alex compartían. En público podía burlarse de un concepto tan desfasado como el matrimonio estable y feliz, pero en realidad anhelaba el grado de ternura, intimidad y experiencia compartida que entrañaba.

–La mayoría de la gente –añadió– no desea más que una posición social, dinero suficiente para mantenerla y la promesa de que no necesitarán ver a su cónyuge más de media docena de veces al año, y si es así, al menos que no necesitarán hablarse más de una.

El precioso rostro de Joanna se torció en una mueca de disgusto. Bajó su taza con tanta brusquedad que hizo temblar el plato de porcelana.

–Muy gracioso, Tess. Te olvidas de que estás hablando con tu hermana y de que yo no soy uno de tus simples conocidos –señaló *La Gacetera* con un gesto de desprecio–. ¿Esperas encontrar marido ahí?

–Es un libro maravilloso –repuso Tess, pese a que podía sentir la temible desaprobación de su hermana creciendo por momentos–. Recoge el rango, fortuna y dirección de cada soltero y viudo de categoría del país. Es la perfecta guía para cazar maridos.

–Lo que no recoge es si los hombres son impotentes o no –comentó Joanna, irónica–. Y seguro que ese es tu criterio fundamental.

Se hizo un penoso silencio.

–Recoge al menos la edad –dijo al fin Tess, esforzándose, sin lograrlo, por disimular un tono dolido–. Eso lo convierte en una buena guía.

–Pero no infalible –la voz de Joanna se había suavizado hasta adquirir un timbre de compasión.

Apoyó una mano sobre las manos fuertemente entrelazadas de Tess, que procuró no estremecerse. No tanto por
el consuelo que le ofrecía su hermana, sino por el frío dolor que sentía por dentro.

–Tess, ¿qué es lo que te ha pasado? ¿De qué tienes
miedo?

–¡De nada! –respondió. La palabra le salió demasiado
alta. El dolor se redobló con un nuevo giro de tuerca.

–¿Entonces por qué solo te casas con viejos o con jóvenes enfermizos? –insistió Joanna. Robert Barstow, James
Darent...

–De esas dos categorías, solo hubo uno de cada –pro-
testo Tess–. Y, para ser justos, yo no sabía que Robert iba
a morir tan joven.

–Con Robert, te casaste con tu mejor amigo. En aquella relación había tan poca pasión como en tu último matrimonio.

Una vez más volvió a hacerse un silencio lento y doloroso. Ninguna de las dos había mencionado su matrimonio
con Brokeby, pero Tess podía leer la pregunta en los ojos
de Joanna. Su hermana había adivinado que Brokeby le
había hecho daño: quería que confiara en ella y se lo con-
tara. Tess sabía que no deseaba otra cosa que ayudarla,
pero lo cierto era que no deseaba su ayuda. Porque no había nada que Joanna pudiera hacer para enderezar el pasado o deshacer las terribles experiencias que ella había padecido en las manos de Brokeby. En cuanto a ella misma,
tampoco podía hacer nada que no fuera borrar aquellos recuerdos y asegurarse de que semejantes horrores no volvieran a suceder.

–Si te da miedo la intimidad física –le dijo de pronto
Joanna–, no entiendo esa obsesión tuya por casarte.

–Estás suponiendo demasiadas cosas –le espetó Tess,
agotada por fin su paciencia–. Estoy mal de fondos: eso es

todo. El matrimonio es la manera más fácil de paliar el déficit –extendió las manos en un gesto exasperado–. Para mí, el matrimonio no es más que una opción de negocios, preferible a una visita a los prestamistas.

–¿Así que tienes deudas? –Joanna enarcó sus bien delineadas cejas con una expresión de incredulidad–. No te creo. Cuentas con una fortuna que eclipsa la de cualquier otra viuda de la sociedad.

–La ropa –dijo vagamente–. La ropa es monstruosamente cara.

–En eso tampoco me vas a engañar –replicó Joanna, firme–. ¡Sé todo lo que hay que saber sobre el coste de la moda y ni siquiera *tú* serías capaz de gastar tanto dinero en eso!

Se miraron desafiantes. Tess no pudo evitar preguntarse por lo que diría Joanna si le confesara que, en su mayor parte, su dinero iba a parar a obras benéficas y causas políticas. No se habría quedado más sorprendida si le hubiera dicho que se lo gastaba todo en sexo con hombres guapos y jóvenes. Había madrinas políticas, por supuesto, reputadas matronas que apoyaban la causa de los *whigs* o de los *tories*, y dedicaban importantes cantidades de dinero a promover las carreras de sus maridos. Pero el movimiento de reforma era un asunto bien diferente: demasiado extremado, peligroso e inapropiado, con su énfasis en la mejora de las condiciones de la clase trabajadora. Nadie que procediera de la buena sociedad debía preocuparse por tales asuntos. La caridad era una cosa: la reforma política era algo muy distinto.

–Mis deudas de juego son enormes –dijo Tess, recurriendo a una excusa que nunca fallaba– y quizá pueda pescar un rico duque. No tengo deseo alguno de bajar puntos en la escala social, sino, en todo caso, subirlos.

–Entonces ciertamente estás limitando tus opciones –repuso Joanna, sarcástica. Para alivio de Tess, parecía haberse creído su explicación–. Déjame ver... Necesitamos conseguirte un príncipe o un duque, lo suficientemente mayor como para morirse en un año o dos de manera que su existencia no constituya un incordio para ti; lo suficientemente enfermizo como para no interesarse por sus deberes conyugales, y lo suficientemente rico como para aumentar tu fortuna. ¡Qué romántico!

–Yo no necesito romanticismo en un matrimonio –replicó Tess.

–Ya lo he notado –su hermana se levantó de golpe del sofá–. Creo que ni siquiera *La Gacetera* podrá facilitarte la dirección de un noble así.

–He ido haciendo descartes hasta dejar una corta lista de posibilidades –dijo Tess–. Hay un duque, Feversham...

–Murió hace un par de semanas –le informó Joanna.

–Oh, vaya. ¿Qué hay del marqués de Raymond?

–Más de lo mismo. Está prácticamente muerto.

–Entonces puede que aún disponga de tiempo para pescarlo...

–¡Tess, no! –la fulminó con la mirada.

–¿Lord Grace?

–Está embarcado. En la Marina.

Tess esbozó una mueca.

–¿Lord Pettifer?

Joanna negó con la cabeza.

–Está en Bedlam.

Aquello terminó por desanimar a Tess.

–No me queda ya ninguno.

–Te lo dije –le recordó Joanna con tono poco amable.

Después de que se hubiera marchado su hermana, cerrando la puerta a su espalda con exagerado cuidado, Tess apuró su té frío y se puso a hojear de nuevo *La Gacetera*. Por desgracia, Joanna tenía razón. La lista de nombres, aunque daba detalles de numerosos caballeros disponibles, no garantizaba que contemplaran el matrimonio bajo la misma luz que ella. No eran tantos los que deseaban un puro matrimonio de conveniencias. Muchos querían un heredero, por supuesto. Algunos querrían dormir con sus esposas ocasionalmente, cuando no podían conseguir una mejor oferta. Muchos pensaban que un matrimonio debería ser de conveniencia de *ambos*, que era precisamente lo que significaba la expresión. Y no era precisamente intención de Tess estar en todo momento disponible a las necesidades de su marido. Eso no era de *su* conveniencia. De modo que la elección estaba limitada a los ancianos, los enfermos, los impotentes o a aquellos que se sentían más atraídos por su propio sexo que por el opuesto.

Con un suspiro, volvió a guardar el libro en el cajón, lo cambió por uno de Voltaire y salió al pasillo. Le gustaba vivir con la familia de Joanna en Bedford Square. La casa estaba elegantemente amueblada y rezumaba el calor y las risas de una familia feliz, lo cual le suscitaba una espuria sensación de pertenencia. Tess nunca había tenido una casa propia, al menos ninguna en la que ella hubiera escogido vivir. Sus diversas pensiones matrimoniales le habían proporcionado un surtido de casas en fincas rurales por todo el país, pero instalarse en cualquiera de ellas habría significado cargar con la desaprobación de sus parientes políticos, una opción nada tentadora. Además, detestaba el campo. Era aburrido y acentuaba su sensación de soledad. Solo Londres contaba con entretenimientos suficientes para combatirla.

Tess sabía que Joanna nunca la echaría de allí, pero más de una vez había pensado en hacerse con una casa en Londres. A su edad, vivir a la sombra de su familia resultaba un tanto vergonzoso. Y sin embargo la idea de vivir sola no le atraía; le helaba, de hecho, el corazón.

En un súbito acceso de irritación, Tess retorció y cortó el capullo de una de las rosas de invernadero que había en una de las mesas del pasillo, en un florero ancho y redondo. Se arrepintió en seguida. Acababa de estropear el precioso arreglo floral de Joanna.

La puerta de la biblioteca se abrió bruscamente dando

paso a dos hombres, enfrascados en concentrada conversación: el cuñado de Tess, Alex, y el vizconde Rothbury. Tess dio un respingo de sorpresa. Rothbury era visitante regular aunque no frecuente de Bedford Square. Había cenado en la casa en varias ocasiones. No era nada extraño, pues, verlo allí; si ella había reaccionado de aquella forma había sido porque en todo momento había estado presente en sus pensamientos, acechando detrás de su preocupación por buscar marido, persiguiéndola con el recuerdo de su encuentro de la víspera.

A la luz del día, Rothbury parecía exactamente el elegante vizconde que era, con sus pantalones beis y su chaqueta de impecable corte, sus botas relucientes como espejos, su corbata inmaculadamente blanca atada en un complicado nudo. Pero cuando lo miró a los ojos, Tess leyó en sus profundidades el mismo oscuro y peligroso desafío que había reconocido la noche anterior. Se trataba de un lobo con piel de oveja: un aventurero disfrazado de dandy. Pensó que, en el pasado, había hecho bien en mantenerse alejada de él. Lo malo era que, ahora que por fin había reparado en su persona, él le estuviera dedicando tanta atención.

Tess se dio cuenta de que se lo había quedado mirando fijamente, como una colegiala transfigurada por la vista de un atractivo caballero. Vio que Rothbury enarcaba las cejas con diversión, y ella enrojeció, lo cual fue aún peor. Ningún hombre tenía el poder de hacerle enrojecer. No era algo que hiciera a menudo.

Rothbury intercambió unas rápidas palabras con Alex, que le estrechó la mano y volvió a entrar en la biblioteca. La puerta se cerró a su espalda con un suave crujido. La casa quedó repentinamente en silencio, con el pasillo temporalmente vacío de criados.

Al ver que Rothbury empezaba a caminar hacia ella por el ancho corredor de baldosas blancas y negras, sintió el extraño impulso de dar media vuelta y huir. Dejó el libro de Voltaire detrás del arreglo floral. No podía permitir que la sorprendieran leyendo filosofía cuando tanto se esforzaba por parecer una cabeza hueca.

–Lady Darent –Rothbury le hizo una reverencia–. Buenos días. Confío en que os hayáis recuperado de vuestra experiencia de anoche.

–Y yo confiaba en que os hubierais olvidado de ella –repuso Tess–. Un caballero que se tuviera por tal no habría hecho referencia a nuestro último encuentro.

Una maliciosa sonrisa brilló en su rostro, acentuando la cicatriz que le cruzaba una mejilla.

–Ah, pero en eso andáis equivocada –murmuró–. Seguro que habréis oído que no soy ningún caballero, sino un simple capitán de marina yanqui.

–He oído que os llaman muchas cosas –asintió Tess con tono dulce.

–Y ninguna de ellas halagadora –se echó a reír, sin dejar de mirarla a los ojos. La intensidad de su expresión hizo que volviera a enrojecer–. Me alegro de haberos visto esta mañana –se llevó una mano al bolsillo de su elegante abrigo–. Tengo algo aquí que creo que es vuestro.

El corazón de Tess dio un estremecedor vuelco. Se había preguntado por la pérdida de las caricaturas. Se había preguntado por su paradero durante todo el trayecto de regreso a casa y buena parte de la noche. No había imaginado que pudiera tenerlas Rothbury, ya que de haberlas encontrado en su bolso, le habría pedido explicaciones. En aquel momento, sin embargo, todo apuntaba a que se había equivocado. Como consecuencia de ello experimentó una fugaz punzada de mareo... hasta que descubrió, con una feroz sensación de alivio, que lo que sostenía en la mano no eran los dibujos sino su curioso puñal.

–Mi daga –dijo ella–. Qué amabilidad la vuestra al habérmela traído.

Distinguió un brillo de sorpresa en los ojos de Rothbury: quizá había esperado que negara que le pertenecía.

Pero aquella daga había sido de Robert y poseía un gran valor sentimental para ella. No estaba dispuesta a sacrificarla.

–¿Habéis encontrado algo más de mi propiedad? –le preguntó con exquisita cortesía.

La expectante mirada de Rothbury volvió a buscar sus ojos.

–¿Habéis echado algo en falta?

Sus miradas se engarzaron como en un duelo de espadas. Rothbury sabía lo de las caricaturas. Estaba segura de ello.

Reprimió un estremecimiento mientras se ordenaba permanecer tranquila. Tal vez Rothbury tuviera los bocetos satíricos, pero eso no demostraba nada. Y ella no debía rendirse. Sabía que debería sentir miedo; y sin embargo lo que sentía bullir en la sangre era excitación, que no temor. Como si hubiera bebido demasiado champán, o bailado desnuda en la hierba en un amanecer de verano. Casi se había olvidado de lo que era tener los sentidos tan despiertos, tan terriblemente vivos.

–Solamente mi ropa.

Rothbury se sonrió.

–¿Es una costumbre vuestra? ¿La de perder la ropa?

–No particularmente –respondió Tess–, aunque es posible que los rumores os hayan dicho otra cosa –le sonrió a su vez–. Os ruego que no os toméis la molestia de devolvérmela. De todas formas, la ropa de hombre nunca me ha sentado especialmente bien.

Rothbury la recorrió entonces con una detenida mirada de apreciación masculina.

–Vestida de mujer estáis, indudablemente, encantadora –murmuró con aquella voz que parecía encender sus terminaciones nerviosas. Acto seguido, volviéndose, señaló el retrato de Shuna, la sobrina de Tess, que colgaba enmarcado justo encima del florero de las rosas–. ¿Es obra vuestra? –le preguntó con tono suave.

Parecía un rotundo cambio de tema, pero Tess sabía que no era así. Sabía que era dibujante: de ahí a descubrir su especialidad como caricaturista solo había un paso. Miró el retrato al carboncillo; por desgracia, lo había firmado. El corazón le dio otro vuelco al advertir que la firma compartía algo más que una leve similitud con la arrogante rúbrica de Júpiter. Gran despreocupación la suya...

—Parecéis dudar de si es vuestra o no —la voz de Rothbury había pasado a desprender un timbre de burla.

—¡No, sí! —intentó tranquilizarse—. Sí que es uno de mis dibujos. El arte es una de las pocas facetas en las que destaco.

Una vez más sintió la mirada de Rothbury en su rostro como si fuera una caricia física.

—Estoy seguro de que os vendéis muy barato. Debéis tener muchas habilidades.

—No me vendo de ninguna forma —replicó Tess, regalándole una fría y helada sonrisa—. Por favor, no permitáis que os entretenga, milord.

Semejante indirecta resultaba difícil de ignorar. Vio que Rothbury sonreía, como reconociendo lo loable de su intento.

—Oh, no tengo prisa ninguna. Disfruto hablando con vos. Pero si tan deseosa estáis de escapar, por mí que no quede —había algo más que un matiz de desafío en su voz, así como en sus ojos. Retiró el libro de detrás del cuenco de rosas y se lo tendió—. No os olvidéis de vuestro libro.

—No es mío —dijo Tess—. ¿Filosofía francesa? Debe de pertenecer a la vasta colección de Merryn.

—Mi querida lady Darent... —murmuró Rothbury—, el *ex-libris* tiene vuestra firma.

Maldijo para sus adentros. Le quitó el libro de la mano y lo abrió. La página de portada no tenía *ex-libris* alguno —alzó la mirada para descubrir a Rothbury mirándola detenidamente. Sus labios dibujaron una sonrisa de diversión.

–Así que es vuestro.

–Muy ingenioso –le espetó Tess.

–Tanto como inteligente sois vos –dijo Rothbury, pensativo–. ¿Qué sentido tiene fingir que sois una cabeza hueca, lady Darent?

«Jaque mate», pronunció para sus adentros. Si ella era inteligente, Rothbury le llevaba ventaja. Se encogió de hombros.

–Una mujer es tanto más estúpida cuanto menos disimula su cultura ante un hombre. O al menos eso era lo que me decía mi madre.

–Dudo que creáis vos eso.

El corazón le dio un vuelto ante lo directo de su aserción. En aquel instante había algo casi voraz en sus ojos: la concentración del cazador. Se le secó la garganta.

–¿Por qué fingís? –insistió él–. Conmigo no tenéis necesidad alguna de disimular, os lo aseguro. Los hombres seguros de sí mismos no temen a las mujeres cultas.

Tess se echó a reír; fue incapaz de evitarlo.

–Parece que tenéis una opinión notablemente alta de vos mismo, milord. Pero en la alta sociedad hay muchos hombres muy inseguros.

–No lo dudo. ¿Es por eso por lo que os hacéis la ignorante, lady Darent? ¿Para no eclipsar a alguno de vuestros conocidos masculinos?

Tess sonrió.

–Así es más fácil –reconoció–. Algunos hombres tienen un enorme...

Rothbury enarcó una ceja, expectante.

–... sentido de la propia importancia –terminó ella.

–Fascinante. Sospechaba que erais una consumada actriz –miró el libro que tenía en la mano–. Y veo que el libro está en su idioma original –alzó de nuevo la mirada a su rostro–. De modo que leéis filosofía francesa republicana, lady Darent. Dibujáis muy bien, y portáis pistola y cuchillo cuando salís por las noches.

A esas alturas, Tess podía ver muy bien a donde quería ir a parar.

–Perdonadme. Ya os he entretenido lo suficiente, milord. No puedo permitirme haceros perder más tiempo.

La risa de Rothbury la acompañó a lo largo de todo el pasillo. Mientras se apresuraba a volver al salón, Tess vio que se había acercado al retrato de Shuna y parecía estar examinando con especial atención la firma. Casi podía sentir la red cayendo sobre ella.

Cerrando la puerta a su espalda, se apoyó en ella por un momento y cerró los ojos con fuerza. ¿Cómo podría despistar a Rothbury? Era demasiado sagaz, demasiado inteligente, y andaba detrás de su pista. La única manera de conseguir que se mantuviera callado, suponiendo que no hubiera compartido con nadie sus sospechas, era matarlo, lo cual parecía un tanto extremado, o bien...

«O bien podría casarme con él».

La habitación se balanceó y empezó a dar vueltas. De pronto el corazón se le aceleró con una mezcla de miedo e irresponsable determinación. Un marido no podía testificar contra su esposa en un tribunal, ya que a efectos jurídicos formaban una sola persona, indivisible. Si conseguía casarse con Rothbury, estaría a salvo.

Se acercó a una silla para dejarse caer en ella. Aquello era una locura. Un absurdo total.

«Pero sería la solución perfecta».

Levantándose agitadamente de nuevo, Tess corrió al escritorio de palisandro, abrió el cajón y sacó *La Gacetera*, que hojeó hasta que encontró la página apropiada. *Owen Purchase, vizconde de Rothbury por herencia del título como nieto del primo del decimotercero vizconde...* Pensó que la conexión era tan lejana como aseguraban los rumores. Continuó leyendo: *Sede principal: la mansión Rothbury Chase, en Somerset. También la Casa Rothbury en Clarges Street, el castillo de Rothbury, en Cheshire, y cinco fincas más en Inglaterra...*

A ese respecto al menos, el legado de Owen Purchase no era como para subestimarlo. De aquellas propiedades recibía asimismo ingresos que superaban las treinta mil libras al año, una fortuna no muy alta pero tampoco desdeñable. Había más invertido en el mercado de acciones. Por supuesto no era más que un simple vizconde y ella lo sobrepasaba en rango, pero...

Tess puso freno a sus desbocados pensamientos, dejó cuidadosamente *La Gacetera* sobre los cojines dorados del sofá y se quedó mirando fijamente los intrincados diseños de la alfombra Aubusson. Sentía una opresión en el pecho, respiraba con dificultad. No sabía por qué estaba pensando lo que *creía* que estaba pensando: el vizconde Rothbury como su siguiente marido...

Normalmente no se plantearía un matrimonio semejante, porque Rothbury no era precisamente de la clase de hombres con los que se sentía cómoda. Era demasiado joven, demasiado guapo, demasiado autoritario, demasiado *todo*. Pero lo cierto era que no estaba en situación de elegir. Y Rothbury poseía varias ventajas. Casándose con él desactivaría la amenaza que suponía Sidmouth, dado que no solo Rothbury no podría testificar contra ella, sino que nadie sospecharía de su esposa como autora de un delito de sedición. Además de que era lo suficientemente poderoso como para protegerla a ella y a los gemelos Darent de lord Corwen. Para no hablar de la inefable ventaja de que no esperaría de ella que ocupase su lecho matrimonial.

Solo había un único fallo en su plan. Estaba segura de que Rothbury ya sospechaba que era Júpiter, así que recelaría en el preciso instante en que ella lo abordara con sus nuevas intenciones. Por otro lado, sin embargo, no tenía prueba alguna contra ella, ya que en ese caso ya la habría arrestado. Si era astuta y cuidadosa, podría tal vez persuadirlo de su inocencia. Además Rothbury tenía poco dinero y una acuciante necesidad de reparar sus propiedades, mientras que ella era muy, muy rica. Bien podría sentirse lo suficientemente tentado por su fortuna para casarse de todas formas.

Tess se dio cuenta en ese momento de que apretaba los puños con tanta fuerza que se estaba clavando las uñas en las palmas. En verdad que eran muy pocas las otras opciones que tenía a la hora de elegir marido.

Con gesto rápido y decidido, recogió *La Gacetera* y se la puso bajo el brazo. Si Rothbury se había vuelto directamente a su casa de Clarges Street, ya debería de haber llegado para entonces. No habría mejor oportunidad que la actual. Tenía una visita que hacer, antes de que perdiera el coraje necesario...

Capítulo 4

Tres horas tardó de hecho Tess en alistarse para salir, dado que el tiempo era un concepto muy relativo cuando se trataba de vestirse. Habitualmente no tenía grandes problemas a la hora de elegir atuendo para la ocasión. Ese día, sin embargo, era distinto. Habían pasado siete años desde su última proposición de matrimonio, con el marqués de Darent. En aquella ocasión había lucido un vestido color verde acebo con el que había quedado muy satisfecha. Aunque no había estado muy segura de que Darent se hubiera fijado demasiado. Sospechaba que se había quedado adormilado durante la proposición, vencido por el sopor que le producía el láudano.

Pero la espinosa cuestión de qué vestido lucir para inclinar en su favor la opinión de Rothbury no era tan fácil. Después de probarse unos cuantos, se decantó finalmente por uno de color amarillo oscuro, con sombrero a juego. Al mirarse en el espejo, se sorprendió de lo joven y aprensiva que parecía, con aquellos ojos azules tan abiertos y aquel leve gesto de nerviosismo. Se irguió y ensayó una sonrisa, que más bien le salió una mueca. Estaba efectivamente nerviosa, algo inusual en ella. Con un suspiro irritado, recogió su capa a juego y su retícula y salió apresurada de la casa para subir al carruaje.

La casa Rothbury se encontraba en Clarges Street, un

barrio tranquilo y respetable no lejos del hogar de Joanna en Bedford Street. La casa misma parecía un tanto abandonada, cerradas como tenía las contraventanas, pese a que Rothbury llevaba viviendo allí cerca de un año. A Tess le resultó curioso que el vizconde no hubiera buscado llamar la atención de la buena sociedad cuando asumió su herencia. Era más bien la buena sociedad la que lo había cortejado a él, que no al contrario.

El carruaje se detuvo. Tess apretó brevemente los puños enfundados en sus guantes forrados de piel. Sentía un curioso nudo de inquietud en el estómago, lo cual, intentó decirse, nada tenía de sorprendente. Solo había propuesto matrimonio tres veces antes, y ninguno de los candidatos se había parecido siquiera remotamente a lord Rothbury.

Por un instante se quedó como paralizada en el asiento, preguntándose si no habría cometido un terrible error al escoger al vizconde. No era todavía demasiado tarde para dar marcha atrás. Pero se equivocaba: *era* ya demasiado tarde, porque la puerta del carruaje se había abierto de pronto, dejando entrar una fría ráfaga de viento otoñal. Y no había ningún criado esperando a la puerta, esperando para ayudarla... sino el propio Rothbury. Evidentemente debía de haberla visto cuando regresaba de su visita a Bedford Street, porque seguía vestido de calle, alto y elegante con su abrigo impecablemente cortado. Se había quitado el sombrero y se distinguían algunos copos de nieve en su cabello castaño rojizo.

–Lady Darent –le dijo–, no había esperado volver a veros tan pronto. ¿Qué puedo hacer por vos?

Su voz era dulce como la miel, con aquel sensual acento que parecía seda acariciando sus sentidos. Le resultaría muy fácil confiarse y abandonarse a una falsa sensación de seguridad, inducida por tan suaves cadencias. Lo cual, pensó, significaría otro gran error. No quería confiarse en absoluto con lord Rothbury. Necesitaría permanecer en todo momento en plenitud de facultades.

Él le tendió una mano para ayudarla a bajar del coche y, tras una ligera vacilación, ella la aceptó reacia. No quería tocarlo. Rara vez tocaba a nadie. La crueldad de Brokeby le había generado un sentimiento de repulsión hacia el contacto físico. Por impersonal que fuera el contacto, su reacción era de rechazo.

El contacto de Rothbury no tuvo nada de impersonal. Sus dedos se cerraron sobre los suyos y Tess fue incapaz de reprimir un temblor de excitación y aprehensión. Él lo sintió también, porque entrecerró brevemente los ojos, brillantes. Tess sintió un calor extendiéndose por sus mejillas: se estaba ruborizando de nuevo, una reacción tan rara en ella que casi se había olvidado de la sensación.

Solo que, con lord Rothbury, aquella reacción no tenía nada de rara. Se concentró en descender con cuidado los escalones del coche: ir a parar por accidente a sus brazos no formaba parte del plan. Una vez que ella tuvo los pies firmemente plantados en el suelo, Rothbury la soltó y retrocedió un paso, pero con la mirada todavía intensamente clavada en su rostro. Seguía esperando una respuesta a su pregunta.

—Hay una propuesta de negocios que me agradaría discutir con vos, lord Rothbury —le dijo Tess—, pero no aquí, en plena calle —su voz no era en absoluto tan firme como le habría gustado. Carecía de autoridad alguna, algo que odiaba.

Rothbury le hizo una reverencia, irónico. No parecía nada sorprendido, como si estuviera acostumbrado a que cada noche se presentara una dama ante su puerta para tratar de misteriosos asuntos. Quizá fuera ese precisamente el caso, pensó Tess. Había oído hablar suficientemente de su pasado como aventurero para saber que aquella inesperada aparición suya sería probablemente el hecho menos excitante de su habitual existencia.

—Entonces, por favor, pasad dentro —se apartó para que lo precediera escaleras arriba y entrara en el vestíbulo.

La primera impresión de Tess fue de oscuridad. Aquel vestíbulo estaba tan lleno de estatuas, bustos y enormes jarrones chinos que casi tuvo miedo de tropezar con alguno en aquella penumbra. Recordó que el anterior lord Rothbury había sido un gran estudioso de las civilizaciones antiguas. Aquella colección debía de formar parte de sus investigaciones. Reprimió un estremecimiento: aquella casa parecía tan seca y mustia como un museo.

—Un mausoleo: lo sé —la voz de Rothbury interrumpió sus pensamientos, adivinándolos con asombrosa exactitud—. Todavía tengo que decidir qué voy a hacer con todas estas cosas —la miró—. ¿Conocisteis a mi primo, el anterior vizconde, lady Darent?

—No que yo recuerde —respondió Tess—. He oído que fue un gran académico, dedicado a viajar y a aumentar su colección de arte.

Rothbury asintió.

—Viajamos mucho los dos, él y yo. Es un vínculo que compartimos, aunque nunca llegamos a conocernos personalmente —sonrió—. Aunque supongo que sí conoceréis al resto de mi familia *heredada*, mis tías abuelas lady Martindale, lady Borough y lady Hurst...

Tess le lanzó una rápida mirada. Aquello era todavía mejor de lo que había imaginado. Aquel temible trío de damas eran las más rectas y estrictas de la alta sociedad londinense.

—Lady Martindale es una verdadera purista en materia de buenos modales. Completamente aterradora.

—¿Incluso para vos? —murmuró Rothbury—. Yo creía que erais inmune a la desaprobación de la sociedad —se quitó el abrigo y se lo entregó agradecido al mayordomo, que parecía una estatua más—. ¿Queréis que Houghton se encargue de vuestra capa, o vuestra estancia aquí será de corta duración? —había una leve burla en su voz.

Tess vaciló. La casa no era especialmente fría, pero sentía la necesidad de quedarse con la capa puesta, como

si fuera una especie de armadura. De repente se vio asaltada por la convicción de que estaba a punto de cometer un
grave error. Pese a todas las ventajas que presentaba Rothbury, como su impotencia o la impecable respetabilidad de
sus parientes, no lograba sacudirse una sensación de incomodidad.

Pero mientras ella se lo había estado pensando, él la
había tomado del brazo para guiarla hacia la biblioteca. Y
la doble puerta de roble se había cerrado a su espalda con
un firme chasquido que sonó a trampa abatiéndose sobre
ella.

—Disculpad por favor la prepotencia de mis modales.

Su sonrisa le robó el aliento, algo tan insólito que, por
un instante, Tess se preguntó si el nudo que sentía en el
pecho no se debería a alguna enfermedad. Por lo general,
el encanto de los hombres atractivos la dejaba completamente fría.

Rothbury se apoyó en la puerta cerrada, con los brazos
cruzados sobre el pecho: otra barrera que parecía impedirle la huida.

—Estoy a vuestro servicio —murmuró—, si estáis dispuesta a compartir conmigo esa propuesta de negocios
vuestra.

—Yo quería... —se le secó la garganta. Buscó las palabras que parecían habérsele escapado como pétalos arras-
trados por la brisa—. Esto es, yo...

Rothbury enarcó una ceja con gesto expectante, mientras asistía a su confusión.

—He venido aquí... —había perdido todo su lustroso y
elegante barniz de gran dama. Y eso no podía consentir-
lo—. He venido a proponeros matrimonio —terminó, con
toda la torpeza de una azotada colegiala—. Una boda puramente formal, por supuesto. Lo que deseo y espero es un
matrimonio de conveniencia.

Avergonzada, se quedó clavada en el sitio mientras una
ardiente oleada de rubor le subía de las plantas de los pies

para acabar extendiéndose por todo su cuerpo. La situación no habría podido torcerse más. Había querido mantenerse tan fría, tan compuesta... había querido ser *ella misma*, la marquesa viuda de Darent, cargada de aplomo y seguridad. Pero, en lugar de ello, aquel hombre le había arrebatado su confianza para volvérsela del revés. Debió habérselo pensado dos veces antes de empezar aquel peligroso juego de servirse de Rothbury para conseguir su nombre y protección, porque en cualquier momento él podría ponerla en evidencia, acusarla de sedición... y hacer que la enviaran a la Torre de Londres.

Rothbury se quedó en silencio durante un buen rato. Finalmente, cuando Tess estaba ya a punto de balbucear una disculpa y saltar por la ventana en su desesperación de escapar de allí, vio que se apartaba de la puerta para acercarse a ella. El pánico le atenazó la garganta. Había algo avasallador en su presencia física que le hacía sentirse insoportablemente incómoda. Y sin embargo no se sentía amenazada por él como le había ocurrido con Brokeby, con aquel horrible espanto que le ponía la carne de gallina. Rothbury, lo sabía instintivamente, no era un hombre capaz de hacer daño a una mujer. Pese a ello, su proximidad física no podía inquietarla más.

Rothbury se atrevió entonces a tomarla de la barbilla para acercar su rostro a la débil luz que entraba por los altos ventanales. Tess intentó permanecer inmóvil bajo su contacto, aunque el impulso de apartarse no podía ser más fuerte. Nadie la tocaba. Nunca.

–Una propuesta extraordinaria –murmuró–. Un matrimonio puramente formal. ¿Por qué habríais de desear algo así?

Dejó caer la mano y Tess se vio invadida por una inefable sensación de alivio, tan mareante como el vino, que la dejó aturdida por unos segundos. Rothbury se volvió para alejarse un par de pasos, pero en seguida giró bruscamente sobre sus talones.

–No era una pregunta retórica –le recordó.

Tess dio un respingo.

–¡Oh! –la mente se le había quedado en blanco.

¿Por qué no había previsto que Rothbury le lanzaría aquella pregunta... entre otras muchas todavía más difíciles? Se había apresurado a plantearle su propuesta sin tantear primero el terreno. Debió haberse dado cuenta de que no era de la clase de hombres que aceptarían un arreglo semejante sin antes discutirlo, como había hecho el difunto Darent.

Rothbury seguía observándola con una ceja arqueada, con una expresión odiosamente expectante. Y la mente de Tess seguía tan en blanco como antes.

–No dudo de que no esperaréis demasiado tiempo para compartir vuestros motivos conmigo –dijo él, con el mismo sensual acento–. Mientras tanto, tengo otra pregunta que haceros. Sé que puede pareceros impertinente, lady Darent, vulgar incluso. Pero os la tengo que hacer de todas formas –sonrió–. ¿Qué es exactamente lo que ganaría yo aceptando vuestra propuesta?

Owen había disfrutado de unos diez minutos de lo más entretenido: posiblemente los diez minutos más inesperados e interesantes de toda su vida. Había recibido un cierto número de propuestas de matrimonio durante el curso de sus treinta y dos años de vida. Algunas habían procedido de emprendedoras cortesanas en ciernes, otras de respetables y jóvenes damas deseosas de escapar al tedio de su convencional educación. Una se la había hecho una princesa fabulosamente rica, desesperada por librarse de un matrimonio concertado con otro miembro de la realeza. Pero ninguna de esas propuestas había sido tan osada como la de aquella extravagante viuda que parecía coleccionar maridos con tanta fruición como el rey Enrique VIII esposas.

Owen nunca se había imaginado a sí mismo como cuarto marido de nadie. Hasta hacía apenas diez minutos, la idea de casarse había sido la última que había rondado por su cabeza. Y casarse con Teresa Darent, precisamente... Era una noción de lo más absurda. «Y fascinante también». Le recordó una voz interior.

Lo que le interesaba en aquel momento eran las razones que podía tener Tess para pedirle algo así. Albergaba la fuerte sospecha de que estaba jugando un juego doblemente tramposo con él; sabía que sospechaba que era Júpiter así que, de alguna manera, se había propuesto desactivar la amenaza que representaba para su persona. El matrimonio era precisamente una estupenda manera de hacerlo. No pudo menos que admirar su táctica. Era una jugada atrevida, arriesgada pero brillante, indicativa de una increíble audacia. Todos sus instintos de jugador lo empujaban a aceptar el desafío y entrar en la partida. No por casualidad había sido siempre un aventurero, pese a que en ese momento se ocultaba bajo el respetable manto de su título y su fortuna.

Durante la entrevista que aquella mañana había mantenido con lord Sidmouth sobre el mitin político y la revuelta recientemente ocurridos, Owen no le había expresado sus sospechas sobre lady Darent. No sabía muy bien qué era lo que lo había movido a mantenerse callado; la carencia de pruebas quizás, el hecho de que él mismo no estuviera del todo convencido... o incluso un poderoso sentimiento de protección hacia Teresa Darent, que más lo inclinaba a defenderla que a condenarla. Ese último motivo resultaba tan inexplicable como inquietante. Él no profesaba simpatía alguna por la causa radical, y pensaba que Júpiter no era más que un peligroso delincuente consagrado a destruir la ley y el orden. Y, sin embargo, se había mantenido en silencio.

Por cierto que él no era el único que estaba investigando el club Júpiter. Sidmouth contaba con numerosos hombres a su disposición: agentes infiltrados, informantes y espías, al lado de sus investigadores oficiales. Owen sabía que solo sería cuestión de tiempo que Júpiter fuera desenmascarado y el club desmantelado. Tess debía de saberlo también. Por eso estaba allí en aquel momento, buscando protección.

—Una mayoría de caballeros contemplaría un matrimonio conmigo como un premio en sí mismo: no pedirían más.

La respuesta de Tess a su pregunta estuvo cargada de desdén. Había alzado la barbilla. Owen reprimió una sonrisa. Diez generaciones de orgullo familiar estaban contenidas en aquella frase. Una frase que le había hecho sentirse como si hubiera cometido una ofensa imperdonable al cuestionarla al respecto. Quizá sus anteriores tres maridos se hubieran apresurado a aceptar, antes de que ella hubiera terminado de proponérselo. Owen había oído que ella misma les había hecho la propuesta a todos y cada uno; que aquella clase de acercamiento era el estilo característico de Tess Darent, tanto si había elegido a un hombre como marido o como amante. No esperaba a que se lo pidieran. Era ella quien llevaba la iniciativa de la caza.

Eso era lo que decían los rumores. La verdad, reflexionaba Owen, probablemente era mucho más compleja. Ya estaba llegando a la conclusión de que Teresa Darent era, en casi todos los aspectos de su persona, justo lo contrario de lo que aparentaba ser.

En aquel instante, por ejemplo, sabía que se encontraba incómoda. Percibía su nerviosismo pulsando en su interior: un temor que desesperadamente se esforzaba por esconder detrás de su impecable apariencia. Se había alejado varios pasos de él, para quedarse al pie de los altos ventanales que daban a la terraza del jardín, con sus tejos y setos bien podados. La luz grisácea de la mañana otoñal recortaba apenas su figura, escondiéndola más que revelándola: Owen ni siquiera podía distinguir su expresión. El color de su vestido debería haber desentonado con el caoba de su cabello, sofisticadamente peinado bajo su sombrero a juego. Y, sin embargo, en lugar de ello, el contraste resultaba espléndido, enmarcando su rostro en un halo de fuego. Cada elemento de su ropa había sido cuidadosamente elegido para buscar un evidente efecto, y había funcionado. Owen sabía muy poco de moda, y le importaba aun menos. Tenía un buen gusto innato y lucía su ropa con una despreocupada elegancia que su ayuda de cámara solía deplorar. Tess Darent, en cambio, exhibía su guardarropa como si fuera un arma. Conocía el valor de las apariencias y sabía que podían proporcionar tanta protección como confianza.

Caminó muy lentamente hacia ella, decididamente, con sus pasos resonando en las desnudas tablas del suelo de la biblioteca. No había mullidas alfombras o esteras que atenuaran la austeridad de aquella habitación. La casa Rothbury había sido descuidada de manera deplorable por su primo Peregrine, que había permanecido viudo durante años y rara vez había recalado en Inglaterra. Todas las propiedades Rothbury estaban deterioradas y se necesitarían miles de libras para acometer las reformas. Casarse con una heredera era una solución obvia, tal y como su tía Martindale le había señalado. Si se casaba y engendraba un heredero, ella se había comprometido a saldar las deudas Rothbury y a financiar las reformas necesarias.

Lady Martindale no aprobaría a Tess Darent como esposa. La idea de casarse con una mujer que incurriría en la más profunda desaprobación de su tía abuela le agradaba: sería como un pequeño acto de rebelión, cuando tan atado de pies y manos se encontraba. Sabía que ese no era motivo que justificara un matrimonio semejante. Y sin embargo la idea no dejaba de atraerle.

Se detuvo cuando estaba a menos de un metro de distancia de Tess: sus ojos azul violeta le sostenían la mirada. No había rastro de nerviosismo en ellos. Owen llegó a preguntarse si no habría imaginado la tensión que había creído percibir en ella. Pero no. Volvió a sentirla, la vio en la forma en que se retraía y retrocedía, casi imperceptiblemente, para poner algo más de distancia entre ellos. Evidentemente no se sentía cómoda con su proximidad física. Lo cual resultaba muy extraño, si los rumores que corrían sobre su persona eran ciertos.

—Dudo que una mayoría de hombres contemplaran un matrimonio con vos como un premio si no les fuera permitido compartir vuestro lecho —le dijo fríamente Owen—. Perdonad mi brusca manera de hablar —añadió al distinguir un fulgor de furia en sus ojos—. En las conversaciones sobre temas íntimos, prefiero siempre ser franco.

—Yo nunca he considerado el matrimonio como un tema íntimo —le espetó Tess, ruborizada—. Me temo que tenéis una visión tristemente *colonial* de la institución, lord Rothbury. El matrimonio en la alta sociedad británica está únicamente concebido para el beneficio. Vos os beneficiáis de mi belleza y de mis conexiones, y yo consigo la protección de vuestro nombre.

—Perdonadme de nuevo, pero… ¿sería un trato ecuánime?

—No —respondió Tess—, el trato os favorece con mucho a vos. Sería yo la que se rebajaría al casarme con un simple vizconde.

—Uno no necesita poseer un caballo purasangre para poder admirar su belleza.

Tess enarcó una ceja con gesto altivo.

—¿Perdón? ¿Es alguno de nosotros un *animal* en vuestra analogía?

—En cuanto a las conexiones con la sociedad —continuó Owen—, yo no las valoro.

—Sois muy estrecho de miras. Tanto que dudo que estéis capacitado para apreciar a vuestro purasangre.

Owen se sonrió. Claro que la apreciaba. Era lo suficientemente bella como para volver loco a cualquier hombre. Y al menos, pensó, si se casaba con ella, jamás se aburriría. Las conversaciones con Tess Darent tenían el efecto de una buena dosis de sales. Aunque sin duda que ella le respondería que en un matrimonio moderno los cónyuges se hablaban lo menos posible, y preferiblemente por medio de sirvientes.

–¿Y vuestra reputación? –le preguntó él–. Muchos serían los hombres que podrían recelar de tomar una esposa de la clase de reputación que uno podría esperar y considerar normal… en una amante.

Una vez más había sido brutalmente franco, y esperó su respuesta con interés. Mantuvo sin embargo las defensas permanentemente en su sitio, porque no pudo distinguir ni una sombra de emoción en su semblante: ni sorpresa, ni furia… nada. Se lo había quedado mirando con aquella fría mirada azul a la que ya estaba empezando a acostumbrarse.

–Vos –le dijo después de un momento– tenéis una reputación de pirata y soldado mercenario. La mayoría de las mujeres preferirían un hombre así como amante antes que como marido.

«Touché», pronunció Owen para sus adentros, inclinando la cabeza.

–Nunca fui un pirata, aunque supongo que sí podría decirse que ejercí de mercenario –admitió.

–Mientras que yo nunca he sido una meretriz –replicó Tess. La frialdad de su respuesta le arrancó una sonrisa: aquella mujer tenía carácter–. Y si nos casáramos –continuó–, yo me comportaría con absoluta propiedad. Me caso para intentar salvar mi reputación, con lo que carecería de sentido perjudicarla aún más.

–Me siento en la obligación de recordaros –dijo Owen–, que anoche os sorprendí descolgándoos del balcón de un burdel.

Un brillo burlón asomó a sus ojos.

–Anoche no estaba prometida en matrimonio con vos, lord Rothbury.

Tuvo que darle la razón. Era una jugadora fría, cerebral. Lo cual casaba perfectamente con alguien que podría llevar una vida secreta como simpatizante radical, que portaba pistola en su bolso y que bien habría podido encontrarse en el burdel de la señora Tong por distintos propósitos que el de pasar una noche de disipación.

Se vio obligado a admitir que estaba intrigado. Tenía un grado bajo de tolerancia al aburrimiento, producto de una vida entera de movimiento constante y búsqueda de nuevos desafíos. Se había embarcado cuando era un adolescente y había pasado su vida explorando, luchando y labrándose un futuro. Le gustaba el riesgo y la imprevisibilidad. Era precisamente eso lo que le hacía sentirse vivo.

Tess Darent representaba un desafío suficiente para cualquier hombre. Y para toda la vida.

—Por supuesto —añadió ella con tono indiferente—, también está mi fortuna. Soy reputada como una dama muy rica.

Aquello llamó su atención. Owen se dio cuenta de que había sido vagamente consciente de que era una viuda con posibles, pero ignoraba si era simplemente acaudalada o más bien escandalosamente rica.

—¿Cuánto de rica?

Una vez más, su mirada azul se burló de su franqueza.

—Más de ciento cincuenta mil libras de renta —respondió, tan sincera como él—. ¿Es suficiente para tentaros, milord, cuando mis otros atractivos no lo han conseguido hasta ahora?

Lo cierto era que ya se había sentido suficientemente tentado. En ese momento sus palabras le robaron el aliento.

—Resulta curioso lo muy atractiva que de pronto puede volverse una dama cuando se adorna con oro —añadió, escrutando su expresión—. Ahora ya no sé si soy un purasangre, según vuestra analogía anterior, o la gallina de los huevos de oro.

Pese a la frialdad de sus palabras, le pareció ver brillar en sus ojos algo parecido a la decepción. Owen llegó a preguntarse si no habría esperado acaso que la aceptara por ser ella misma, no por su dinero. Se le antojaba tan improbable que algo así pudiera importarle...

—No puedo negar que una fortuna de ciento cincuenta mil libras representa un fuerte estímulo.

—Bueno, al menos nunca me mentiríais fingiendo interesaros más por mi encantadora persona que por mi dinero —repuso Tess con la misma sequedad—. Tal vez seáis escandalosamente brusco, lord Rothbury, pero en realidad lo prefiero. Esas cosas al final ahorran problemas.

—Entonces quizá nos llevemos bien —dijo Owen. Sus miradas volvieron a encontrarse y experimentó una punzada de excitación, una atracción inequívocamente dirigida hacia ella, y no a su dinero—. Mencionasteis que deseabais casaros para salvar vuestra reputación —le señaló una silla—. ¿Por qué no me contáis más?

Vaciló. Owen distinguió una repentina vulnerabilidad en sus ojos, tan inesperada que se conmovió más de lo que le habría gustado. Se había preguntado si no habría estado utilizando su deseo de salvar su reputación como conveniente excusa para sus planes de matrimonio, pero ahora se daba cuenta de que no, de que había sido sincera. Los problemas con los que se enfrentaba, fueran cuales fueran, eran importantes y la tenían profundamente alterada.

—Por favor —insistió, esperando todavía a que tomara asiento—. Podéis confiar en mí —había suavizado su tono sin darse cuenta de ello: su amabilidad había terminado imponiéndose a su abrasiva franqueza. Se sonrió, triste. La habilidad de Tess para desarmar a cualquier hombre resultaba formidable. Si no llevaba cuidado, no tardaría en olvidarse de que se encontraba frente a una peligrosa renegada política y exponerse así a que lo tomara desprevenido.

Por fin se sentó, en el borde de una de las duras butacas de la biblioteca, casi como si esperara que fuera a romperse en cualquier momento. Dado el estado de sus muelles, no parecía una posibilidad tan descabellada. Owen se descubrió admirando el delicado perfil de su cuello y de su mandíbula: una delicadeza que parecía contrastar con el gesto terco de su barbilla y la determinación de sus ojos. Tess Darent, según parecía, era una contradicción andante.

—Mi difunto marido, lord Darent, contrató un préstamo —empezó. Una sombra de exasperación tiñó en ese momento su voz—. Y su acreedor me exige ahora el pago.

—El matrimonio es una manera muy extremada de saldar una deuda —comentó Owen mientras se sentaba frente a ella, al otro lado de la mesa—. Antes habríais podido recurrir a un prestamista. Además de que acabáis de decirme que sois obscenamente rica.

—No hay nada obsceno en mi fortuna —replicó con tono severo—. Pero me habéis malinterpretado, milord. No es dinero lo que me demanda lord Corwen.

—¿Qué es entonces? —observó su expresión y experimentó una punzada de sorpresa ante lo que vio allí—. ¿Vos? —una furia posesiva explotó de pronto en su interior, tomándolo desprevenido. Se inclinó hacia delante—. ¿Os quiere a *vos* para zanjar la deuda?

Había empezado a negar con la cabeza. Bajo el ala del sombrero su rostro estaba en sombras, oculta su expresión.

—No —aspiró profundamente como si quisiera reunir fuerzas para pronunciar las palabras—. Me exige el pago en forma de matrimonio con mi hijastra —su rostro se contrajo en una mueca de disgusto y desesperación—. Sybil se encuentra en este momento estudiando en Bath. Solo tiene quince años. Corwen desea desposarla el año que viene, cuando cumpla los dieciséis —alzó los ojos para mirarlo—. Debéis saber que ese hombre tiene cuarenta y siete años y desea una esposa dócil... —un estremecimiento la recorrió— e inocente. La poseerá a cambio de cancelar la deuda.

Owen experimentó una náusea de repulsión. Se la quedó mirando ceñudo.

–Pero eso es grotesco, monstruoso. Seguro que… –había estado a punto de decir que seguro que eso no podía ser cierto, pero al instante se convenció de la inanidad de la frase.

Tess lo miró. Owen pudo distinguir en sus ojos algo más profundo que repugnancia por el comportamiento de Corwen: un dolor grabado a fuego en su alma. Lo vislumbró solo por un segundo: fue tan fugaz que hasta se preguntó si no lo habría imaginado.

–Os negaríais, supongo.

–Por supuesto –pareció repentinamente cansada–. Me he ofrecido a pagarle la deuda al contado, pero se niega. En lugar de ello, me amenaza con destruir el futuro de Sybil. Un rumor difundido aquí y allá, la idea de que es tan poco virtuosa como su madrastra –se encogió de hombros–. Vos sabéis lo frágil que puede llegar a ser la reputación de una dama, milord. La reputación de una dama no es como un bolso que se extravía… nada puede reemplazarla. Una vez que se pierde, es para siempre.

–Pero Corwen no puede tener fundamento alguno para difamarla…

–Es claro que no –negó con la cabeza–. Pero es *mi* mala reputación la que marcará la vida de Sybil si no hago algo para evitarlo. Corwen me señalará públicamente como la peor de sus influencias. Dirá que me encargué de la educación de Sybil durante cinco años, que soy una mujer corrupta y que mi comportamiento inmoral acabó contaminándola a ella. Y lo creerán a él, porque la gente siempre prefiere creer lo peor –de improviso adoptó un tono ferviente, rebosante de sinceridad–. Yo nunca permitiré que le suceda nada a Sybil. Su padre dejó a sus hijos a mi cuidado y no pienso fallarles.

Owen se levantó. Solo en ese momento comprendía la anterior promesa que le había hecho Tess, acerca de que se comportaría con absoluta propiedad cuando se casaran. Ella ya había hecho su elección: casarse, ganar un mínimo de respetabilidad y proteger a sus hijastros. Para hacerlo necesitaría renunciar a todo licencioso comportamiento y convertirse en un dechado de respetabilidad. No pudo menos que preguntarse si sería capaz de mantener ese trato.

–Queréis pues que me convierta en la hoja de parra que os proporcione una apariencia de respetabilidad.

Tess se echó a reír de pronto, sinceramente divertida. La mirada de sus ojos azules se suavizó, brillante de malicia. Sorprenderla de improviso de aquella forma, tan desprevenida y sin defensas, lo dejó sobresaltado. Sobresaltado y complacido a la vez. Descubrió que deseaba saber más cosas de aquella genuina Tess más allá de aquella fachada suya, tan radiante como frágil. Lo ansiaba. La intensidad de aquel anhelo constituyó otra sorpresa.

–Mi hoja de parra –dijo Tess–. Qué descripción tan pintoresca, milord.

–Y muy apropiada, dada la tendencia que parece tener vuestra ropa a desaparecer –repuso él–. En el burdel, en esas pinturas de Melton de las que todo el mundo habla...

El brillo de sus ojos desapareció de pronto.

–Admito que puedo dar esa impresión –su tono había tornado a ser frío, sin vida. Se removió en la butaca–. Las pinturas proceden de una colección perteneciente a mi segundo marido. Nunca estuvieron destinadas a la exhibición pública, pero... –se encogió de hombros–, parece que el señor Melton anda decidido a hacer fortuna.

Aquel encogimiento de hombros, pensó Owen, encubría algo más que un cierto disgusto acompañado de una justa dosis de enfado. Teresa Darent podía simular una aristocrática indiferencia hacia la actitud desvergonzada de Melton y su intento de ganar dinero a costa de su cuerpo. Pero Owen percibía que, por dentro, se sentía terriblemente dolida y humillada. Una vez más se despertó su instinto de protección, que tuvo que refrenar con fuerza.

–Ahora que estamos hablando de rumores y de escándalos... –dijo–, corre también la idea de que tenéis un joven amante en Justin Brooke.

–La sociedad no ha perdido el tiempo en poneros al día sobre mi pobre reputación –comentó secamente Tess–. Lo cual justifica precisamente mis pretensiones.

–¿Es cierto? –insistió Owen–. Llamadme anticuado, pero preferiría que mi futura esposa no estuviera enredada en una aventura antes del matrimonio, y preferiblemente tampoco después.

–El señor Brooke no es mi amante –le lanzó una mirada franca y directa, como desafiándolo a que la desmintiera–. Ni tengo amante ni pienso tener uno. Yo nunca... –se interrumpió de pronto y desvió la vista, ruborizada.

–¿Nunca habéis tenido un amante? –inquirió Owen con tono suave. Estaba sorprendido, aunque resultaba obvio que aquella mujer era una verdadera caja de sorpresas.

–No. Nunca –pareció disgustada de tener que reconocerlo, como si estuviera revelando demasiadas cosas de sí misma. Bajó la mirada, con sus largas pestañas enmascarando su expresión–. He tenido tres maridos –añadió al cabo de un momento–. Con eso me ha bastado.

–Pues no lo parece, dado que andáis buscando un cuarto –replicó él.

Ella sonrió levemente, alzando las manos en un hermoso y elegante gesto que Owen sospechó era completamente falso.

–¿Qué puedo decir? Es una compulsión que tengo.

Owen lo dudada. Tess Darent parecía con mucho una mujer demasiado controlada y calculadora para ceder fácilmente a cualquier tipo de compulsión.

–¿Hay algo más que debiera saber antes de daros una respuesta? –inquirió.

Le estaba dando la oportunidad de que fuera sincera con él sobre sus simpatías políticas. La oportunidad de que le confesara su relación con el club Júpiter. Esperó, consciente de que estaba conteniendo el aliento.

Vio el brillo especulativo de sus ojos y adivinó que estaba sopesando los pros y contras de su posible confesión. Por un instante se mordió el labio inferior, casi como si estuviera a punto de ceder. Pero enseguida volvió a retraerse detrás de aquella fría fachada. Aquellas formidables defensas suyas volvieron a alzarse. Sacudió la cabeza.

—No hay nada más, milord —arqueó una ceja—. ¿No os basta con lo que os he dicho?

«Es mucho, pero no es todo», pensó Owen, invadido por una amarga sensación de decepción. Había esperado que Tess confiara en él, lo cual era una estupidez, ya que tenía perfecta razón a no hacerlo. Él era un hombre de Sidmouth, encargado de cazar y arrestar al delincuente llamado Júpiter. Lo que nunca habría podido hacer Tess era entrar tranquilamente en su casa y confesarle que era la mujer que buscaba. No; en lugar de ello había hecho precisamente lo que había hecho. Le había contado medias verdades, le había tentado al matrimonio con su dinero y había intentado utilizarlo, para protegerse del acoso de Sidmouth.

Sabía que debería rechazar su propuesta, evidentemente. Debería, de hecho, detenerla e investigarla. Pero no lo haría. La atrevida y taimada jugada de Tess Darent excitaba su instinto de jugador. Le había lanzado un desafío. Pues bien, lo aceptaría. Jugaría y acabaría ganando.

Recordó sus caricaturas políticas, con su enorme capacidad sugestiva. Rezumaban rabia y pasión, la antítesis de aquella fría y controlada mujer que tenía delante. Deseaba descubrir a la verdadera Tess Darent, rasgar aquellas capas de fría compostura con las que se disfrazaba, para descubrir a la mujer que se escondía debajo. Se preguntó si realmente sería capaz de llevar adelante su desafío hasta el altar... y más allá, hasta el lecho matrimonial.

«Solo hay una manera de averiguarlo», se recordó.

—Lady Darent —levantándose, improvisó una impecable reverencia—. Soy muy sensible al honor que me hacéis...

–¿no era esa la expresión que solía usarse ante una propuesta de matrimonio?, se preguntó. No tenía la menor idea.

–Pero vais a rechazarme –se adelantó Tess, antes de que él pudiera terminar, y se levantó también–. Por supuesto. Supongo que es una verdadera suerte... –se alisó los guantes con unas ganas tan palpables de salir de allí que Owen no podía dejar de mirarla fascinado–. Porque precisamente acabo de cambiar de idea. Creo que no seríais en absoluto el marido apropiado para mí. Sois demasiado... –se interrumpió.

A punto estuvo Owen de corregir su presunción, pero tanta era su diversión y curiosidad que se abstuvo de hacerlo. La fría y calculadora lady Darent había perdido su aplomo precisamente en el último momento. Evidentemente no era tan descarada como parecía. Pero él no estaba dispuesto a dejar que se escapara tan fácilmente.

–¿Soy demasiado qué? –insistió.

–Demasiado directo, demasiado insistente. Y hacéis demasiadas preguntas.

Owen se apresuró a bloquearle el paso al ver que se dirigía hacia la puerta.

–Antes de que os marchéis –le dijo con engañosa suavidad–, dadme por favor alguna pista para la próxima ocasión en que reciba una propuesta matrimonial de una dama. ¿Cómo debería responder de la manera convenientemente *apropiada*?

–Con gratitud –respondió, cortante–, si la dama en cuestión es alguien como yo.

–No hay nadie como vos –repuso Owen–. Y acepto vuestra propuesta de matrimonio, lady Darent. Con gratitud.

La mirada azul de Tess reflejó una absoluta sorpresa. Su boca formó una silenciosa, asombrada, «o».

–A no ser... –añadió él con tono suave– que hayáis retirado vuestra oferta. De ser así, me sentiría altamente decepcionado.

La observó con interés, por ver si, llegado el momento, tenía la osadía de seguir adelante.

Tess se recuperó con rapidez.

–En ese caso... –pronunció, tensa–, parece que hemos llegado a un acuerdo.

–Os he hecho la más feliz de las mujeres –dijo con tono irónico–. ¿No es esa la frase acostumbrada, aunque pronunciada en este caso por el hombre dado nuestro cambio de papeles?

–Yo no diría tanto. Pero os estoy agradecida, lord Rothbury.

–Qué halagador.

–Os recuerdo que se trata de un acuerdo de negocios. Y yo no suelo halagar a mis socios de negocios.

Lo fulminó con una mirada destinada a recordarle que había recuperado el control. Owen lo encontró divertido; hasta tuvo que reprimir una sonrisa. En un instante le arrebataría esa seguridad y le haría probar una muestra de lo que significaría su nuevo matrimonio.

–Haced el favor de informar de nuestro compromiso a periódicos y gacetas –le pidió ella.

Owen le hizo otra reverencia.

–Como gustéis. Y conseguiré una licencia especial.

Le intrigó el brillo de pánico que distinguió en sus ojos. Evidentemente Tess Darent tenía sus reservas sobre lo que estaba haciendo.

–No hay necesidad de apresurarse tanto.

–Al contrario –replicó Owen, disfrutando con su incomodidad–. Aunque nuestro compromiso os proporcione parte de la respetabilidad que buscáis, nunca será tan efectivo como nuestro matrimonio.

Vio que se mordía con fuerza el labio inferior.

–Bueno, yo...

–Y os visitaré mañana –terminó Owen, satisfecho.

–¿Visitarme? –frunció levemente el ceño.

–A no ser... –dijo, fracasando a la hora de evitar la ironía que terminó tiñendo su voz– que prefiráis que os envíe una simple nota con la fecha de la boda, para que podáis reuniros conmigo en la iglesia.

–Oh... –esbozó una deliciosa sonrisa, eco de la frívola y vanidosa imagen que se empeñaba en representar–. Sí, creo que eso último sería lo más adecuado. Dado que se trata de un matrimonio de conveniencia, no veo la necesidad de que nos veamos demasiado antes de la ceremonia.

Se dirigió de nuevo hacia la puerta. Owen retrocedió dos pasos y se estiró para agarrar el picaporte antes de que lo hiciera ella. El movimiento fue tan brusco que chocaron sus cuerpos, y sintió su contacto cálido, blando y suave. Los sentidos de Owen se nublaron con su aroma y con el calor de su piel. El deseo lo invadió con la misma ferocidad que la pasada noche. La tomó de la muñeca.

–No seré un marido cómodo, lady Darent –le advirtió–. No esperéis que os obedezca sin rechistar.

Bajo sus yemas, pudo sentir el aceleramiento de su pulso. Su guante no ofrecía protección alguna contra la insistencia de su contacto.

Estaban tan cerca que ella tuvo que alzar la cabeza para sostenerle la mirada. Owen pudo distinguir en sus ojos un brillo de furia, pese a la tranquilidad del tono con que le respondió:

–Siempre y cuando no esperéis que yo os obedezca a mi vez.

–Os recuerdo que estaréis obligada a prometérmelo durante la ceremonia –repuso Owen–. ¿O acaso pensáis cumplir únicamente los votos que os convengan? –sintió que el pulso se le aceleraba aun más. Algo muy parecido el miedo relampagueó en sus ojos azules–. Parecéis vacilar –observó con tono dulce–. ¿Os gustaría reconsiderarlo? ¿Volveros atrás en el último momento, antes de que sea demasiado tarde?

Por un instante creyó descubrir un confuso cúmulo de sentimientos nublando su rostro.

—No, gracias —volvió a sonar tan fría como si estuviera declinando el servicio de té de un criado—. Respecto a lo primero, no puedo permitirme ser tan selectiva. ¿Y *vos*, milord? ¿Queréis acaso retraeros de nuestro acuerdo?

Owen no tenía absolutamente ninguna intención de hacerlo.

—No. Me desposaré con vos.

—Que alegría me dais —murmuró, a manera de burlón eco de sus palabras anteriores.

Owen tiró de su muñeca para acercarla hacia sí. Él mismo se sorprendió del deseo que sentía de besarla. El desafío que representaba, la partida que estaban jugando, le encendía la sangre. Y acercó la boca a sus labios.

Por un fugaz segundo, fue algo mágico, cautivador. Aquella mujer era todo calor y luz, todo dulzura en sus brazos. El deseo pareció explotar en su interior; una sensual oscuridad lo envolvió. Y la atrajo aun más...

Sintió su reacción de rechazo recorriendo su cuerpo como un rayo. No fue la típica respuesta de alguien tomado por sorpresa por un beso, sino una reacción mucho más profunda, incómodamente parecida al miedo. Pero antes de que él pudiera terminar de analizarla, Tess se quedó paralizada, impasible, con los labios fríos y el cuerpo tan rígido como un cadáver.

El ardor de Owen se apagó con la misma rapidez con que se había encendido. Se apartó de ella. Tess tenía los ojos cerrados, sus largas pestañas formaban sendos abanicos negros sobre su rostro. Los labios levemente entreabiertos, su rizada melena dorado rojiza formando un nebuloso halo. Parecía deliciosamente encantadora pero sin vida, como la princesa del cuento de *La Bella Durmiente*, muerta para el mundo y, ciertamente, muerta a su contacto. La soltó. Había pasado bastante tiempo desde la última vez que había besado a una mujer, y quizá anduviera algo necesitado de práctica, pero nunca había tropezado con una reacción, o más bien una falta de la misma, como aquella.

Tess abrió los ojos. Su expresión era tan inerte como su respuesta. Owen sintió que el estómago se le cerraba con una sensación parecida a la desesperación. Si aquello era una muestra de la vida matrimonial que le esperaba, no habría podido imaginar nada más estéril. Quizá debería haber aprovechado la oportunidad de retirarse a tiempo, hacía apenas unos minutos.

—Que tengáis buen día, lord Rothbury.

Tess se estaba atando ya el lazo de su capa amarilla, con dedos perfectamente firmes. Parecía impasible, como si no fuera a hacer referencia alguna a su beso. Quizá se tratara de una ilustración de lo que ella había denominado compromiso «apropiado»: un frío reconocimiento del vínculo exclusivamente formal que ahora los ligaba. Pero si esa era la expectativa que tenía Tess de su futuro matrimonio, se iba a llevar una gran sorpresa.

Le sostuvo la puerta y ella abandonó la biblioteca toda digna, para esquivar el laberinto de estatuas y jarrones del vestíbulo con tanta elegancia como aplomo. Volvía a ser la dama perfectamente fría y controlada de la alta sociedad.

Solo cuando el traqueteo de su carruaje se perdió en la distancia, se dio cuenta Owen de que Tess no había respondido a su pregunta sobre las razones que la habían movido a desear un matrimonio puramente formal.

Capítulo 5

Tess se veía atrapada entre la espada y la pared, como su antigua institutriz, la señorita Finch, solía decir. No podía retirar su propuesta de matrimonio si quería evitar verse acusada por la policía, pero tampoco estaba segura de poder seguir adelante con su plan de casarse con Rothbury. Era un hombre demasiado enérgico, demasiado difícil de controlar.

Era la segunda noche seguida que no podía dormir. Abrió el cajón de la mesilla y sacó su cuaderno de bocetos y sus carboncillos. Como siempre, el acto de dibujar contribuyó a serenarla, con su limpia ejecución y el leve rumor del lápiz al resbalar sobre el papel. Hizo un dibujo del árbol de la libertad con lord Sidmouth vestido de leñador, talando el tronco. Realizó luego una caricatura de una escena del burdel, con varios caballeros con los calzones bajados, la señora Tong chillando como una posesa y sus chicas corriendo a esconderse, mientras los dragones pisoteaban los látigos, fustas y demás parafernalia erótica del local. Con cada fluido trazo la escena se iba llenando de vida y carácter.

Con un suspiro, dejó el cuaderno a un lado. Estaba a punto de publicar otra caricatura: al día siguiente la mandaría a la imprenta. Se había prometido a sí misma terminar de una vez por todas con el club Júpiter, pero unas pocas caricaturas más no podían hacer daño alguno... para no hablar de que terminaría estallando si no podía expresar los sentimientos que llevaba dentro. Después de que las hubiera enviado a la imprenta, se suponía que tenía que volver al hotel y preguntar a la señora Tong por los dibujos extraviados. Estaba segura de que la alcahueta, tan oportunista como siempre, se serviría de ellos para extorsionarla y sacarle dinero. La señora Tong la había ayudado porque su hijo era un exaltado radical, pero eso no quería decir que le debiera lealtad alguna: semejante comportamiento habría sido extraño a su naturaleza.

Dejó caer los hombros, abatida; eran tantas las complicaciones que tenía... Si se había convertido en una filántropa había sido por su primer marido. Robert Barstow, que la había inspirado. Cuando murió, ella había heredado su causa y su dinero para luchar por la reforma política que pudiera aliviar la miseria y la enfermedad, la violencia y la desgracia. Como resultado, en aquel momento estaba atrapada en una ciénaga de intrigas.

Tamborileó con el lápiz en la palma de la otra mano. El sentido común le aconsejaba como medida más prudente que Rothbury no supiera nada de sus caricaturas. Los cinco minutos de conversación con él de aquella mañana le habían demostrado lo sumamente perspicaz que era. Si Rothbury hubiera encontrado alguna evidencia que pudiera incriminarla, seguro que se la habría presentado. Y, sin embargo, no podía estar del todo segura de ello. Estaba jugando una partida muy peligrosa con aquel hombre.

Tomó de nuevo su cuaderno de dibujos. Unos pocos trazos y el rostro de Rothbury cobró vida en la página: el decidido perfil de su mandíbula, la forma de sus pómulos, la caída del pelo sobre la frente y su fría y directa mirada. Experimentó otro estremecimiento. Rothbury era tan distinto de Robert Barstow... Y no menos de James Darent, por cierto.

Volvió a abrir el cajón de la mesilla y buscó a tientas el

retrato en miniatura de Robert que siempre guardaba cerca. Pudo sentir el guardapelo de plata, viejo y gastado con más de diez años que tenía. Siempre experimentaba una punzada de tristeza cuando pensaba en Robert, incluso en ese momento, cuando tanto tiempo había pasado desde su muerte. Su primer marido nunca había tenido la oportunidad de ser otra cosa que un joven idealista, pero Tess estaba segura de que, de haber vivido, se habría convertido en un gran hombre. Un hombre íntegro y valiente, de confianza. Un hombre de honor.

Su mirada recayó de nuevo en el cuaderno. Deseó que Rothbury no la hubiera besado antes. Se llevó los dedos a los labios. Por un fugaz segundo, cuando la tocó, había llegado a sentir un impulso feroz y luminoso a la vez: pero casi de inmediato el pasado se impuso, y el miedo y la repulsión ahuyentaron cualquier dulce sensación que hubiera experimentado. Le sucedía con todos los hombres. La crueldad de Brokeby la había malogrado para siempre. Y, sin embargo, por un instante, con Rothbury, había creído... Sacudió enérgicamente la cabeza antes de formular el pensamiento apropiado. No, Rothbury no era distinto de los demás. Él no podía ayudarla, y ella era una ingenua solamente de desearlo.

Por lo demás, no estaba segura de por qué había querido besarla, excepto quizá como una manera formal de sellar su compromiso. Nada más podía haber entre ellos, ni amor ni, ciertamente, deseo físico. Un nudo de amargura pareció apretarse en su interior. Nunca había conocido el verdadero amor físico. Robert había sido su mejor amigo, pero no su amante. Y después de Charles Brokeby, todo pensamiento que había tenido alguna vez sobre el amor físico había estado ensombrecido por las vilezas de las que le había hecho víctima.

Cerró el cuaderno en un intento por borrar de su recuerdo el rostro de Rothbury. Los hombres de honor, en su personal experiencia, eran demasiado escasos. Era una lástima que hubiera conocido a aquel último... cuando ya era demasiado tarde para ambos.

–¿Por qué no me lo ha dicho? –exclamó Joanna Grand irrumpiendo en la biblioteca y blandiendo *The Morning Post* frente a la nariz de su marido–. ¿Se supone ahora que debo enterarme por los periódicos del último compromiso matrimonial de Tess? ¡Se casa con Owen! ¡Precisamente tenía que ser con Owen! –arrojó el diario sobre la reluciente mesa de palisandro, esparciendo de paso los documentos oficiales de Alex por el suelo.

Alex bajó su pluma. La mirada de sus ojos grises era tan firme como impasible.

–No acabo de entender por qué estás tan alterada, Joanna.

Alterada. Sí, estaba alterada. Joanna no pudo menos que sorprenderse al tomar conciencia de su estado. El corazón le latía aceleradamente y tenía ganas de tirar cosas. O de pegar a alguien. Por un segundo, experimentó una violenta antipatía contra su hermana. Luego le entraron ganas de llorar. Se dejó caer tan pesadamente en una de las sillas de palisandro que crujió la madera.

–Bueno, yo...

La firme mirada y el tono tranquilo de Alex la turbaban. No era así como había imaginado que reaccionaría. Había esperado que entendiera su indignación.

–Ella no me lo dijo –pronunció, triste.

Le dolía que Tess no hubiera confiado en ella. Innumerables veces había intentado ayudar a su hermana. Continuamente la había animado a que se sincerara con ella, a que le abriera el corazón, y Tess siempre la había rechazado. Se llevaban tan pocos años, habían compartido tantas cosas... y sin embargo Joanna desesperaba ya de que pudieran llegar a ser verdaderas amigas algún día. Sencillamente, Tess jamás permitía que nadie se le acercara lo suficiente para ser su amiga. Y, sí, se sentía dolida. Pero también traicionada.

Alex se encogió de hombros.

—Estoy de acuerdo en que habría sido más agradable enterarse de la noticia por la propia Tess –dijo–, pero quizá ella sospechara que ibas a reaccionar así.

—¿Así cómo? –exigió saber Joanna. La furia le hervía en la sangre.

—Como si se tratara de una cuestión personal tuya, que no de tu hermana –respondió tranquilamente Alex–. Tess se va a casar con un viejo amigo nuestro. Deberíamos alegrarnos por los dos.

—¡Y yo me alegro! –protestó Joanna, mientras una gruesa lágrima resbalaba por su mejilla para ir a caer en la alfombra–. ¡Pero no es justo! Se suponía que Owen…–se interrumpió, aunque para entonces era demasiado tarde. La expresión de Alex, ya fría de por sí, era en aquel momento helada.

—Se suponía que Owen… ¿qué? –su tono le arrancó un estremecimiento–. ¿Que estaba enamorado de ti? ¿Quieres decirle a Tess que primero quiso casarse contigo? ¿Que ella no es más que su segunda elección, su segundo plato? ¿O quizá… –añadió Alex mientras se removía en su butaca, haciendo girar la pluma de ganso entre los dedos– quieres decirle a tu hermana que no puede casarse con Owen porque *él* es de tu propiedad?

Joanna parpadeó varias veces para contener las lágrimas y se sonó la nariz. La indignación y un sentimiento de traición habían sido reemplazados por un frío terror. ¿Habría querido decir realmente todo eso? No entendía lo que acababa de sucederle.

—No, eso no es para nada lo que quería decir –protestó, y su tono le sonó débil a ella misma–. Con quien se case Owen no es asunto mío.

—Siempre y cuando no lo haga con tu hermana –dijo Alex, y el sarcasmo de su voz le puso aún más nerviosa.

Sacudió la cabeza–. Me temo que no te creo, amor mío. Pareces celosa. ¿Podría ser porque te preocupa Owen más de lo que te imaginas?

Joanna sintió entonces que el suelo se inclinaba y cedía bajo sus pies. Miró el periódico con el breve bien resaltado en gruesas letras negras: *Se anuncia compromiso entre Teresa, marquesa viuda de Darent, y Owen Purchase, decimocuarto vizconde Rothbury...* El corazón se le apretó un poco más y se quedó sin aliento.

–¡No! –exclamó, alzando la voz por la desesperación. Intentó moderar su tono–. No es eso, Alex. Yo no amo a Owen. Nunca lo amé. ¡Te elegí a ti!

–Pero Owen era tu príncipe azul, ¿no? –un timbre de amargura teñía en ese momento la voz de Alex–. Él te rescató de tu primer marido. Te mantuvo a salvo. Te amó durante años.

Joanna se tapó los oídos con las manos. Habían hablado de ello antes, mucho tiempo atrás, cuando se casaron. Había pensado que todo había quedado arreglado entre ellos. Y había creído que a su marido no le había importado en aquel entonces...

–No... Alex, por favor. Yo no amo a Owen. Te amo a ti.

Alex se levantó. Acercándose a ella, la tomó suavemente de las muñecas para ayudarla a levantarse y deslizó las manos por sus costados. Joanna se sentía expuesta, vulnerable, como si todos sus complejos sentimientos hubieran quedado de pronto al descubierto. Supo en aquel preciso instante que no podría fingir. Se conocían el uno al otro demasiado bien. Intentar simular sería un engaño insoportable.

–Muy bien –alzó la barbilla en un valiente gesto de desafío–. Owen es un hombre bueno y lo admito. Me prestó un enorme servicio al protegerme de David, y solo por eso le querré siempre.

Se encontró con la mirada de Alex. La expresión de su esposo era fría y oscura. Joanna podía sentir su tensión interior, creciendo por momentos.

–Pero *no* estoy enamorada de Owen –añadió con tono suave, suplicándole con los ojos que la comprendiera–. Es posible que tiempo atrás casi me enamorara de él. Quizá en aquel entonces me hubiera escapado en su compañía. Pero para cuando él me lo propuso, ya era demasiado tarde porque te había conocido a ti, estábamos casados y, para bien o para mal, tú eras ya el hombre de mi vida. Tuve mi oportunidad de fugarme con Owen y si lo rechacé fue porque solamente te amaba a ti.

Por unos segundos se hizo un absoluto silencio, hasta que Alex la abrazó con tanta fuerza que casi la dejó sin respiración. Presionó la boca contra su cabello mientras la estrechaba contra su pecho.

–Lo siento –pronunció con voz ronca–. Supongo que siempre he temido... Él te amó primero, y pensé que quizá existiera la posibilidad...

–Nunca –lo interrumpió Joanna con tono firme y rebosante de amor al detectar la contenida emoción de sus palabras–. Solo te amo a ti, Alex. Siempre –se apartó un tanto, con la duda nublando todavía sus ojos–. Pero me preocupa que Owen quiera a Tess porque no pueda tenerme a mí. Y también que Tess no sea lo suficientemente buena para él.

–Ambos comentarios son simples presuposiciones, amor mío –murmuró Alex. Su voz volvía a ser la habitual, fría e incisiva, aunque el amor y la diversión seguían brillando en sus ojos–. En primer lugar, no sabes si Owen sigue albergando alguna desesperada *tendre* por ti, y, en segundo lugar, estás haciendo una injusticia a tu hermana.

–¿Tú crees? –inquirió Joanna. Aquello la había tomado desprevenida.

–Tess vale muchísimo más de lo que piensas.

–¿Cómo lo sabes?

–Porque la he sorprendido leyendo a Rousseau en la biblioteca.

–¿Quién?

–Merryn no es la única intelectual de la familia –declaró Alex no sin cierta satisfacción–. Y sospecho también que es una filántropa.

–¡Tess una filántropa! –una expresión de absoluta confusión se dibujó en el rostro de Joanna–. ¿Estás de broma? ¡A Tess solo le importa el corte de su vestido! O la identidad de su siguiente marido –añadió, irónica–. Ya va por el cuarto. ¡Es increíble!

–¡Basta! –la interrumpió Alex mientras la atraía de nuevo a sus brazos. Presionó los labios en el hueco de detrás de su oreja, un lugar maravillosamente sensible, provocándole deliciosos estremecimientos por todo el cuerpo–. El asunto de las nupcias de tu hermana está empezando a aburrirme –susurró, haciéndole cosquillas con la lengua–. Ansío ahora mismo redescubrir a mi esposa, que es la única que me importa… Vamos a la cama.

–¿Ahora? –miró el reloj–. ¿A primera hora de la tarde? Pero si viene alguien…

–Le diremos que estamos ocupados –respondió Alex, deslizando ya los dedos bajo el fino encaje de su corpiño.

–¡Alex! –Joanna soltó un grito.

–Por supuesto… –murmuró mientras exploraba con los labios la elegante línea de su cuello– si prefieres hacer otra cosa…

–¡No! –exclamó de nuevo, esa vez con un nudo de deseo en el estómago–. No se me ocurre ningún otro… compromiso urgente.

Mucho más tarde, cuando ya las grises sombras del otoño envolvían la casa, Joanna yacía en su lecho en lujurioso abandono, entre las sábanas revueltas.

–Alex –se apoyó sobre un codo.

Su marido gimió soñoliento, señal de que estaba demasiado exhausto para hablar.

–Hay un pequeño asunto sobre la boda de Tess que creo que deberíamos discutir –insistió Joanna.

Alex soltó un gruñido y abrió a medias los ojos.

–¿Debemos?

–Tess solo se casa con hombres impotentes –dijo ella sin rodeos–. Por lo tanto se debe de imaginar que Owen también lo es.

Alex se sentó como un resorte en la cama.

–¿Qué? ¿Cómo diablos sabes tú eso?

–¡Ja! Ahora sí que he conseguido llamar tu atención –le besó el hombro y se lo lamió tentativamente, saboreando su piel–. Después de Brokeby, nunca quiso volver a tener una relación íntima con nadie.

Alex rodó hacia ella para tumbarse encima.

–¿Te lo dijo ella?

–No explícitamente. Tess nunca me dice nada. Pero yo sé que es cierto. Ese hombre la maltrató de alguna manera.

Deslizó un dedo por el brazo de su marido, palpando el duro músculo bajo la piel y el vello fino que la cubría. Solo de sentir su cuerpo duro contra el suyo ya estaba empezando a encenderse nuevamente de deseo. Un deseo que crecía y crecía en su interior, llenándola de una deliciosa languidez y de una punzante necesidad. Se preguntó cómo podría alguien no ansiar aquella maravillosa satisfacción. Y experimentó una violenta punzada de piedad por su hermana.

–El dilema –susurró– es si debemos revelarle la verdad a Tess o no.

–¿Cómo sabes tú que Owen no es impotente? –le preguntó Alex con tono suave.

Joanna se ruborizó.

–No lo sé –admitió–. Pero me parece improbable.

–Altamente improbable –aseveró él con un asomo de sonrisa.

Joanna le asestó un codazo en las costillas.

–No quiero oír hablar de vuestras hazañas conjuntas en los burdeles de medio mundo –le dijo, contrariada–. Solo quiero saber lo que tengo que decirle a Tess.

–No había burdeles en las zonas del mundo que Owen

y yo estuvimos explorando –le aseguró Alex, inclinando la cabeza para besarla con ternura–. En cuanto a Owen y a Tess, eso no es asunto de nadie más que de ellos, Joanna. Deja que lo resuelvan solos.

–Pero...

La besó de nuevo, con mayor meticulosidad esa vez, y los pensamientos de Joanna se dispersaron mientras su cuerpo reaccionaba a su contacto. Para cuando su marido volvió a bajar la cabeza hacia su seno, ella ya se había olvidado completamente del matrimonio de su hermana por el placer de redescubrir el suyo propio.

Owen se alegraba de que su tía abuela lady Martindale sintiera aquella especial debilidad hacia él pese a que hacía menos de un año que lo conocía. Lady Martindale había sido hermana mayor del anterior lord Rothbury. Era una viuda sin hijos que habitualmente era escoltada en sus paseos por la capital por un pariente lejano llamado Rupert Montmorency, a quien trataba como a un perrillo faldero. Rupert, según había descubierto en seguida Owen, no era precisamente el ingenio más agudo del árbol familiar, sino un dandi bastante frívolo que parecía sin embargo buena persona. La tolerancia que le demostraba lady Martindale hablaba a las claras de su bondadosa naturaleza, por debajo de su formidable aspecto y modales.

Durante su primer encuentro, lady Martindale se había dedicado a dar vueltas en torno a Owen, examinándolo críticamente con su monóculo como si fuera una atracción de feria. Acto seguido le había anunciado que tenía entendido que era un sinvergüenza y que eso le gustaba, para terminar espetándole de manera brusca que no vería ni un solo penique de su fortuna a no ser que se casara para complacerla.

Durante los últimos meses, lady Martindale y Owen habían ido construyendo una cautelosa relación por ambas partes. Owen no podía menos que admirar su sabiduría y su tenacidad. Con ella experimentaba el sentimiento de pertenecer a una familia, así como una intensa y algo residual lealtad hacia sus parientes británicos.

Esa mañana, sin embargo, podía ver que la buena opinión que la buena señora tenía de él se había venido abajo. Retrepada en el excesivamente mullido sofá del salón, alta y enjuta, aferrando su redecilla con una mano que parecía una garra, brillantes de furia sus ojos oscuros, parecía efectivamente una colérica ave de presa. A su lado, Rupert, resplandeciente con su colorido chaleco de bordados que a Owen le provocaba jaqueca de solo mirarlo, se removía de continuo como si estuviera sentado sobre ladrillos calientes.

—No quiero tomar nada, gracias —había respondido lady Martindale al ofrecimiento de Owen—. Y Rupert tampoco.

—¿Un brandy? —había sugerido el aludido en tono quejumbroso.

Lady Martindale lo ignoró.

—Tengo entendido que habéis propuesto matrimonio a lady Darent —empezó con un tono que parecía sugerir que su sobrino había cometido alguna especie de imperdonable pecado social—. ¿Por qué, si se puede saber?

—Espléndida mujer —terció de pronto Rupert en auxilio de Owen—. A mí me gusta lady Darent. Tremendamente tentadora. Er... ¿y ese brandy? —añadió, enarcando las cejas con expresión esperanzada.

—Quédate callado, Rupert. Tú no entiendes. Un caballero no se casa con una mujer como lady Darent.

—Yo lo haría —repuso Rupert con tono anhelante.

—Tres caballeros ya lo hicieron —señaló Owen.

—Dos caballeros y un bribón —lo corrigió lady Martindale—. Brokeby no era un caballero. ¿Y bien? —añadió, impaciente—. No habéis respondido a mi pregunta. ¿Qué es lo que se ha apoderado de vos para que le hayáis propuesto matrimonio?

–Desea casarse con lady Darent para poder... –Rupert
se interrumpió cuando vio a Owen sacudir la cabeza enérgicamente, y volvió a hundirse en los cojines del sofá
como un globo deshinchado.

–Es un acuerdo de negocios –explicó Owen con tono
suave–. Lady Darent requiere la protección de mi nombre
para sí misma y para sus hijastros. Se encuentra en un
apuro personal y financiero, y yo me he ofrecido a ayudarla.

–Fabuloso –dijo Rupert, animándose de nuevo–. Buen
trabajo, Rothbury. Un gesto muy generoso. Además de
ello, conseguiréis...

–Consolidar una alianza con los Grant y con el ducado
de Farne –se apresuró a interrumpirlo Owen–. Sé lo mucho
que valoráis las buenas conexiones familiares, tía Agatha.

–Cierto –la expresión helada de lady Martindale se había derretido un tanto–. Teresa Darent es hija de un conde
y está muy bien relacionada. Ojalá su reputación no fuera
tan es...

–¿Un brandy, Rupert? –sugirió Owen, desesperado.

–Iba a decir *escandalosa* –dijo fríamente lady Martindale–. ¿Por qué ese empeño en interrumpirme continuamente, sobrino? Resulta muy frustrante.

–Tanto como vuestra situación, Rothbury –aprovechó
para meter baza Rupert, con un brillo malicioso en los
ojos–. Altamente frustrante, imagino, porque lady Darent
no es en absoluto tan escandalosa como aparenta. De hecho, es tremendamente casta. Yo lo sé bien... por las veces
que he intentado seducirla sin éxito.

–¿De veras? –inquirió Owen con tono suave, antes de
volverse rápidamente hacia lady Martindale–. Desde que
heredé el título, no habéis dejado de animarme a que me
case, tía Agatha. Todo esto lo estoy haciendo precisamente para complaceros.

Oyó que Rupert ahogaba una carcajada.

–Bueno, pues no me complace nada vuestra frivolidad

al elegir a una dama tan poco conveniente –replicó lady Martindale–. ¿Por qué no podéis proponeros a una debutante?

–Por aburrimiento –respondió Owen–. ¿Puedo ofreceros unas sales, tía Agatha? Parece como si fuerais a necesitarlas.

–No seáis absurdo. Tomaré un brandy.

Owen le sirvió una copa doble, y lo mismo hizo con Rupert, que la aceptó tan ansioso como un muerto de sed. Lady Martindale palmeó imperiosamente el sofá con su mano cargada de anillos. Rupert le hizo un sitio y Owen se sentó.

–Supongo –la dama lo ensartó con su sombría mirada– que la gracia del trato descansa en que lady Darent es convenientemente rica.

–Así es –le dio la razón Owen–. Es muy, pero que rica.

La fina línea que formaban los labios de lady Martindale se relajó un tanto.

–Solo por eso casi estaría justificado.... –concedió– si no tuviera una reputación tan *malograda*. ¿Habéis visto los horriblemente vulgares retratos que figuran en la exposición del señor Melton? ¿No? En ese caso, debéis de ser el único hombre de todo Londres que aún no ha visto desnuda a su futura esposa.

–Intentaré armarme entonces de toda la paciencia posible hasta que pueda verla en carne y hueso –murmuró Owen. Estaba empezando a hartarse de oír hablar de la exposición de Melton. Por lo demás, poco le importaba que su tía abuela se refiriera a su futura mujer con unos términos tan despreciativos.

–Esa exposición es impresionante –terció Rupert, animado–. Absolutamente espectacular. Son ya tres veces las que...

–¡Rupert! –lo acalló lady Martindale, y apuró media copa de un solo trago–. La única protección que le proporcionaréis a lady Darent, Rothbury, será la de tapar su escandalosa aventura con Justin Brooke.

–Él no es su amante –replicó Owen–. Ella así me lo dijo.

Lady Martindale bajó la nariz al tiempo que lo fulminaba con la mirada. Una nariz, pensó Owen, específicamente diseñada para ese gesto.

–¿Y vos os lo habéis creído? –lo interpeló con evidente desaprobación.

–Sí. Me lo he creído.

Había creído a Tess, y no tenía la menor idea de por qué lo había hecho. Había creído en la palabra de una mujer de la que sospechaba escondía secretos mucho más importantes que un simple *affaire*. Quizá lady Martindale tuviera razón y él hubiera perdido el juicio, evaporado por su necesidad de poseer a Tess Darent y convertir así su sensual fantasía en realidad.

–Por supuesto, lady Darent no ha tenido hijos con ninguno de sus anteriores maridos –le recordó lady Martindale–. Sería de esperar que... –dejó la frase inconclusa.

–Lo sé –dijo Owen.

–Yo no renunciaría a toda esperanza –terció Rupert–. En su lugar, me esforzaría todo lo posible por intentarlo.

Lady Martindale lo fustigó con la mirada.

–Gracias, Rupert –suspiró–. No sabría decir, Rothbury, si eres el hombre más honorable que he conocido... o simplemente un pobre estúpido –se quejó.

–No dudo de que eso lo decidirá el tiempo –repuso Owen–. Pero aunque lady Darent termine convirtiéndome en ese pobre estúpido que decís... –añadió– al menos seguiré teniendo su dinero.

Lady Martindale soltó una repentina carcajada.

–Solo os diré una cosa, Rothbury: procurad no actuar bajo coacción.

–Con todo respeto, tía Agatha –sonrió–, he sufrido coacciones más severas que esta. Aunque he de decir que vuestra persuasión solo es comparable con aquella que nos presentaron las fuerzas conjuntas de Villeneuve y Gravina en Trafalgar.

El brillo de diversión en los ojos de la dama llegó a ser todavía más pronunciado.

–Supongo que sabréis que quedaréis para siempre definido como el cuarto marido de lady Darent –dijo–. Estaréis en inferioridad de condiciones. Es lo que sucede con los caballeros que se desposan con tan famosas mujeres.

–Eso habrá que verlo...

–Bien, pues os deseo la mayor felicidad en vuestro compromiso –se levantó–. Reformaré a mi cargo la casa Rothbury como regalo de bodas –añadió con tono indiferente–. Tengo entendido que la hermana de lady Darent es una diseñadora de talento. Quizá podría encargarse de redecorarla –clavó en Owen una penetrante mirada–. Y cuando lady Rothbury os dé vuestro primer hijo, reformularé mi testamento en vuestro favor... siempre en el supuesto de que el bebé sea evidente y reconociblemente vuestro, por supuesto. Vamos, Rupert.

Y se marchó, dejando a Owen atragantándose con su brandy.

La velada que lady Farrington organizaba aquella noche era uno de los acontecimientos de la Pequeña Temporada de Londres, y pese a la cantidad de invitados que abarrotaban el salón de baile, Owen no tardó en distinguir a Tess Darent tan pronto como llegó.

Había visitado a Tess en Bedford Street aquella misma tarde... para encontrarse con que no estaba. Resultaba altamente improbable que se hubiera olvidado de su anunciada visita, así que no pudo menos que suponer que no había visto la necesidad de estar presente para cuando lo hiciera. Su espíritu independiente lo divertía; había sido testigo de lo mal que había reaccionado cuando asumió el control de su compromiso. Pero Tess se equivocaba si pensaba que podría imponerle su voluntad. Si Owen estaba allí aquella noche era precisamente para demostrárselo.

El marqués de Darent y todos sus predecesores podían haber dejado que aquella descastada viuda se saliera con la suya: él, desde luego, no tenía ninguna intención de hacerlo. Además, Tess había admitido que lo que buscaba era respetabilidad, así que esa noche iba a ser el primer paso que daría para reparar su deteriorada reputación.

Owen permanecía de pie a la sombra de un enorme tiesto de palmera, observando a Tess. Esa noche iba toda vestida de negro, de manera que lo que en cualquier otra habría parecido de mal gusto, en ella resultaba llamativamente elegante. Lucía diamantes en el pelo, diamantes en su abanico de terciopelo también negro y diamantes en su corpiño, que temblaban cada vez que respiraba. Calzaba zapatos plateados y, en conjunto, resplandecía como la luna, fría a la vez que etérea, como evocando la insinuación de una promesa, que no su satisfacción. Aquella promesa era suficiente para atraer a toda una banda de admiradores a su lado, compitiendo por su atención, exigiéndole un baile. Tess flirteaba y deslumbraba a todos; resultaba fácil ver cómo se había ganado su reputación y lo que la alimentaba, ya que las mujeres la odiaban mientras que los hombres orbitaban en torno a ella.

Y, sin embargo, cuanto más la observaba, más se daba cuenta de lo falsa que era su pretensión de escándalo, su escasa solidez e insustancialidad: un truco de magia hecho a base de humo y espejos. Su vestido, aunque resplandeciente, era alto hasta el cuello y de mangas largas, severo como el de una viuda. Mostraba tan poca carne como una pudorosa debutante. Bailaba rara vez y solamente con conocidos, como Alex Grant o Garrick Farne. Vals no bailaba ninguno. Y aunque Justin Brooke no se apartaba de ella como un celoso amante, era tratado con indulgencia, más como un hermano mayor que como un admirador. Owen se preguntó si nadie más se daría cuenta de ello. Quizá simplemente no quisieran hacerlo, o no lo necesitaran. Todo el mundo había colgado a Tess Darent la etiqueta de viuda licenciosa y seguramente no tendría deseo alguno de cambiar de idea.

Mientras observaba a Tess resplandecer con su vestido de diamantes, veía los expresivos gestos de sus manos mientras hablaba y contemplaba la sonrisa de aquellos labios sensualmente llenos, llegó a una curiosa conclusión: que era precisamente la distancia y contención que transmitía lo que empujaba a los hombres a reclamarla y conquistarla. Podía sentirlo en él mismo: un feroz impulso de poseerla, de apoderarse de aquella fantasía y explorarla en toda su pecaminosa profundidad. Quería sentir la dispuesta desnudez de su cuerpo bajo el suyo, su boca abierta contra la suya. Quería transportarlos a ambos a la cumbre del placer, y ver luego la expresión de sus ojos cuando estuviera saciada. Quería...

Alguien que se hallaba muy cerca de él se aclaró con fuerza la garganta, devolviéndole a la realidad. Y obligándolo a esconderse mejor detrás de la enorme palmera, hasta que hubo cedido su erección.

Una debutante había dejado su carné sobre una silla cercana. Owen lo examinó brevemente y vio que la siguiente pieza era un vals: era perfecto para su propósito. Se acercó entonces a Tess, sabiendo que no tendría otra pareja para ese baile. Un rumor se alzó entre la multitud en cuanto fue reconocido. Afortunadamente, el grupo de caballeros que rodeaba a Tess se apresuró a apartarse como si hubieran estado esperando a que apareciera. Algunas veces, pensó Owen, convenía tener una reputación de hombre peligroso.

—Lady Darent —se presentó ante Tess con una impecable reverencia.

—Buenas tardes, lord Rothbury.

Owen estaba seguro de que la había tomado desprevenida, pero ella no traicionó su reacción ni siquiera con un simple pestañeo.

—Qué maravillosa sorpresa —añadió con tono ligero—. Ignoraba que fuera a veros de nuevo tan pronto.

–Me habríais visto hace unas horas si os hubierais quedado en casa –le tomó la mano y le besó el dorso. Sintió sus dedos temblar bajo su contacto, antes de que llegara a retirarlos.

–Esta mala memoria que tengo… –parecía sinceramente arrepentida. Su sonrisa era encantadora, su mirada de un azul radiante–. Os pido disculpas.

–No dudo de que vuestra memoria mejorará en el futuro –dijo Owen.

Vio que su mirada volaba de nuevo hasta su rostro mientras asimilaba el significado que desprendían sus palabras.

–Ni yo de que lo mismo sucederá con vuestros modales –repuso ella con tono dulce.

–Estoy seguro –sonrió– de que cada uno encontrará la influencia del otro… ciertamente estimulante.

La orquesta empezó a tocar de nuevo, y los acordes del vals se mezclaron con la charla de los invitados.

–He venido a reclamar este vals.

Vio que Tess lo miraba sorprendida. Aquellos labios de color rojo cereza se entreabrieron en una provocativa sonrisa que le despertaron nuevos deseos de besarla.

–Deberíais saber que yo nunca bailo valses, milord.

–Pero si no mostráis una mínima preferencia por vuestro prometido… –murmuró Owen–, ¿a quién pensáis otorgársela? –y miró elocuentemente a Justin Brooke, que retrocedió un paso, y luego otro, casi tropezando en sus prisas por retirarse.

–Bailar con mi futuro marido sería algo irremediablemente desfasado –Tess disimuló un leve bostezo detrás de su abanico adornado de diamantes.

–Probadlo –tomándola delicadamente del brazo, procedió a levantarla–. Puede que hasta os guste.

El resplandor de las velas arrancó reflejos a su mirada. Estaba contrariada, y Owen no podía culparla por ello. Sus modales eran autoritarios; su comportamiento en público no podía ser más posesivo. Y, sin embargo, ella no lo rechazó.

La llevó al centro del salón mientras un murmullo especulativo se alzaba a su espada, hasta que ocuparon su lugar entre las parejas.

—¿Era vuestra intención convertirnos en la comidilla de todo el mundo, milord? —inquirió Tess mostrándose simplemente curiosa, aunque no demasiado—. Si ese es el caso, habéis triunfado admirablemente.

—Mi intención era demostraros que no soy un prometido indulgente —replicó él—. Os lo tenía advertido.

—Cierto —una leve sonrisa asomó a sus labios—. Os negasteis a que os definieran como el último marido de lady Darent —pronunció las palabras como si las estuviera citando—. Pero no creo que nadie os considerara otra cosa que un hombre libre y señor de sí mismo, milord. En todo caso, si alguno lo hiciera, seguro que no osaría decíroslo a la cara —añadió fríamente.

La música fue creciendo en volumen. La irresistible cadencia de las notas parecía envolverlos.

—Confío en que sabréis bailar el vals… —dijo Owen—. Sé que no soléis bailarlo, pero... ¿conocéis los pasos?

—Recibí lecciones —respondió Tess, irónica—. ¿Y vos?

—Bailo entre mal y regular.

—Qué alegría me dais —apoyó cautamente la mano sobre su antebrazo. Al ver que Owen la tomaba de la cintura para atraerla firmemente hacia sí, le preguntó—: ¿Necesitamos acercarnos tanto? Apenas os conozco.

Owen podía percibir su resistencia. Sabía que no le gustaba estar tan cerca de él: hacía todos los esfuerzos posibles por no apartarse. Su reluctancia se percibía en sus pasos, siempre algo desacompasados con la música. Presionó la mano aún más firmemente sobre su cintura y la sintió estremecerse cuando rozó con un muslo la seda de sus faldas. Ignoraba el significado de aquel estremecimiento: aunque no era deseo, existía ciertamente una atracción entre ellos, ardiente y aguda como una llama.

—Soy yo quien os lleva y por tanto quien lo decide

—dijo, mirándola—. Esas cosas no se negocian en la pista de baile.

—Ni tampoco de repente, me parece a mí.

—Nadie me definirá nunca por mi esposa —subrayó, para a continuación hacer una pausa—. Os pido disculpas por haberos forzado a bailar hace un momento…

El brillo desdeñoso de sus ojos consiguió acallarlo.

—Dudo que os arrepintáis de ello siquiera por un segundo, milord —replicó, tensa.

—*Touché* —rio Owen—. No me arrepiento —se inclinó aún más hacia ella—. Estoy reclamando algo que nadie más tiene —le rozó la oreja con los labios en una fugaz caricia, y bajó la voz hasta convertirla en un murmullo—: El derecho a tomar lo que quiera de vos.

Tuvo la satisfacción de sentir cómo su cuerpo entero daba un respingo entre sus brazos. Vio que alzaba rápidamente la mirada hacia él, sobresaltada.

—Me refería al baile —precisó con tono suave—. Este vals que no pensabais conceder a nadie más.

—Oh… —su cuerpo pareció relajarse de nuevo, aliviado. Sus pasos ganaron también en fluidez. La música flotaba ahora a su alrededor, transportándolos. Miles de luces deslumbrantes refulgían en su vestido.

—Estáis reclamando algo más que vuestro derecho a un simple baile —dijo ella al cabo de momento.

—¿De veras?

—En efecto —su mirada era tan aguda y penetrante como los diamantes de su vestido—. Estáis haciendo una verdadera declaración pública de posesión —sacudió ligeramente la cabeza, con lo que las piedras de sus pendientes también destellaron—. No hay necesidad de hacer tanto teatro, milord. Os dije que me comportaría como una esposa modelo y no os daré motivo alguno de duda sobre mi fidelidad. Aunque no sea más que por el bien de mis hijastros, debo restaurar mi reputación lo mejor que pueda.

—Lo entiendo —repuso Owen—. Y creo que honraréis

vuestra palabra. Yo simplemente me esfuerzo por asegurarme de que todo el mundo respete también vuestro deseo. Me temo, por tanto, que habréis de renunciar a vuestro harén masculino.

–¡Mi harén! –rio ella–. ¡Qué curioso concepto, milord!

–Pero apropiado –Owen desvió la mirada hacia el otro extremo de la sala, donde Justin Brooke y los demás admiradores de Tess esperaban con aspecto algo desconsolado por haber perdido a la estrella que ocupaba el centro de su universo–. Me pregunto qué es lo que harán esos pobres sin vos –añadió, desdeñoso.

Tess se encogió de hombros con gesto despreocupado.

–Buscar algún otro objeto de admiración, imagino –su tono no podía sonar más indiferente–. No creo que tarden mucho en encontrarlo.

–¿Y cómo sobreviviréis vos sin su admiración?

Sonrió. Owen detectó un brillo de burla en sus ojos.

–Qué criatura tan frívola debéis de pensar que soy si suponéis que eso podría importarme algo, milord.

–Ambos sabemos que no lo sois –replicó Owen, observándola detenidamente–. Sois dibujante de talento, leéis a los filósofos franceses en su lengua y mantenéis ideas reformistas... –sintió la repentina tensión de su cuerpo como el restallar de un látigo, mientras entrecerraba los ojos con expresión especulativa–. ¿O no?

–¿Eso pensáis de mí? –no estaba dispuesta a ceder ni un ápice. Sus pies seguían instintivamente los pasos del baile, puesta toda su concentración en sus palabras.

–Por supuesto. ¿No fue Mary Wollstonecraft quien dijo que una mujer no debía nunca someterse al hombre, sino ser su igual? Seguro que estaréis de acuerdo con ella.

Tess se echó a reír.

–La mayoría de las mujeres que conozco estarían de acuerdo con eso, milord... solo que reservándose el derecho a pensar que, en muchos aspectos, no son ya iguales, sino infinitamente superiores al sexo masculino.

Owen esbozó una sensual sonrisa.

–Entonces quizá podamos discutir filosóficamente de esos temas juntos, durante las largas y oscuras noches de invierno...

–Seguro que el tiempo se nos pasará volando –repuso, irónica.

–Y yo estoy seguro de que lo encontraréis mucho más agradable que tener que representar el papel de esposa modelo en público. Por desgracia, el precio que la buena sociedad demanda por la restauración de vuestra reputación es que proyectéis una imagen de mujer sumisa y obediente –intentó no reírse al ver la expresión de disgusto que asomó a sus ojos–. Ya sé que será difícil –añadió, burlón–. Pero intentaré hacéroslo lo más grato posible para que me obedezcáis.

–Qué generosidad la vuestra –entrecerró nuevamente los ojos–. Estáis disfrutando con esto –lo acusó.

–Cierto –admitió Owen de buena gana.

Estaba gozando con la expresión de absoluta furia que se dibujaba en su rostro, así como con la ofendida tensión de su cuerpo, que no podía contrastar más con los fluidos movimientos del vals. Era precisamente esa pasión lo que tanto se esforzaba por esconder, y lo que él ansiaba explorar en ella. Había llevado una vida regalada, pensó, con demasiado dinero a su disposición y plenos poderes para administrarlo. En aquel momento, sin embargo, se encontraba en una situación que no podía controlar. Estaba a su merced, y ese era un pensamiento que le aceleraba la sangre.

–Se acabaron los juegos de azar –añadió–, las extravagancias, la bebida, los amantes... En adelante, una estricta dieta de libros moralmente edificantes y labores caritativas. Puede que incluso acabe gustándoos.

–Más probable es que matéis antes –replicó Tess con amargura.

Owen volvió a sonreír.

–Todo sería por una buena causa.

Vio que la expresión de su rostro cambiaba de furiosa a resignada, como si se hubiera dado cuenta de que él llevaba razón. En realidad no tenía elección alguna; no si lo que deseaba era limpiar su reputación para salvar la de su hijastra.

–Maldita sea –pronunció al cabo de un momento–. Y maldito seáis vos, lord Rothbury, por disfrutar de esta manera con mi apurada situación. No me esperaba algo semejante –el tono había cambiado con sus últimas palabras. De la frustración había pasado a la más completa desolación.

–No os gusta ceder el control –comentó Owen, observándola.

–Por supuesto que no –le lanzó una mirada feroz–. Eso es... –se interrumpió–. Peligroso.

«Peligroso», se repitió Owen para sus adentros. Interesante elección de palabras.

–¿Por qué?

–¿Que por qué es peligroso estar a merced de los demás, preguntáis? –inquirió a su vez ella, con una mirada oscura y enigmática–. Yo pensaba que era obvio. Porque eso le convierte a una en vulnerable.

–¿Pensáis que soy peligroso?

–¿Que si lo pienso? –se echó a reír–. Lo sé.

El vals llegó a su final; los últimos acordes parecieron quedar suspendidos en el aire con excitante dulzura. Owen la soltó mientras se alzaba un coro de aplausos y los músicos saludaban agradecidos.

Tess hizo entonces una ceremoniosa reverencia a su pareja, en el centro de la pista y delante de todo el mundo. Una perfecta parodia de claudicación, bajando la cabeza y recogiéndose aparatosamente las faldas. Parecía efectivamente una muestra de docilidad, pero Owen sabía que era perfectamente falsa. Al ofrecerle su mano para ayudarla a levantarse, vio que sonreía con un candor tan dócil que a punto estuvo de soltar una carcajada.

–¿Es este gesto lo suficientemente sumiso para vos? –susurró–. ¿Creéis que convenceremos al público?

En verdad, aquella falsa obediencia no hizo otra cosa que intensificar el deseo que Owen sentía ya por ella. Tan abierto desafío lo provocaba hasta un extremo insoportable. En el instante en que le besaba el dorso de la mano, habría jurado que se ruborizaba en beneficio de la galería.

–Ha quedado perfecto –respondió, burlón.

–Cuánto me alegro –su sonrisa se había ampliado, pero su mirada era fría–. No me gustaría decepcionar a nuestra audiencia. Ahora debéis disculparme, milord –alzó la voz para que aquellos que se hallaban cerca pudieran escucharla–. Estoy cansada y me gustaría volver a casa. ¿Cuento con vuestro permiso para retirarme?

–Hacerlo ahora sería como ponerme en ridículo –replicó Owen con tono seco.

–¿No queríais una mujer dócil? –murmuró, burlándose con la mirada–. Pues ya la tenéis –y, sin mayores ceremonias, abandonó el salón. En ningún momento volvió la vista, con cada diamante de su vestido relampagueando a modo de desafío, y dejando a Owen sin resuello por culpa de algo que no tenía el menor problema en identificar: el deseo más intenso.

Capítulo 6

–¡Milady! –el tono urgente de la doncella sacó a Tess del más profundo sueño. Se despertó con un sobresalto, acelerado el corazón. Por un segundo su mente quedó confusa y aturdida. Podía distinguir una rendija luminosa entre las cortinas de su cama, pero aún era débil, como la primera luz gris del amanecer.

–¿Qué sucede, Margery? –inquirió mientras se incorporaba sobre un codo, obligándose a mantener los ojos abiertos–. ¿Está ardiendo la casa?

–No, señora –respondió la doncella–. Lord Rothbury ha venido a veros.

–¿Rothbury? –Tess miró el reloj, aunque no pudo distinguir las agujas en medio de la penumbra–. Pero si solo deben de ser las ocho de la mañana...

–Son las nueve y media, señora –dijo la doncella con el tono de alguien que llevara levantada y trabajando durante al menos cuatro horas.

Tess ahogó un gruñido y volvió a desplomarse de golpe sobre la almohada.

–¿Las nueve y media? Pero si yo no recibo visitas por la mañana. Es demasiado temprano.

–Lord Rothbury piensa de otra manera, señora –le señaló Margery con la peculiar lógica que la caracterizaba.

Tess se sintió extremadamente tentada de volver a acurrucarse bajo las sábanas dejando que Rothbury disfrutara del privilegio de pasar la mañana solo. Hacía frío en la habitación y era pobre el incentivo que la animaba a plantar los pies desnudos sobre el helado suelo. Aquel podría ser el último de los prepotentes intentos de Rothbury por demostrarle que debía estar en todo momento a su disposición. Debería decirle que nunca estaba disponible hasta después de la una y continuar durmiendo hasta una hora aceptable, cuando Margery la despertara con una taza de chocolate caliente, como era su costumbre.

Solo que... Vaciló. Había disfrutado cruzando espadas verbales con Rothbury la noche anterior. La mayor parte de los bailes eran acontecimientos sosos, aburridos, previsibles, faltos de cualquier clase de novedad. La velada anterior, por contraste, había sido completamente inesperada, y todo gracias a la presencia de Rothbury. No podía recordar la última vez que había disfrutado tanto, sobre todo en compañía de un hombre. Rothbury se había mostrado desafiante, provocativo y *peligroso*... El pensamiento le hizo estremecerse levemente.

De todas formas, ya estaba despierta y le resultaría imposible volver a dormirse. Lo mejor que podía hacer era resignarse a ese hecho y levantarse para decirle a Rothbury a la cara que necesitaba aprender maneras y protocolo.

Pasaban ya de las diez y media cuando bajó las escaleras. El sol de la mañana entraba ya por el alto ventanal del rellano, inundando de luz las escaleras y haciendo resplandecer la barandilla de madera de castaño. Semejante resplandor la obligó a entrecerrar los ojos. Ni siquiera se había dado cuenta de que, a esa hora del día, tanto el rellano como el vestíbulo quedaban completamente bañados por la luz del sol. La casa olía a café y a cera de muebles, lo cual resultaba bastante alegre. Procedente del otro lado de la puerta cerrada del comedor, podía escuchar un rumor de voces. No había imaginado que Joanna se levantaría tan pronto, aunque, ahora que pensaba sobre ello, quizá madrugara para pasar tiempo con su hija Shuna en el cuarto del bebé.

Aquel pensamiento la hizo detenerse cuando había llegado ya al último escalón. Vivía en aquella casa y sin embargo llevaba una existencia completamente separada del resto de la familia. De hecho, siempre había guardado las distancias. Y de repente se sintió triste y vacía en su soledad.

Quizá fuera aquella melancolía, tan poco característica suya, lo que hizo que vacilara ligeramente cuando entró en el salón para descubrir a Rothbury cómodamente sentado frente al fuego leyendo el *Times*. Ciertamente se sintió extraña cuando lo vio arrojar el diario a un lado y levantarse. Extraña y algo torpe, tal y como le había ocurrido la mañana en que le había visitado para proponerle matrimonio. De repente recordó que había pensado sermonearlo sobre el protocolo exigido por la alta sociedad por lo que se refería a las visitas matutinas. Al menos se había vestido perfectamente para la ocasión: tenía un aspecto impecable. Al ver que le hacía una formal reverencia, sonriendo en todo momento, Tess experimentó un estremecimiento de placer que le recorrió el cuerpo entero.

Su mirada fue a posarse en *La Gacetera*, que descansaba sobre la mesa de palisandro cerca de Rothbury. Un escalofrío de vergüenza la acometió cuando descubrió el punto de libro bordado asomando en una de las páginas. Rothbury había pasado cerca de una hora allí, esperándola. ¿Habría echado quizá un vistazo al volumen, para descubrir que lo había elegido a él entre los candidatos disponibles?

—Buenos días, lord Rothbury —lo saludó—. Es toda una novedad que un caballero me anime a sacarme de la cama, en vez de a meterme en ella.

—Me disculpo —se sonrió—. Tengo costumbre de madrugar. Mi entrenamiento en la Marina.

–Espero que lord y lady Grant os hayan invitado a desayunar mientras esperabais.

–Oh, desayuné a las siete... Aunque estuve acompañando a Alex y a Joanna a tomar una taza de café.

–Me alegro de que alguien estuviera levantado para recibiros –murmuró Tess, y esperó a continuación que le informara del sentido de su visita.

No lo hizo. En lugar de ello, su mirada viajó lentamente por su cuerpo con evidente apreciación, al igual que la primera noche en que se conocieron.

–No luzco el mejor aspecto por las mañanas –añadió ella al ver que se prolongaba el silencio–. De hecho, hasta me esfuerzo por ignorar que las mañanas existen.

–Todo lo contrario –murmuró Rothbury–. Estáis preciosa.

Era un simple cumplido que, sin embargo, le proporcionó un inmenso placer. Imaginaba que Rothbury no era hombre aficionado a los halagos, lo cual le hizo valorar aún más sus palabras. Pero aquellas mismas palabras la ponían nerviosa. No quería sus cumplidos: se le antojaban demasiado íntimos. Y no buscaba una relación de aquella clase con él.

–Creo que no deberíais decirme esas cosas –le espetó, cada vez más incómoda. Se sentía como si la hubiera tomado desprevenida. Como si no hubiera dispuesto de tiempo para despertarse adecuadamente y la hubiera sorprendido sin la fachada que lucía ante el mundo, vulnerable y desprotegida.

Rothbury le sonrió entonces, acelerándole el pulso. Tess tuvo que sentarse en un extremo del sofá; estaba empezando a sentirse acalorada, aturdida, confusa. La última vez que había experimentado tan desconcertantes sentimientos había sido a la edad de catorce años, cuando desarrolló cierta pasión por su profesor de piano, un enamoramiento que la había dejado completamente muda y turbada. Recordaba que tanto su ejecución al piano como su pasión habían resultado un desastre. Esperaba que aquello no tomara el mismo rumbo.

La sonrisa de Rothbury se había ampliado mientras la observaba.

–¿Por qué no debería dirigiros un cumplido?

Tess vaciló.

–Es...

–¿Es acaso poco apropiado que un caballero admire a su prometida? –Rothbury encogió sus anchos hombros–. Os pido perdón entonces. Si vuelvo a dar algún paso en falso, me temo que me cambiaréis por algún otro galán de vuestra guía de cazar maridos –señaló *La Gacetera*, que seguía sobre la mesa–. Me asombra, por cierto, que teniendo un abanico tan amplio de candidatos, me hayáis elegido a mí.

Tess se ruborizó. De manera que había hojeado el volumen y encontrado el punto de libro señalando su entrada. En las presentes circunstancias, difícilmente podría fingir que el libro hubiera estado casualmente allí, o que perteneciera a otra dama.

–Resulta incomprensible, ¿verdad? Yo misma me estoy cuestionando la decisión.

Rothbury frunció los labios.

–Bueno, pues antes de que cambiéis de idea, os comunico que he venido precisamente a preguntaros si os importaría salir a pasear en carruaje conmigo.

Tess se quedó boquiabierta.

–¿Salir a pasear por la mañana? ¿Por qué querría alguien hacer eso? Nadie lo hace.

–Vos misma habéis respondido a vuestra pregunta –replicó Rothbury–. Prefiero como mucho salir a pasear por el parque cuando no tengo que abrirme paso entre multitudes.

–Pero el sentido de pasear por el parque es precisamente que lo vean a una –dijo Tess–. Y a nosotros nadie nos verá.

–Tenemos entonces propósitos distintos, lady Darent –enarcó una ceja con gesto sardónico–. Mi intención es disfrutar simplemente de una hermosa mañana otoñal, y no que me vean haciéndolo.

–Mi concepto de disfrutar de una hermosa mañana otoñal consiste más bien en sentarme frente al fuego con un volumen de *La Revista de la Dama*, lord Rothbury –le dijo Tess–. Salir afuera sería toda una rareza.

La diversión y cierta dosis de decepción se dibujaron en el rostro de Rothbury.

–De modo que no deseáis acompañarme. Muy bien –ejecutó una reverencia–. Que paséis un buen día, lady Darent.

–No, esperad –Tess alzó una mano en un impulsivo gesto. Habló antes de pensar, porque, por alguna extraña razón, la decepción que había leído en sus ojos le había provocado una punzada de arrepentimiento–. Iré con vos –concedió–. Si me dais media hora para que me vista apropiadamente.

Pero Rothbury negó con la cabeza.

–Os daré cinco minutos –respondió–, o yo mismo subiré a buscaros. Si tengo que esperar tanto como lo he hecho hasta ahora, llegaremos al parque al mismo tiempo que las multitudes que pretendo evitar.

Quince minutos después la ayudaba a subir a un carruaje descubierto de color chocolate, con la divisa Rothbury grabada en la portezuela. Era un vehículo extremadamente elegante, con enormes ruedas negras y reluciente carrocería. El interior estaba suntuosamente equipado, con blandos asientos de gamuza en los que Tess se hundió con un leve suspiro de placer.

–Cielo santo –exclamó–. Nos hemos comprometido bajo falsas pretensiones, lord Rothbury. Estaba segura de que erais pobre, y sin embargo este carruaje es el colmo de la opulencia...

Rothbury sonrió, y sus dientes brillaron como un relámpago blanco en su bronceada tez.

–Gracias precisamente a vos, lady Darent. Todo es de fiado y contra mis expectativas.

–¿Qué sucedería entonces si os dejara plantado? –inquirió Tess con tono inocente, y la sonrisa de Rothbury se amplió.

–Que terminaría remando en la Armada por impago de deudas.

–Entonces quizá yo no esté tan a merced vuestra como había pensado...

–*Touché* –Rothbury la miró de tal forma que le hizo ruborizarse–. Tal parece que estamos ya igualados.

Tess había tomado la precaución de llevar una chaqueta forrada de piel con sombrero a juego y capilla también de piel, además de guantes y manguitos. En el carruaje había un ladrillo caliente para apoyar los pies y gruesas mantas para protegerse del frío. Toda una suerte, ya que la temperatura había bajado mucho. La espesa niebla de los días anteriores se había levantado, el cielo estaba despejado y brillaba el sol, pero había escarcha en las zonas de césped a la sombra y el viento cortaba como un cuchillo. Por unos segundos, Tess apenas pudo respirar, y aún menos hablar cuando el aire helado llenó sus pulmones.

–Estáis intentando provocarme una pulmonía –jadeó, con el aliento cristalizándose en una nube frente a ella.

Rothbury se echó a reír. El carruaje basculó y se tambaleó un tanto cuando se sentó a su lado y recogió las riendas.

–Pronto entraréis en calor.

–Lo dudo –replicó ella, castañeteando los dientes.

Mientras Rothbury se concentraba en conducir el tiro, Tess aprovechó para contemplar la bulliciosa calle. Alguna gente, según parecía, se *levantaba* por las mañanas. Mucha, de hecho.

–Ignoraba que la calle estuviera tan llena a estas horas –comentó sin pensar, hasta que se dio cuenta de que Rothbury le había lanzado otra mirada divertida. De repente se sintió ingenua y estúpida, como una caprichosa niña mimada–. Ya sé que la gente tiene que trabajar –se apresuró a añadir.

–Por supuesto. Aunque supongo que, para vos, el matrimonio ha debido de constituir una ocupación a tiempo completo.

Tess le lanzó una mirada ácida. Vio que la sonrisa seguía en sus labios, pero su mirada verde se había tornado fría. Tuvo la extraña sensación de que no aprobaba su ociosa vida, que tanto debía de contrastar con su carrera como marino, explorador y aventurero. Era un hombre que, según parecía, nunca paraba quieto ni cesaba de trabajar. Se preguntó cómo se sentiría ahora que se había visto obligado a renunciar a su carrera en el mar para asumir su título.

–Ciertamente que trabajo duro con mis matrimonios, así que haced el favor de no menospreciar mis esfuerzos. No tenéis idea de lo cansado que es acumular tres maridos.

–Imagino que la gente os tendrá como ejemplo de lo mucho que se puede conseguir con una carrera semejante –comentó Rothbury.

–Al contrario –repuso ella–. Si soy ejemplo de algo, es precisamente de lo que no hay que hacer. Vos mismo lo dijisteis anoche.

–Desaprobada por aquellos que están convencidos de que os habéis divertido más que ellos –dijo Rothbury con una sonrisa–. Eso es envidia.

–Entonces deberían probar la experiencia, a ver qué tal les sabe –replicó Tess con amargura, antes de que pudiera evitarlo.

–¿No fue divertido, entonces? –le lanzó una rápida mirada.

–¿Casarse con un lascivo, con un enfermo del juego y con un hombre convertido en un vegetal por culpa del láudano? No, no lo fue.

–¿Quién era quién? –inquirió Rothbury.

–Darent era láudano y bebida, y Brokeby –se esforzó para que no se le quebrara la voz– era la lascivia y la bebida. Y el juego. Y el láudano. Y cualquier otro vicio existente –cerró los ojos por un instante, deseosa de ahuyentar todo recuerdo. Se arrepintió de haber mencionado el nombre de Brokeby, porque, de repente, una fría sombra envolvió su corazón. En algún rincón de su mente había vuelto a cerrarse una puerta, atrapándola, encerrándola en lo oscuro. Oyó su propia y acelerada respiración, el aterrado retumbar de su pulso. Unas manos se cernieron sobre ella; el rostro de Brokeby convertido en una máscara de lujuria y crueldad, su risa, la ropa arrancada a jirones de su cuerpo...

–¿Y vuestro primer marido? –estaba diciendo Rothbury.

Su atención estaba puesta en los caballos, de modo que no había notado su incomodidad. Tess dio gracias al cielo por ello mientras su pulso empezaba a aquietarse. Sonrió, permitiéndose relajarse con recuerdos mucho más amables.

–Oh, Robert fue un maravilloso amigo para mí.

–Interesante elección de palabras –comentó Rothbury.

Tess pudo ver que se inclinaba levemente hacia ella, como para poder distinguir su expresión bajo el ala de su sombrero.

–¿Lo amasteis?

–Lo amé –reconoció ella. «Pero no estuve enamorada de él», añadió para sus adentros.

Volvió el rostro hacia otro lado, sintiéndose demasiado vulnerable. Rothbury tenía la costumbre de hacer preguntas muy bruscas y directas, que parecían empujarla a divulgar información demasiado personal. En su compañía, se sentía tentada a caer en la indiscreción casi sin darse cuenta. Su presencia actuaba sobre ella como una especie de droga que le soltaba la lengua... lo cual era terriblemente peligroso. No sabía cómo ni por qué sucedía: solo que aquel hombre era capaz de sortear sus defensas con enorme facilidad.

–Deberíais contarme vos algo de vuestra historia amorosa, milord –le dijo ella–, para equilibrar esta conversación. ¿Nunca conocisteis a mujer alguna con la que desearais casaros?

Se preguntó si serían imaginaciones suyas o si realmente Rothbury había vacilado por un segundo antes de responder. Había una mirada opaca en sus ojos. No consiguió interpretar su expresión en absoluto. Se preguntó también si no habría pecado ella misma de insensible, sabiendo de su incapacidad para consumar un matrimonio en el pleno sentido de la palabra.

–He admirado a algunas mujeres –contestó al cabo de un momento, con la mirada clavada en algún punto lejano–. Pero el matrimonio es un asunto muy serio –se volvió para mirarla y sonrió–. De ahí que no me guste meditar demasiado sobre ello.

–No os preocupéis –dijo Tess–, yo tengo suficiente experiencia sobre la institución para meditar por los dos.

La sonrisa que esbozó entonces Rothbury la dejó media aturdida.

–¿«Institución», habéis dicho? Eso no solo suena terriblemente aburrido, sino que recuerda también a una jaula de la que no hay escapatoria –pasó a adoptar un tono grave, reflexivo–. Espero que nuestro matrimonio sea mucho mejor que eso.

La sinceridad de su tono la dejó sin aliento. En una sociedad que vivía del engaño y el artificio, Rothbury era un hombre de cuño muy diferente; su sinceridad, de hecho, la desafiaba a ser igualmente sincera con él. Desafiaba todas las barreras que había erigido en torno a su corazón. Por un momento sus emociones parecieron quedar completamente al desnudo, aterradoramente vulnerables.

Permaneció en silencio mientras entraban al parque y

la grava del Rotten Row empezó a crujir bajo las ruedas del carruaje. Repentinamente se vio asaltada por todas las clásicas imágenes del otoño. Los árboles desplegando todos los matices del marrón, las hojas caídas arremolinándose sobre el césped escarchado en una brillante alfombra de naranja y oro. Evocó vívidamente las acuarelas que había pintado de niña cuando, aburrida de las otras clases, había vagado por el campo con su caja de pinturas y pinceles. Los tórridos veranos de su infancia habían estado llenos de largos y vaporosos días en los que se había tumbado sobre la hierba mientras se esforzaba por capturar en dibujos la mirada avizor o el pecho emplumado de un mirlo, o la delicada belleza de un pétalo de rosa. Sintió una súbita punzada de dolor en el pecho. No había pensado en aquellos lejanos días desde hacía años, y nunca con el calor del recuerdo: siempre con la necesidad de escapar. Y sin embargo en aquel momento, mientras miraba las ramas de las hayas y robles recortándose contra el cielo azul, experimentó un violento arrebato de nostalgia.

Solo entonces se dio cuenta de que se había ensimismado en sus recuerdos. Rothbury estaba observando la galería de emociones que desfilaba por su rostro con una mirada tan intensa como desconcertante.

—Parecéis triste —comentó—. Perdonad. No era esa mi intención al traeros aquí.

Algo se contrajo en el corazón de Tess.

—Estaba pensando en mi infancia —admitió, preguntándose al mismo tiempo por la capacidad que tenía aquel hombre de arrancarle secretos que no se atrevía a confiar a nadie.

—¿Y eso os hace desgraciada? —le preguntó con tono suave.

—Sí. Supongo que por la brusquedad con que todo terminó, cuando murió mi hermano —hacía años que no hablaba con nadie de la muerte de Stephen, y sin embargo en aquel instante le pareció algo fácil, perfectamente natural—. ¿Sabéis que Garrick Farne le disparó, y que Stephen había tenido una aventura con su esposa? –al ver que Rothbury asentía, continuó–: Yo lo supe durante todo el tiempo, aunque jamás se lo conté a nadie. Después me sentí terriblemente culpable –parte de aquella culpa pareció desvanecerse, ahora que finalmente se lo estaba confesando a alguien–. Y supongo que también me hizo darme cuenta de lo muy peligrosa que puede llegar a ser una pasión. Stephen murió por culpa de su aventura con Kitty Farne –añadió, estremecida–. De resultas de ello, todas nuestras vidas quedaron arruinadas. Y yo me juré que nunca jamás cometería la estupidez de enamorarme de una forma tan ciega.

Alzó la mirada, parpadeando para contener las lágrimas y, con ellas, el recuerdo de aquel antiguo y doloroso escándalo. Rothbury seguía mirándola con insistencia, y solo entonces se dio cuenta Tess de que su mano enguantada estaba cubriendo la suya. Pese a lo grueso de sus respectivos guantes, llegó a sentir un cosquilleo de calor y una maravillosa sensación de consuelo. De repente no quiso moverse para no perder su contacto.

–Yo no estoy muy seguro de que eso fuera así –le dijo él con extremada delicadeza–. Garrick me contó que Stephen nunca llegó a amar realmente a Kitty.

–Eso solo lo he sabido ahora –reconoció ella, triste–. Merryn me lo contó todo después de que se casara con Garrick. Pero en aquel entonces... –se interrumpió.

–En aquel entonces, vos huisteis y os casasteis con vuestro mejor amigo para poder estar siempre a salvo del amor, por lo muy poderoso que os parecía aquel sentimiento –adivinó Rothbury.

Estupefacta, se lo quedó mirando con ojos desorbitados.

–No consigo entender cómo podéis saber eso...

¿Cómo podía Rothbury conocerla tan bien, ver con tanta claridad en su corazón, cuando ni siquiera ella misma había sido consciente de la verdad hasta unos segundos antes?

–Lo sé porque vos misma me lo habéis dicho hace unos momentos –sonrió–. Dijisteis que Robert había sido un maravilloso amigo. Pero omitisteis decir que estabais enamorada de él.

–Lo *amé* –insistió Tess, aun sabiendo que su tono sonaba demasiado defensivo. Como sabía también que sus protestas habían llegado demasiado tarde.

–Pero no lo amasteis con pasión.

Había algo en la voz de Rothbury que la encendió por dentro. Volvió el rostro hacia el otro lado. Toda aquella conversación era demasiado íntima, como si estuviera revelando sobre sí misma muchísimo más de lo que había pretendido. No quería hablar con Rothbury de amor ni de pasión. Se le antojaba demasiado peligroso, y no sabía por qué. Había pensado que la amenaza que representaba estaba únicamente relacionada con su capacidad para desenmascararla y denunciarla como Júpiter. Ni siquiera había imaginado que pudiera entrañar algún peligro más, y sin embargo la poderosa afinidad que parecía existir entre ambos la hacía sentirse extraordinariamente vulnerable.

–Es hermoso esto –se apresuró a comentar.

Por un instante pensó que Rothbury no iba a permitirle cambiar de tema, pero cuando lo vio sonreír, el corazón le dio un vuelco en el pecho.

–Me alegro de que lo penséis así.

Fue entonces cuando Tess volvió a sentirlo: aquel leve estremecimiento de placer que siempre experimentaba en su compañía. Se sentía absolutamente incapaz de evitarlo.

–Es casi como estar en el campo –dijo Rothbury. Había reducido la velocidad del carruaje hasta casi detenerlo, con las riendas apoyadas sobre el regazo.

–¿No os gusta Londres?

Sus hombros se encogieron bajo el abrigo como si se estuviera sacudiendo un gran peso de encima.

–Londres me tiene encerrado –repuso con otra sonrisa–. Preferiría estar en el mar.

–¿Seguís navegando? –inquirió Tess.

–Solo en botes de remos –pronunció con tono triste–. Sigo conservando la *Bruja del mar*. Está amarrada en Greenwich. Pero no tengo dinero para contratar una tripulación y, además, ¿adónde iría? –volvió a encogerse de hombros, resignado–. Ahora tengo responsabilidades en tierra.

–La *Bruja del mar* –repitió Tess. Era un nombre evocador–. ¿Por qué bautizasteis así a vuestro barco?

Rothbury se echó a reír.

–Solía decir que era porque se conducía como una mujer enrabietada –dijo–, pero en realidad fue porque me embrujó. Pese a ello, había pensado en venderlo. Es la única propiedad que me queda.

–¡No podéis hacer eso! –se apresuró a exclamar Tess instintivamente.

–¿Por qué no? –enarcó una ceja con gesto perplejo.

–Porque ahora mismo estamos hablando de pasiones, ¿no? –resultaba ciertamente una sensación extraña experimentar celos por un barco, y sin embargo, por un fugaz segundo, fue eso precisamente lo que sintió. Un cierto resentimiento hacia la vida que había llevado Rothbury navegando por el mundo a bordo de la *Bruja del mar*, en aventuras con las que ella ni siquiera podría soñar–. Ese barco es vuestra pasión. Puedo detectarlo en vuestra voz.

–¿De veras que podéis? –pareció sorprendido, pero en seguida adoptó un tono de diversión–. Que sagaz que sois, Teresa Darent.

Era la primera vez que la llamaba por su nombre. Desde que era una niña, nadie había vuelto a llamarla Teresa. La manera en que Rothbury lo había pronunciado le había puesto la carne de gallina. Descubrió que le gustaba. Y mucho. Probablemente demasiado, porque tuvo la sensación de que poco a poco estaba erosionando la barrera de formalidad que se interponía entre ambos. Otra vez volvía a producirse una situación demasiado íntima, que amenazaba sus defensas.

—¿Por qué me habéis llamado Teresa? —le preguntó.

Una sonrisa parecía latir en las profundidades de sus ojos.

—Porque todos los demás os llaman Tess.

—Pero vos no.

—Yo soy distinto.

El estómago le dio un pequeño vuelco. Volvió el rostro hacia otro lado. Claro que él era distinto. Solo en ese momento estaba empezando a tomar conciencia de cuánto, así como del enorme peligro que eso representaba para ella.

—En todo caso —declaró con tono ligero—, ahora contáis con la promesa de mi dinero. No hay necesidad pues de que vendáis vuestro barco.

—Pese a lo que antes os dije, no me gusta vivir de las expectativas de la fortuna de mi esposa —había un tono acerado en su voz.

—Tenéis demasiado orgullo —replicó Tess.

—¿Cuánto es tener demasiado orgullo? —dijo Rothbury con tono suave. De repente se echó a reír—. Si vuestro dinero me permite reformar la casa Rothbury, entonces me tragaré mi orgullo y os estaré agradecido. Es una mansión hermosa, cuyo descuido constituye un crimen.

—¿Habéis visitado todas vuestras propiedades?

Rothbury asintió con la cabeza.

—Me dijeron que legalmente no puedo vender ninguna de ellas.

—¡Por supuesto que no! —Tess se había quedado consternada—. Estáis obligado a legarlas a vuestros descendientes... —se interrumpió de golpe, recriminándose su insensibilidad al recordar que Rothbury nunca podría engendrar otra generación. El título de vizconde y las tierras tendrían que pasar nuevamente a un primo suyo, de alguna rama lateral de la familia. Se preguntó a quién nombraría heredero.

Pero Rothbury no pareció advertir esa insensibilidad. Con lo que Tess se sintió inmensamente aliviada.

–¿Os gusta el campo? –le estaba preguntando él.

–Procuro no ir nunca –respondió–. Crecí en el campo. Con eso tuve suficiente para el resto de mi vida.

Rothbury rio con sincera diversión.

–¿Es cierto? ¿O se trata de otra de vuestras «apropiadas» declaraciones?

–Es perfectamente cierto. El campo me aburre. Todo se reduce a cazar y disparar.

–¿Pero acaso todo eso no está ahora mismo de moda? Además, como dama popular en la alta sociedad, estáis obligada a dar ejemplo matando todos los zorros que podáis.

–Os burláis –lo acusó Tess–. La caza del zorro no es ocupación para una dama, a no ser que se trate de la recalcitrante esposa de algún pequeño aristócrata rural. Lo cual es una suerte, dado que no comparto la extendida afición de torturar y matar a todo tipo de criaturas peludas o emplumadas.

–Bueno, yo tampoco considero eso un deporte –convino Rothbury, y añadió con tono duro–: Ya se producen suficientes matanzas en el mundo como para que encima nos guste matar por diversión.

Tess lo miró de reojo. «He aquí un hombre», pensó, «que ha sido soldado y marino profesional; que ha visto de cerca la guerra en muchas campañas y que incluso ha caído prisionero del enemigo». Se preguntó por las huellas que todas aquellas experiencias habrían dejado en su mente, aparte de su cuerpo. No le extrañaba aquel tono de amargura cuando hablaba de la violencia y la crueldad de matar.

–¿Así que no soléis visitar el parque Darent? –le preguntó de pronto Rothbury.

Tess negó con la cabeza.

–La casa está cerrada. El señor Churchward administra la propiedad hasta que Julius alcance la mayoría de edad.

–Pero veis a vuestros hijastros, ¿no? –insistió–. ¿Los visitáis?

Un doloroso nudo se formó en la garganta de Tess, robándole el aliento.

–No –pronunció. El monosílabo sonó crudo y brusco, reflejo del dolor que la devoraba por dentro. Intentó encontrar las palabras. Palabras que le permitieran explicar su situación sin traslucir demasiado sus sentimientos–. Julius estudia en Eton. Y Sybil está en la academia de Bath.

–Pero durante las vacaciones...

–Se quedan con su tía –se apresuró a contestar Tess–. La hermana mayor de mi difunto marido.

Pudo sentir que Rothbury la miraba, pero no volvió la cabeza para encontrarse con sus ojos. La claridad del día la cegaba. Sentía un ardiente escozor en la garganta.

–¿De modo que nunca los veis? –repitió Rothbury. Esa vez había un tono muy extraño en su voz.

–Os lo dije ayer: hacéis demasiadas preguntas.

–Disculpadme –parecía impaciente–, pero quiero oír vuestra respuesta a esta. Vuestro difunto marido os confió la administración de los asuntos de sus hijos a vos y a su abogado... ¿y sin embargo nunca los veis?

Tess pensó en las duras palabras que había intercambiado con lady Nevern cuando esta descubrió que su hermano no solo la había borrado de su testamento, sino que además había dejado la administración de todas sus propiedades en manos de su viuda y de su abogado. Legalmente, lord y lady Nevern no habían tenido derecho alguno sobre los gemelos Darent, pero Celia Nevern había sabido del punto débil de Tess. En el tono más dulce del mundo le había preguntado si acaso pensaba que su poca edificante reputación reportaría alguna ventaja a sus hijastros en el futuro. Y después había pasado a formular su propuesta: ¿no habría sido mucho más inteligente por su parte dejar el cuidado y la educación de los gemelos a sus parientes de sangre?

–Convinimos en que era lo mejor –explicó Tess.

Era consciente de lo falso que había sonado eso. Se sentía como si se estuviera encogiendo por dentro, ovillándose en un esfuerzo por esconderse y protegerse del dolor que la acometía cada vez que pensaba en la pérdida de sus hijastros. Era como dar un traspié en la oscuridad, un sobresalto, un aceleramiento del pulso antes de que volviera a encontrar el camino y orientarse.

–¿Mejor para quién? –las palabras de Rothbury, afiladas como un cuchillo, parecieron cortar en dos sus lastimosas defensas. Y añadió, al ver que ella no respondía–: ¿Mejor para quién? Miradme, Teresa.

Se le antojó extraordinariamente difícil hacerlo, porque sabía que si miraba a Rothbury a los ojos y le contaba lo de sus hijastros, eso sería como aceptar la verdad por primera vez. Una verdad que siempre había esquivado con falsedades y mentiras, diciéndose a sí misma que Julius y Sybil estaban mejor viviendo con sus tíos y primos, simulando que no le importaba. La gente suponía que ella se había desentendido de los gemelos despachándolos al colegio, y que si nunca los veía era porque ello interfería con sus compromisos sociales. La realidad, en cambio, era mucho más dolorosa.

Sintió la mano enguantada de Rothbury en su mejilla, obligándola suavemente a alzar el mentón para encontrarse con su mirada. La fría e inflexible mirada de sus ojos verdes le reclamaba la verdad.

–¿Y bien? –inquirió con tono suave, enarcando expresivamente las cejas.

–Lord y lady Nevern, esto es, la hermana y el cuñado de Darent consideraron más adecuado responsabilizarse ellos de los gemelos cuando no estuvieran en la escuela –dijo Tess–. Y yo acepté.

Al final había terminado cediendo a las amenazas de los Darent de arruinar la propiedad impugnando el testamento en los tribunales. Se había visto sola contra todo un ejército de familiares de su difunto marido, que se habían puesto del lado de lord y de lady Nevern. Más de una vez había lamentado que los padres del marqués hubieran sido tan prolíficos.

De todas formas, aquella obligada capitulación la había llenado de vergüenza. Se arrepentía de no haberse resistido más reclamando su derecho a ver a Julius y a Sybil, aunque no hubiera sido más que de cuando en cuando. Se había encariñado tanto con ellos, y ellos con ella... Los echaba horriblemente de menos.

—Vuestros hijastros se acostumbraron a veros como a una madre —dijo Rothbury, con un apenas disimulado timbre de furia bajo la aparente suavidad de su tono— y vuestro difunto esposo os confió la administración de la propiedad y el cuidado de sus personas... ¿y sin embargo su hermana juzgó más adecuado apropiarse de ese papel?

—Ambos sabemos que mi pésima reputación habría ejercido una influencia negativa sobre mis hijastros —dijo Tess, procurando desterrar toda amargura de su voz— como ha quedado bien demostrado.

Los dedos de Rothbury rozaron el perfil de su mandíbula en algo que se pareció peligrosamente a una caricia. Pequeños escalofríos de excitación asaltaron en cascada su piel. Él seguía observándola y Tess leyó la furia en sus ojos, aunque no dirigida contra ella. Descubrió también comprensión, y una vez más experimentó un impulso de peligrosa afinidad que amenazó con terminar de minar su resistencia.

Rothbury dejó caer la mano.

—A pesar de todo os sacrificasteis por el bien de los niños. Y aceptasteis tácitamente el juicio condenatorio de sus parientes, acerca de que representabais una mala influencia sobre ellos —tiró en ese momento de las riendas, frenando los caballos.

—A veces —repuso Tess— una necesita reconocer su derrota cuando tiene todas las probabilidades en su contra —y añadió, reforzando su tono de voz–: Además, lady Nevers es una matrona respetable de inmaculada reputación. Dentro de unos años será la puesta de largo de Sybil, y dado que yo estaré casada y seré un dechado de virtudes, no habrá nada que pueda empañar las perspectivas de futuro de mi hijastra.

Se hizo un tenso silencio entre ellos.

–Sois muy generosa –gruñó Rothbury–. Más de lo que se merecen los odiosos parientes de vuestro difunto marido –a continuación su tono se suavizó un tanto–. Con que una matrona respetable de inmaculada reputación, ¿eh? A mí me parece más bien una vieja bruja acostumbrada a condenar a los demás. Con gente como ella, uno no puede menos que esperar a que haga algo terriblemente escandaloso antes de que termine ahogándose en su propia virtud.

Tess soltó entonces una espontánea carcajada.

–Vaya, eso es algo que me gustaría ver...

–Yo siempre sospecho de los que exhiben la más rígida moralidad –dijo Rothbury–. Habitualmente suelen ser unos pervertidos de cuidado.

–¡Qué generalización tan ridícula! –exclamó Tess, todavía riendo.

–Reconozco que lo es –concedió Rothbury, cordial, y volvieron a ponerse en marcha. Al pasar al lado de una calesa que se dirigía en sentido opuesto, las damas que la ocupaban alzaron sus impertinentes para mirarlos.

–Lady O'Hara –informó Tess, estremeciéndose–. Es una temible chismosa. No esperaba verla salir tan temprano. Quizá no podía soportar quedarse hasta tarde en cama y perderse así el último cuchicheo de moda.

En una ocasión en que lady O'Hara la había ignorado olímpicamente durante una velada musical, Tess se había vengado dibujando un par de crueles pero logradas caricaturas de su persona, que luego había clavado en las puertas del comedor. La expresión de absoluto horror que se pintó en el rostro de la dama cuando los invitados se congregaron alrededor de los anónimos retratos terminó alegrándole el corazón.

Pero esas cosas se habían acabado. No más pequeñas venganzas por los agravios que había sufrido. Miró de reojo a Rothbury. Tampoco habría más causas reformistas ni caricaturas de Júpiter. Si se portaba bien, si tenía suerte, quizá podría salir bien librada y evitar que la desenmascararan. Pero, precisamente por ello, su vida sería infinitamente más pobre. No tendría ya ningún aliciente. Sería una esposa más, encadenada por otro apropiado matrimonio de conveniencia. Era lo que había pensado y decidido que quería y, sin embargo, por un fugaz segundo, se sintió horriblemente vacía e insegura sobre lo que terminaría haciendo con su futuro.

El parque ya se estaba llenando de gente. Un caballero pasó a su lado a lomos de un potro ruano, al trote; luego un par de jóvenes que saludaron con sus sombreros a Tess y a punto estuvieron de caerse cuando pusieron sus monturas a brincar y hacer cabriolas. Los jóvenes desaparecieron en medio de un maremágnum de maldiciones y pezuñas en el aire.

—Inquietos sementales —sentenció Tess—. Difíciles de controlar.

—Imagino que habréis tenido algún problema con alguno de ellos —dijo Rothbury. Fruncía levemente el ceño mientras veía alejarse a los dos caballeros.

—Cierto. Los hombres siempre andan intentando meter mano en mi...

Rothbury enarcó significativamente las cejas.

—Caja de caudales —terminó ella—. Y también en mi cama.

—Un severo marido será un eficaz elemento disuasorio —afirmó Rothbury, frunciendo los labios.

—Muy cierto. Dudo que cualquier libertino se arriesgue a despertar vuestro lado oscuro, milord, insinuándose a su esposa. ¿Es cierto que en una ocasión apagasteis las velas de una araña entera con un par de pistolas?

–No. Eso habría sido un absurdo despilfarro de munición.

–Qué prosaico sois –repuso Tess–. ¿Y la historia de que navegasteis hasta Cádiz al amparo de la oscuridad y capturasteis tres barcos españoles?

Rothbury suspiró.

–¿Ese no fue sir Francis Drake? Habéis errado en varios siglos.

–¿Ninguna de las historias que se cuentan sobre vos son entonces ciertas? –inquirió Tess con un falso tono quejumbroso.

–Quizá.

–Pero no tenéis nada que lo demuestre –pensó que nadie podría sorprenderlo alardeando con unas copas de más de sus aventuras como corsario. Había algo tan discreto y contenido en su persona, y se mostraba a la vez tan formidablemente confiado en sí mismo...

–Pero la historia de que gané cincuenta mil libras y la amante de un marajá en un juego de azar es cierta –dijo de pronto Rothbury, con una sonrisa bailando en sus labios.

–¿Qué le sucedió al dinero?

–Me lo gasté.

–¿Y la amante?

Su sonrisa se amplió.

–Prefirió a otro.

«Más estúpida fue ella». Su propio pensamiento la sorprendió. Y al momento le siguió otro: lo que debió de haber significado para alguien como Rothbury, un hombre viril que indudablemente habría poseído a muchas mujeres en su tiempo, haber perdido la capacidad de experimentar placer sexual. Sintió una fuerte punzada de compasión, seguida de una muy agradable sensación de alivio. Resultaba sencillamente delicioso que fuera aquel precisamente el único hombre del que no necesitara preocuparse de que quisiera llevarla a la cama. En aquel instante volvió a acurrucarse bajo las mantas del carruaje, fundiendo el calor físico que le proporcionaban con aquella novedosa sensación de bienestar emocional.

–Tengo hambre –dijo de pronto, sorprendida de sí misma.

Rothbury se echó a reír.

–Claro. No habéis desayunado.

Solo entonces se dio cuenta de ello: su estómago se estaba quejando. Salieron del parque, y Rothbury aparcó el carruaje para ir a comprar bollos y panecillos de mantequilla a un panadero que tenía el carretón en una esquina. Tess se quitó los guantes. La mantequilla resbaló entre sus dedos y se la lamió entre risas. Cuando volvió a alzar la mirada, sorprendió en el rostro de Rothbury una expresión que habría jurado era de deseo. Por un instante sintió miedo. Llegó a secársele la garganta de pánico, hasta que lo vio sonreír.

–¿Os basta con eso... –le preguntó– o necesitáis un poco de leche y tarta?

–Parecéis mi doncella –repuso Tess.

El nudo de temor del estómago desapareció y el día volvió a resplandecer. Los panecillos estaban calientes, la mantequilla salada y todo ello le supo más sabroso que cualquier otra cosa que hubiera probado en su vida, porque, por supuesto, Rothbury no la deseaba. La idea se le antojaba absurda. No había absolutamente nada que temer.

El White's Club estaba en silencio, impresionante en su opulencia y solemnidad. Al principio el mayordomo se había mostrado poco inclinado a franquearle la entrada porque no era socio, pero Owen le había explicado cortésmente que había ido allí a ver a lord Corwen en nombre del Secretario de Estado. El mayordomo había evaluado su altura, corpulencia y aire general de peligro antes de hacerse a un lado. Lo había reconocido como el vizconde Rothbury, y había sabido por tanto que aunque no era socio de pleno derecho del White's Club, sino más bien del Brooks, era amigo de varios de los miembros más influyentes de la nobleza. Decididamente no habría sido una buena idea echarlo de allí.

Owen siguió al hombre por unas anchas escaleras con barandillas de hierro forjado hasta el rellano. Una vez allí continuaron por varios corredores alfombrados y traspusieron una pesada puerta de madera, para entrar finalmente en una habitación donde había cinco hombres jugando. El mayordomo se acercó a uno de ellos y lo saludó con una reverencia antes de inclinarse para susurrarle unas palabras al oído. Owen esperaba mientras tanto, tenso.

Todo aquello lo hacía por Tess. Desde el momento en que ella le habló del sórdido chantaje al que Corwen la había sometido, había decidido ir a buscar a aquel corrupto para hacerle ver lo errado de su comportamiento. Cuando aquella misma mañana Tess le dijo que no podía ver a sus hijastros, Owen vio reforzada su firme decisión de ahorrarle mayores vergüenzas y sufrimientos por culpa de los maliciosos chismes de Corwen. Había sentido su dolor cuando le confesó que había dejado de ver a Sybil y a Julius Darent obligada por las circunstancias. Se trataba de una pequeña tragedia personal, pero que a él le había afectado especialmente. Tess había renunciado a sus hijastros porque era considerada una mala influencia y no quería malograr su futuro. Era un supremo acto desinteresado, proveniente de una mujer tachada de egoísta y manipuladora.

Corwen arrojó sus cartas sobre la mesa con gesto irritado y se levantó. Recorrió a Owen de pies a cabeza con una mirada un tanto ebria.

—¿Quién diablos sois vos? —exigió saber, pese a que Owen sabía que el mayordomo le había dado su nombre apenas unos segundos antes—. ¿Y qué diablos pretendéis al interrumpir mi partida de esta forma?

—Cuidado, lord Corwen —intervino uno de los otros jugadores, alzando la vista. Parecía el típico conde de campo, con una nariz tan colorada como el oporto de su copa y una cierta arrogancia de modales–. No olvidéis que su rango es superior al vuestro.

Corwen resopló desdeñoso:

–Ningún maldito pirata yanqui será nunca superior a mí.

–Eso es algo sobre lo que vos no tenéis control alguno, milord –replicó muy educadamente Owen.

El otro hombre se echó a reír.

–Uníos a nuestra partida, Rothbury –señaló la mesa–. He oído que tenéis buena mano en el juego, con toda esa experiencia ganada en garitos de todo el mundo.

–Me halagáis, señor –dijo Owen–. Gracias por la invitación, pero he venido meramente a hablar con lord Corwen sobre sus planes de matrimonio.

Una curiosa agitación recorrió en ese momento la mesa, como una ráfaga de viento sacudiendo un maizal. Dos de los otros jugadores, ya que el tercero parecía amodorrado por la bebida y cabeceaba sobre sus cartas, alzaron rápidamente la mirada y volvieron a bajarla sobre sus naipes. El conde, inmune a la tensión del ambiente bien por su propia insensibilidad, bien por el exceso de oporto, soltó una carcajada.

–Os dije que deberíais haber sido más discreto, Corwen.

Los ojos de Corwen se despegaron de sus compañeros para volver a clavarse en el rostro de Owen.

–¿Qué os importa a vos, Rothbury? ¿O es que os habéis encaprichado quizá de lady Sybil Darent?

Owen sintió como un relámpago de violencia reverberando por todo su cuerpo. Se moría de ganas de agarrar a aquel tipo por el cuello y estrangularlo con su propia corbata. Pero mantuvo las manos firmemente pegadas a los costados. No podía permitirse ceder a la menor provocación. Oculto en lo más profundo de su ser, enterrado pero no olvidado, latía un fondo de violencia que había atormentado su pasado.

—Mis preferencias sexuales no se orientan hacia las niñas —replicó fríamente—. Estoy prometido en matrimonio a lady Darent y, como tal, he de deciros que cualesquiera amenazas que lancéis contra ella o contra sus hijastros son asunto mío, con lo que les haré frente personalmente —se interrumpió—. ¿Me habéis entendido, Corwen?

—He entendido que no sois más que un estúpido al haberos prometido con la viuda Darent —pronunció Corwen, burlón—. ¿Cómo es que no habéis podido encontrar una dama de mejor reputación, Rothbury? ¿Acaso todas las damas virtuosas de la ciudad han rechazado a un extranjero?

Owen se sonrió.

—No me deis mayores razones para golpearos, Corwen —le dijo con tono suave—. Son demasiadas las ganas que tengo de hacerlo.

—Nunca lo haríais aquí —repuso Corwen, desdeñoso.

—Os equivocáis. Lo haría en cualquier parte. Una palabra más contra lady Darent, Corwen, o contra lady Sybil, y la serie completa de todas vuestras perversiones sexuales correrá de boca en boca por todo Londres. Lord Sidmouth ha reunido un expediente bastante grueso sobre ello, os lo aseguro.

Corwen se quedó en silencio, repentinamente lívido, mirándolo con ojos entrecerrados.

—Todo mentiras —siseó.

—Quizá sí... o quizá no —Owen se encogió de hombros—. ¿Pero a quién le importa eso cuando los chismes resultan mucho más interesantes que las verdades? ¿No fue esto mismo lo que le dijisteis a lady Darent, Corwen? —retrocedió un paso y vio que su oponente abatía los hombros con gesto derrotado—. Mis abogados se pondrán en contacto con vos para tratar del pago de las deudas Darent. Mientras tanto, recordad lo que os he dicho sobre lady Darent y lady Sybil –sonrió–. Creo que descubriréis que vuestras propiedades en el campo requerirán pronto vuestra atención, Corwen. Y por una larga temporada –saludó a los demás–. Caballeros...

El jugador que se había quedado dormido sobre sus cartas se despertó justo cuando Owen salía por la puerta.

–¿Quién diablos era ese tipo?

Una vez fuera, Owen se detuvo y aspiró profundamente, sintiendo como el frío de la noche aliviaba la ardiente furia de su cuerpo. La violencia que recorría su sangre no tardó en disolverse. Durante toda su vida se había esforzado por contener y refrenar aquella agresividad suya. La violencia lo había perseguido desde su primera juventud, pero había aprendido de la manera más dura posible a dominar su temperamento; solo en una ocasión había perdido aquel helado control. Solo una vez, fatalmente, en un incidente destinado a no ser olvidado nunca, una vergüenza profundamente enterrada en su pasado. Había deshonrado su profesión y avergonzado a su familia, y de resultas de ello, se había jurado no volver a fallarles nunca.

Se irguió y cuadró los hombros. A veces le asaltaba la sensación de haberse pasado la vida entera reparando aquel fracaso. Había luchado por causas que había creído justas y procurado ayudar a los desvalidos. Había estado a punto de tomar una vida y había ofrecido la suya a cambio una y otra vez. Por un segundo sus pensamientos volvieron a Joanna Grant, la única mujer a la que había amado. Había salvado a Joanna de la crueldad de su primer marido. Y la había querido a ella como premio. Pero el destino tenía esos trucos: no siempre le daba a uno lo que deseaba. Sonrió con expresión triste, en la oscuridad. En lugar de Joanna, el destino le había enviado a Tess. Tess, que a su propia manera era tan fascinante como su hermana, y que también requería protección. Tess, que pese a toda su valentía e independencia, era vulnerable y lo necesitaba.

Había empezado viendo a Teresa Darent como una especie de joya falsa y engañosa, sin un gramo de honestidad en todo su cuerpo, una mujer tan sensualmente deseable como peligrosamente astuta. Y, sin embargo, dos días después se estaba dando cuenta de que era mucho más que eso: una mujer compleja, defensora apasionada de las causas en las que creía, cariñosa. No negaba que estaba disfrutando con aquel juego del gato y del ratón que estaban practicando, pero también estaba empezando a desear mucho más de ella. Deseaba a Teresa Darent. Necesitaba desnudarla de falsos ropajes y descubrir a la mujer que se escondía debajo, poseerla. Protegerla y conocer todos sus secretos. Él, el cazador, estaba cayendo presa de la misma mujer a la que había decidido capturar. Y todavía no sabía cómo acabaría aquel juego.

Capítulo 7

Tom Bradshaw observaba desde el Puente de Londres las aguas del Támesis, de una tersa negrura, llenas de reflejos fugaces. Hacía una noche desapacible para salir, una noche fría con una promesa de nieve en el viento. El cielo era impenetrablemente oscuro.

Sentía en el pecho una sensación igualmente fría, junto con la convicción de que nada estaba saliendo conforme a sus planes. Dos veces había intentado persuadir a Emma de que volviera con él, y dos veces lo había rechazado ella. Sabía bien que no iba a cambiar de idea. La Emma Brooke que había conocido apenas un año antes, la niña a la que había cortejado, seducido y desposado… ya no existía. Aquella Emma había sido una niña sobreprotegida y cariñosa, un producto de su clase y de su educación. Lady Emma Bradshaw era completamente diferente: su carácter había sido moldeado por el dolor y la desesperación; era más fuerte y más sabia, y por tanto aún más deseable que antes.

Durante toda su vida había tenido éxito con las mujeres; de ahí que ni por un momento hubiera dudado de que terminaría convenciendo a Emma de que volviera con él. Eran semejantes. Compartían una atracción, una afinidad que los ligaba. Emma era la única mujer a la que había amado de verdad, porque aunque les había dicho eso mismo a muchas otras mujeres, nunca había sido en serio. Era solo por Emma por lo que había regresado a Inglaterra, deseoso de empezar una nueva vida con ella.

Pero eso no iba a ser posible. Tom apoyó los codos sobre el parapeto de piedra mientras observaba las aguas agitándose bajo los ojos del puente. El frío parecía atravesar su fina chaqueta como un cuchillo. La fortuna le había dado la espalda. En el pasado le había acompañado, pero ahora ya no.

En un principio había sospechado de su hermanastro, Garrick, como responsable de su secuestro y embarque posterior para las Indias. Sabía ya que no había sido él. Garrick Farne habría podido hacerle arrestar por intento de asesinato, sí, pero jamás habría actuado contra él de una manera tan sucia. No, su enemigo era mucho más taimado, resbaladizo y peligroso: Justin Brooke. Justin le había ofrecido a Emma su cariño y su apoyo mientras de manera secreta y artera había conseguido separarla de su marido.

Descargó un puñetazo sobre el parapeto. Sabía que los Brooke lo desaprobaban, por supuesto. Ciertamente se habían esforzado por hacer público el matrimonio de su hija para evitar el escándalo, pero Tom sospechaba que desde el principio habían estado conspirando para deshacerse de él. Eso era comprensible, incluso fácilmente perdonable. Lo que no podía perdonar era que en el proceso habían hecho sufrir también a Emma; su preciosa Emma, deshonrada y despreciada, sacrificada a su orgullo. Y ahora Justin tenía la desvergüenza de fingir que amaba a su hermana y que deseaba protegerla.

Y Emma no era la única amenazada por Justin. Teresa Darent, la única persona que había proporcionado ayuda y consuelo a Emma cuando su familia la abandonó, también corría peligro. Tom sabía que Justin Brooke traicionaría fácilmente sus propios principios políticos, y los de sus compañeros, con tal de ganar poder. De hecho ya había acudido a lord Sidmouth para prometerle nombres a cambio de un trato.

Tom se removió, incómodo. Se veía asaltado por dos sentimientos en absoluto familiares. El primero no era otro que el altruismo, que era el impulso que lo empujaba a proteger a Emma a cualquier precio. Por mucho que ella no deseara volver a saber de él, de que nunca más volviera a ser suya, su futuro era en ese momento muchísimo más importante que el suyo propio.

El segundo sentimiento era la culpa.

Nunca en toda su vida se había visto torturado por la culpa. Había cometido muchos actos reprobables, pero jamás se había arrepentido de nada. En ese momento, sin embargo, la situación de Teresa Darent lo atormentaba. Estaba obsesionado por la maldad de la que le había hecho víctima diez años atrás. En aquel entonces había sido mucho más joven, por supuesto, y no había sido consciente de la gravedad de las repercusiones que tendrían sus actos, no hasta que oyó hablar de la exposición de pintura de Melton. Tom podía por supuesto culpar a Brokeby de ello: Brokeby había sido el cabecilla, el libertino, el hombre entregado a una vida de disipación. Pero allí donde Brokeby le había llevado, él lo había seguido. No había sabido en aquel entonces quién era Tess; ni siquiera la reconoció cuando volvió a encontrarse con ella ocho años después. No fue hasta que escuchó en una taberna un procaz comentario sobre lady Darent y sus anteriores matrimonios que hizo la conexión. El horror de todo aquello había torturado sus pensamientos desde entonces.

Estaba doblemente en deuda con Tess. Y lo que pensaba hacer, aparte de proteger a Emma, era asegurarse de que aquellos que deseaban hundir a lady Darent culpándola de sus propios delitos fracasaran. Las fuerzas contra las que se enfrentaba eran poderosas, pero confiaba en conseguir un aliado. Lord Rothbury era agente delegado del Secretario de Estado, pero también el prometido de lady Darent. Y era un hombre honesto: Estaba seguro de que Rothbury no estaba metido en las conspiraciones y dobles juegos que alcanzaban hasta al mismo gobierno.

Hundió las frías manos en los bolsillos de la chaqueta y empezó a caminar de regreso a los muelles, el lugar del que había salido de niño, el laberinto de callejones que constituía su hogar. Tenía trabajo que hacer. Escribiría a Rothbury, de forma anónima, por supuesto, y le aconsejaría que protegiera bien a lady Darent. Sería una pobre manera de reparar la deuda que tenía con ella y de aliviar un tanto su culpa.

—¡Milady!

—No me lo digas —Tess rodó al otro lado de la cama y hundió la cara en la almohada—. Lord Rothbury ha venido a turbar mi sueño otra vez —bostezó, obligándose a abrir un tanto los ojos—. Dile por favor que me deje en paz.

—Milord solicita el placer de su compañía en una excursión para ver la colección de animales salvajes de la Torre de Londres, milady —la informó Margery—. Os he preparado un delicioso baño caliente —añadió, persuasiva—. El fuego está encendido y la habitación caldeada.

—¿Los animales salvajes de la Torre de Londres? —gruñó Tess, arrebujándose bajo las mantas—. A mí no me gustan los animales.

—Sí que os gustan, milady —la corrigió Margery mientras calentaba la ropa interior de su ama frente al fuego—. ¿Os acordáis de aquel gatito que comprasteis una vez en el mercado a un hombre que lo tenía encerrado en una jaula? ¿Y del pájaro que entró por la ventana y le disteis a beber leche?

Tess soltó un profundo suspiro. No había posibilidad alguna de que pudiera seguir durmiendo, no con la charla de Margery manteniéndola despierta.

—Me disgusta ver los animales en cautividad —la corrigió–. Aquel triste leopardo de la torre, sufriendo el pobrecillo este clima... –se deslizó fuera de la cama, estremecida de frío–. La verdad es que no sé por qué estoy haciendo esto –rezongó.

–Porque lord Rothbury os gusta, milady. Admitidlo. Sabéis que llevo razón.

–Es un matrimonio de conveniencia –replicó Tess–. Aunque no sé si es muy conveniente que la saquen a una de la cama cuando todavía es de noche...

Pese a sus protestas, ella fue la primera en sorprenderse del placer que le produjo bajar al salón absolutamente desierto, ya que esa vez solamente los sirvientes estaban levantados, y encontrar a Rothbury esperándola. Se hallaba de pie frente a la ventana, mirando la nieve que caía de un cielo gris y apelmazado como un viejo colchón. La habitación parecía triste y oscura, pero cuando se volvió y le sonrió, Tess experimentó una sensación de felicidad tan intensa que por un instante la dejó sin aliento.

Sintió que sus labios esbozaban una sonrisa automática, pero se dominó a tiempo para convertirla en un severo gesto.

–Milord, ¿otra vez aquí? ¿Y tan temprano?

La sonrisa de Rothbury volvió a abrigarle el corazón.

–Quería veros de nuevo.

–¿Por qué? –le espetó ella, brusca. Aquella actitud directa no era su estilo habitual. Se preguntó si su franqueza no sería contagiosa.

–¿Y por qué no? –pareció sorprendido–. Disfruto demasiado con vuestra compañía como para desperdiciar el día pasándolo sin ella.

«Disfruto de vuestra compañía...». Tess pudo sentir la oleada de rubor que le subió por la cara. Se trataba de una declaración demasiado simple para que se azorara tanto. Resultaba extremadamente desconcertante que Rothbury fuera capaz de provocarle aquella agitación. Porque cuando lo hacía, ella corría el peligro de olvidarse de todo. De olvidarse de que él era el hombre que podía arruinar su vida. De olvidarse de que ella misma se había propuesto utilizarlo. De olvidarse de todo en el dulce placer de llegar a conocerlo un poco más cada día.

—De verdad que no me gustan los animales salvajes de la Torre de Londres —se apresuró a declarar, buscando disimular su confusión—. Me parece antinatural tenerlos encerrados. Aparte de que es una absoluta crueldad esperar que una bestia exótica soporte los inviernos ingleses.

—Que corazón tan tierno el vuestro —Rothbury se había acercado para tomarle la mano. En ese momento le estaba acariciando delicadamente el dorso con el pulgar, un gesto que nada hizo por aliviar la agitación que Tess sentía por dentro—. ¿Quién lo habría pensado? Cada vez os dais más prisa en bajar —añadió, mirando su reloj—. Hoy he venido con la expectativa de una larga espera, y resulta que no habéis tardado más que tres cuartos de hora. Lo cual no quiere decir... —agregó mientras le lanzaba una apreciativa mirada que volvió a robarle el aliento— que con tal de veros no estuviera dispuesto a esperar días enteros.

—Me aduláis —repuso Tess con tono seco, consciente de que Margery no había tenido tiempo de rizarle el pelo. Solo llevaba una trenza, y el resto recogido bajo el sombrero de una manera tan apresurada que ya se le habían escapado algunos mechones.

—Yo no adulo nunca —la corrigió él, y sus miradas se encontraron. La suya era de un verde tan claro, tan expresivo, tan sagaz, tan atrayente...—. De mí no escucharéis falsos cumplidos. Nunca llegué a aprender el arte del disimulo.

La ardiente y mareante sensación que parecía haberse apoderado del estómago de Tess pareció intensificarse.

—Creo que esta mañana necesitaré desayunar antes de partir —le dijo, dándole la espalda para no traicionar sus sentimientos.

Al final, en lugar de visitar la Torre de Londres, fueron a ver la exposición de pintura de la galería Dulwich.

–Porque os gusta la pintura –respondió Rothbury con tono suave cuando ella le preguntó por qué la había llevado allí–. Cuando habláis, a menudo utilizáis imágenes muy gráficas. Y, las veces que hemos salido, he visto que lo miráis todo con ojos de artista –sonrió–. Tenéis mucho talento.

–Es cierto que tengo *algo* de talento –admitió, recelosa.

Pensó en las caricaturas políticas que había terminado recientemente y experimentó una punzada de culpa. La tarde anterior había llevado tres de ellas a los impresores de Cheapside, y esa mañana habían salido a la venta en las calles por un penique cada una. La que pintaba al gobierno sentado alrededor de una mesa de reuniones como una fila de grandes pudines de sebo, mientras la gente del otro lado de las ventanas los miraba con cara de hambre, se estaba revelando especialmente popular.

–Sois demasiado modesta –repuso Rothbury, ampliando su sonrisa.

Después de ayudarla a bajar del carruaje, la guió por la galería apoyando ligeramente una mano sobre su cintura. Pese al grosor de la chaqueta forrada de piel, Tess pudo sentir la caricia de su pulgar moviéndose suavemente por su espalda. Era una sensación turbadora, al igual que su aroma; olía a aire fresco, a limpias sábanas de lino. Estaba acostumbrada a hombres que se acicalaban con perfumes y pomadas, hasta el punto de que el olor fuerte a colonia los precedía cuando entraban en una habitación. Rothbury, por el contrario, olía a masculinidad y a campo abierto, exactamente como ella había esperado que oliera. Al mismo tiempo, su aroma tenía algo inquietantemente familiar que hacía que le flaquearan las rodillas. Su cuerpo entero parecía responder a él, y el simple descubrimiento de aquel efecto no hacía sino acalorarla aún más.

Afortunadamente, la soltó una vez dentro de la galería de pinturas, de manera que Tess pudo concentrarse en la colección y no en su cercanía. Las elegantes salas contenían algunos maravillosos paisajes holandeses y retratos ingleses. Tess no tardó en abstraerse, vagando de habitación en habitación, hablando de técnicas y estilos con el encargado de la exposición, contento a su vez de contar con una visitante tan versada. Pero incluso en aquellos momentos fue muy consciente de la observadora mirada de Rothbury mientras examinaba las pinturas.

—Lo siento —dijo de pronto—. Estoy tardando mucho; seguro que os estaréis aburriendo.

Para su sorpresa, Rothbury sonrió.

—Es suficiente recompensa para mí asistir a vuestro placer —le dijo, y Tess se ruborizó de alegría como reacción a sus palabras.

Finalmente se vio obligada a admitir que tenía los pies doloridos y que se sentía demasiado cansada y hambrienta para aguantar un minuto más. Solo cuando Rothbury le comentó que la galería cerraría en diez minutos, tomó conciencia de lo tarde que era.

—Me han gustado todas las colecciones excepto los bodegones —comentó mientras Rothbury la ayudaba a subir al carruaje.

—¿Demasiados faisanes y conejos muertos? —seguía sosteniéndole la mano, con la mirada levantada hacia ella. El viento le había despeinado y el sol de mediodía le daba de lleno en el rostro—. Os dije que teníais un corazón muy tierno... aunque os empeñéis en fingir lo contrario.

Tess se ruborizó de nuevo. Aquello se estaba convirtiendo en una mala costumbre. Se sentía ridículamente torpe.

—Me gusta tener la capacidad de haceros sonrojar —añadió Rothbury, sentándose en el coche a su lado y recorriéndola con una mirada cálida—. Dais la impresión de una mujer fría y sofisticada, Teresa. Es bueno saber que detrás de esa fachada se esconde una cierta vulnerabilidad.

Por lo que a ella se refería se trataba más bien de una vulnerabilidad absoluta, sobre todo en ese momento, cuando seguía agarrándole la mano y su insistente contacto parecía provocarle una reacción que ni reconocía ni comprendía. Retiró la mano con más apresuramiento que delicadeza y lo vio sonreír como si hubiera advertido su extremada susceptibilidad. Parecía tremendamente satisfecho consigo mismo, reflexionó Tess, y, sin embargo, ella se sentía completamente incapaz de bajarle los humos.

Rothbury la llevó a la taberna de La Fuente, en el Strand, donde comieron empanada de carne de cordero regada con cerveza tibia.

–Dios mío –murmuró Tess cuando tomó asiento en un banco del fondo de la taberna, ante la mesa de madera desnuda, con el suelo de piedra cubierto de serrín–. Vos sí que sabéis entretener a una dama, lord Rothbury.

Rothbury sonrió.

–Creo que ya va siendo hora de que abandonemos las formalidades. Deberíamos empezar a tutearnos, ¿no te parece? Ni soy amante de las formalidades ni tengo deseo alguno de que mi esposa se dirija a mí como si fuera mi mayordomo.

–Nuestra madre siempre llamaba a nuestro padre «lord Fenner» –explicó Tess, riendo–. Hasta que no entramos en la adolescencia, ignorábamos que tuviera un nombre de verdad –se interrumpió para mirar a su alrededor, reparando en la clientela–. Esta parece una taberna *whig* –sacudió la cabeza–. Curiosa elección, viniendo de uno de los hombres de lord Sidmouth.

–Me gusta vivir peligrosamente –repuso Owen. Sus ojos, con un brillo de desafío, parecían burlarse de ella, acelerándole el corazón–. ¿A ti no? –inquirió con tono suave.

Casi se atragantó con la cerveza. Ante la descarada pregunta que reflejaba su mirada, el estómago le dio un extraño vuelco. No entendía cómo podía aquel hombre tentarla tanto para que se confesara con él. Cada día que pasaban juntos aumentaba la intimidad de su relación, así como el instintivo deseo de confiarse a su persona. Pero todo era una ilusión. Al igual que ella lo estaba utilizando a él, él estaba intentando sorprenderla en alguna indiscreción. Lo sabía. Era el juego que se traían entre manos.

Esbozó una leve y fría sonrisa.

—Creo —dijo deliberadamente— que la verdadera razón por la que escogiste comer en esta taberna fue porque no podías permitirte nada mejor —alzó su vaso de cerveza en un irónico brindis—. No me he olvidado de que tus bolsillos están vacíos.

Owen soltó una carcajada. Tess pudo leer la admiración en sus ojos por la habilidad con que había eludido su trampa. Sonrió recatadamente.

—¿Has sido rico alguna vez?

Un brillo de diversión asomó a sus ojos.

—Unas cuantas —admitió.

—¿Qué le pasó al dinero?

—Me lo jugué o me lo gasté.

Era ciertamente parco en palabras, pensó Tess. Pero siempre directo. Encontraba ese rasgo tan atractivo... Pero tenía que recordar que eso formaba parte del armamento que estaba desplegando para hacerle caer en la trampa.

—Qué extraño —dijo mientras cortaba el pastel, disfrutando con su fragante aroma—. No das el tipo del imprudente manirroto.

—Cuando era más joven, me dediqué a hacer todo tipo de cosas imprudentes —le confesó Owen—. Violentas, incluso.

Pronunció aquellas palabras con un timbre, un matiz que Tess no logró identificar. Parecía arrepentimiento, o amargura. Eso le extrañó. Owen se mostraba siempre tan considerado, tan controlado... Eso lo convertía en alguien muy difícil de interpretar. Había hecho una pausa y por un instante, Tess estuvo segura de que iba a confesarle algo trascendental. Finalmente, sin embargo, se limitó a encogerse de hombros. El momento pasó. Vio como subía y bajaba su nuez mientras bebía un largo trago de cerveza.

–Era un joven despreocupado –le dijo– y nunca pensaba en el futuro. No vivía más que para el momento y para la siguiente aventura.

La idea de un joven y temerario aventurero le resultaba a Tess especialmente atractiva.

–Háblame de ello.

Para su sorpresa, así lo hizo, y con mayor detalle que su habitual y lacónico estilo. Le habló de su adolescencia en Georgia y de su familia de dos hermanos y tres hermanas; del negocio de su padre y del sacrificio que todos habían hecho para poder comprarle un mando en la marina estadounidense.

Con veinticinco años se había licenciado para comprarse su propio barco y ser su propio jefe. Así hasta que recibió la carta que le cambió la vida.

–Los conceptos de riqueza heredada y título nobiliario me siguen resultando aún completamente ajenos –le confesó–. Nunca busqué convertirme en vizconde Rothbury. Ni siquiera se me pasó por la cabeza.

–Y sin embargo no rechazaste el título –le recordó Tess.

Se la quedó mirando fijamente mientras bajaba su jarra con lenta deliberación.

–¿Puede un lord hacer algo semejante? Maldita sea, no tenía ni idea... –bromeó.

Tess se echó a reír.

–¡Pero no lo habrías hecho!

–¿Y decepcionar a mi madre? –Owen sacudió la cabeza–. No, tienes razón. No lo habría hecho.

–Algún motivo más tendrías. Tú no eres hombre que abandone sus responsabilidades ni se arredre ante sus exigencias.

Owen se la quedó mirando durante tanto tiempo que Tess empezó a sentirse incómoda. Una vez más tuvo la extraña sensación de que estaba a punto de decirle algo importante. Algo que, lejos de formar parte de aquel juego del gato y del ratón al que seguían jugando, podría proporcionarle una profunda comprensión de su persona, de su alma. Pero en seguida sonrió, con aquella relajada y feliz sonrisa suya, y Tess se sintió de pronto acalorada y aturdida, como si hubiera bebido demasiada cerveza. Le cubrió una mano con la suya

—Muchas gracias —murmuró, y Tess temió por un momento que fuera a derretirse allí mismo. Se apresuró a retirar la mano.

—No practiques ese encanto sureño conmigo —le dijo—. Soy demasiado mayor para dejarme seducir por esas tretas.

—¿Estás segura? —inquirió Owen, volviendo a sonreír.

La luz de sus ojos ardía como una llama y Tess se sintió como si fuera a quemarse en ella. Por un instante no estuvo segura de nada, aparte del hecho de que aquel hombre era al menos diez veces más peligroso de lo que había imaginado. Buscó apresurada algo que decir para disimular su turbación.

—Entonces no puedes ser un yanqui, si procedes de Georgia.

—Los británicos suelen llamar así a los estadounidenses. De hecho, a veces lo utilizan como un insulto.

Lo dijo con un tono afable, pero Tess percibió algo más profundo detrás de sus palabras, una especie de resabio de furia difícil de olvidar.

—Imagino que escucharías muchos insultos mientras fuiste prisionero de guerra.

Owen asintió con la cabeza. Su expresión se había tornado sombría.

—Era lo esperado.

En un impulso, Tess se inclinó sobre la mesa para tocarle el dorso de la mano.

—¿Sufriste mucho?

Owen se quedó inmóvil por un momento. Tenía la mirada fija en los largos y finos dedos que reposaban sobre la bronceada piel de su muñeca. Tess se dio cuenta con estupor de lo que había hecho; normalmente jamás tocaba a nadie espontáneamente.

Luego él alzó los ojos y, cuando sus miradas se encontraron, ella se sintió repentinamente aturdida, como si estuviera cayendo en el vacío. Se apresuró a retirar la mano y a desviar la vista.

Le pareció que transcurría una eternidad hasta que Owen volvió a hablar.

–Físicamente me trataron bien –le dijo, como si nada hubiera interrumpido la conversación–. Pero detesté la sensación de no ser libre. No soporto la sensación de estar encerrado mucho tiempo.

–Sí –repuso Tess. Imaginaba que para un hombre acostumbrado al mar y a los parajes desiertos y salvajes, ser confinado a algún lugar en régimen de destierro o encerrado en una mazmorra debió de haberle resultado intolerable: ver vigilados todos sus movimientos, limitadas sus actividades...–. No sé cómo pudiste soportarlo –añadió, estremecida.

Un brillo de diversión asomó de pronto a sus ojos.

–Soy un hombre muy paciente –dijo, cruzando las piernas–. Siempre estoy dispuesto a esperar lo que sea necesario por las cosas que quiero.

Por alguna razón, sus palabras le provocaron otro estremecimiento de emoción: expectación, inquietud... Bebió un apresurado trago de cerveza.

–Anoche hablé con Corwen –continuó él–. No debería volverte a dar más problemas. He oído que se marchó temprano esta mañana para una prolongada estancia en sus propiedades de Herefordshire.

Tess se lo quedó mirando fijamente.

–¿Qué le hiciste?

Rothbury se encogió de hombros. Había un leve asomo de sonrisa en sus labios.

–Estuve hablando con él –repitió.

–¿Eso es todo? ¿Hablaste con él y decidió cambiar Londres por sus propiedades en el campo?

–¿Qué habría podido hacerle? –inquirió a su vez, ampliando su sonrisa. Se recostó en su banco, con actitud relajada pero expresión fría y atenta.

–No lo sé –se sentía confusa.

Le había pedido ayuda y él se la había dado sin exigirle nada a cambio. Owen no le había fallado. De repente se sintió profundamente avergonzada de su engaño. Más que nunca ansió confiar en él, anheló una completa sinceridad entre ellos. Pero era demasiado tarde. Estaba demasiado asustada, en lo más profundo de su ser. Detestaba pensar que la ayuda de Owen había podido ser calculada: un simple paso más en su supuesta estrategia de lograr que confiara en su persona. La telaraña de engaños estaba demasiado enredada, y eso era algo que no podía soportar.

Sintió un inesperado picor de lágrimas en la garganta.

–Gracias –le dijo, a punto de echarse a llorar–. Yo... te estoy profundamente agradecida.

Owen le tomó entonces la mano y le besó la palma.

–Ha sido un placer.

Sintió sus cálidos labios contra su piel, provocándole todo tipo de sensaciones que le llegaban a lo más profundo del alma. Parecía tan sincero...

–Cuento ya con la licencia especial de matrimonio –añadió él de pronto–. Podemos casarnos cuando quieras.

Tess dio un respingo, retirando bruscamente la mano. Un temblor de inquietud la recorrió de pies a cabeza.

–¿Casarnos?

–Es lo que sigue normalmente a una promesa de matrimonio –le recordó Owen, sin dejar de observarla. La mirada de sus ojos verdes era perfectamente reposada, pero a la vez especialmente intensa y penetrante.

–Necesito tiempo para hacerme con mi ajuar –se apresuró a señalar Tess. Estaba intentando ganar tiempo. La idea de casarse con Owen seguía incomodándola, y no sabía muy bien por qué.

–¿Una semana? –sugirió él.

–¿Una semana para hacer la compra de mi ropa? –exclamó horrorizada–. ¡Por supuesto que no! Necesitaré al menos un mes.

–Demasiado tiempo. Diez días.

–Dos semanas –dijo ella.

–Diez días –repitió Owen.

Por esa vez, Tess no discutió.

Aquella noche durmió sorprendentemente bien y se despertó a la mañana siguiente justo cuando Margery estaba descorriendo las cortinas. Treinta minutos después se reunió con Owen en el salón. Fueron a visitar el monumento del Gran Incendio de Londres y subieron arriba a contemplar la panorámica, con el humo de miles de chimeneas extendiéndose como un velo sobre la fría ciudad.

–Estás hecho un verdadero turista –se quejó Tess mientras intentaba recuperar el resuello después de los trescientos once escalones que había tenido que subir. Se había quedado consternada al descubrir que Owen había esperado *realmente* que ella lo acompañara en su ascenso–. Nadie que viva en Londres se molesta en subir hasta aquí.

–Entonces se pierden una vista maravillosa –repuso él, tomándola de la mano para llevarla a la barandilla–. Mira qué bello parece Londres desde aquí arriba.

Tess apoyó una mano sobre la barandilla, intentando no jadear por el esfuerzo. Owen, según advirtió, ni siquiera respiraba con fuerza, como si aquella subida no hubiera sido para él más que un simple paseo por el parque. Soplaba un viento que cortaba la piel, pero tenía que admitir que la panorámica era impresionante. La brisa amenazaba con volarle el sombrero, enredándole el pelo y tiñendo de rosa sus mejillas, que le ardían.

–Estás preciosa –le dijo de pronto Owen, cuando ella alzaba una mano para sujetarse el rebelde sombrero–. Toda despeinada, nada que ver con la habitual dama a la moda.

La expresión de sus ojos no podía ser más tierna y, a

pesar de lo frío del día, Tess se sintió como si estuviera al pie de un horno. Aquella tendencia suya a acalorarse estaba empezando a preocuparla. El día anterior había llegado a preguntarse si no habría contraído algún tipo de fiebre por haber estado saliendo tanto con aquel tiempo tan frío.

–Baja tú primero –le dijo–. Así, si tropiezo, frenarás mi caída.

–Será todo un placer permitir que aterrices sobre mi cuerpo –repuso Owen, muy serio.

Al día siguiente la llevó al Museo Británico.

–Tantos cráneos apelotonados en cajas... –se quejó Tess, aunque en el fondo lo encontraba todo fascinante.

Por la tarde se reunieron con Alex y Joanna, Garrick y Merryn en los jardines Vauxhall para disfrutar de un concierto de invierno. Se le hizo extraño presentarse en pareja. Owen le hizo un último cumplido al dedicarle toda su atención; no cabeceó de sueño sobre su copa de vino como habría hecho Darent, ni contempló con descaro a las mujeres como muchos de los libertinos y dandis que se la quedaron mirando desde los palcos de enfrente, ignorando a sus respectivas esposas. Se sintió de hecho como si la estuvieran cortejando de verdad. Aunque, por supuesto, no tenía la menor idea dado que desconocía aquella experiencia.

Aquella noche, al sentarse frente el espejo de su tocador, se preguntó cómo sería besar a Owen: besarlo de verdad, sin la sombra de temor que se cernía sobre ella cada vez que pensaba en aquellas intimidades. Se llevó los dedos a los labios y experimentó un leve y sensual estremecimiento que la recorrió por entero para terminar alojándose en la boca del estómago. Tan embelesada se quedó que no oyó a Margery entrar en la habitación para ayudarla a desvestirse, y casi saltó en la silla cuando la doncella le dirigió la palabra.

Aquella noche no durmió durante horas, y cuando por fin lo consiguió, cayó en un sueño febril y lleno de extrañas imágenes. Estaba bailando un vals con Owen, pero la música enmudecía de pronto y lo único que podía sentir era el calor de sus manos a través de la seda de su vestido, así como el roce de sus muslos contra los suyos, mientras sus cuerpos se movían el uno contra el otro... El contacto de Owen y la caricia de la seda sobre su piel le hacían sentirse extraña, presa de una curiosa excitación. Luego echaba a correr con él fuera del baile y se perdían juntos en la noche, para caer sobre un montón de nieve tan blanda y fina como un colchón de plumas. A continuación la nieve *era* realmente un colchón en el que se hundía con Owen a su lado, y él la besaba y ella experimentaba un placer cegador: un placer capaz de disolver todos sus miedos. Sentía de pronto que por fin lo conocía, como si se hubiera asomado a su alma, pero experimentando a la vez un arrebatado deseo de conocerlo aún con mayor profundidad.

En su sueño, Owen la desnudaba con manos firmes y seguras y ella sentía la caricia de su boca en sus senos; todo su cuerpo se arqueaba para recibirlo... hasta que se despertó de golpe, acalorada y jadeante, para descubrir que se había enredado en las sábanas. Se sentía especialmente sensible, llena de un extraño anhelo, y por un instante permaneció inmóvil en la oscuridad, aturdida por tan extrañas y poco familiares sensaciones. Resultaba extraordinario que en sus sueños, en sus *fantasías* con Owen, hubiera sido capaz de trascender aquellos dolorosos recuerdos que, en la vigilia, representaban una absoluta barrera para la intimidad física. No había experimentado miedo ni repulsión alguna ante la idea. No había habido más que placer y una intensa satisfacción sensitiva, pero en ese momento sentía ganas de llorar porque, después de aquello, había vuelto a tropezar con la familiar sensación de horror que penetraba hasta el último rincón de su mente.

Cuando se despertó por la mañana, aquel sueño no era ya más que un desvaído fantasma; con todo y eso, se preguntó si se sonrojaría cuando viera a Owen y recordara las fantasías de lo que él le había hecho. Al final no necesitó haberse preocupado tanto; esperó y esperó, pero Margery no acudió a despertarla. Owen, según parecía, no se había presentado esa mañana.

–Tienes una cara tan triste como un lluvioso miércoles –le comentó Joanna cuando Tess bajó a desayunar a las nueve–. ¿Y desde cuándo te levantas a estas horas?

Había una nota de Owen esperándola en el vestíbulo. Se disculpaba por no haberla visitado, explicándole que había concertado una entrevista con el señor Churchward para después de mediodía, con el fin de negociar el contrato de matrimonio.

Tess estuvo vagando alicaída por la casa durante horas, recogiendo revistas para terminar arrojándolas a un lado, hasta que finalmente decidió salir de compras. Pasó una tarde terriblemente aburrida en Bond Street antes de volver a casa, donde se puso a dibujar algunas especialmente crueles caricaturas. No había tenido intención de volver a hacerlo, pero le pareció la única manera de desahogar su frustración.

Cuando consintió en convertirse en el dechado de virtudes que la sociedad demandaba con el fin de salvar su reputación, lo hizo únicamente por aparentar. Todo se había reducido a una pura simulación. Pero ahora sabía que lo que estaba empezando a sentir por Owen no era ninguna simulación, y eso la asustaba. La asustaba mucho. Había dejado que se acercara demasiado a ella. Había comenzado a necesitarlo. Y eso era algo que nunca más debería permitir que sucediera.

Capítulo 8

Owen había llegado muy pronto a las oficinas de Churchward y Churchward, abogados de renombre, y fue invitado a entrar en su santuario interior con encomiable rapidez. El despacho presentaba un aspecto muy agradable con su jardín trasero, aunque ese día no ofrecía más vista que la de un cielo plomizo y un árbol con unas pocas y tristes hojas que se estremecían con la fría brisa de finales de noviembre.

El señor Churchward esperó de pie para estrecharle la mano y le mostró una silla, mirándolo en todo momento con astuta y sagaz expresión. Owen tuvo la impresión de que lo estaba evaluando y guardándose su juicio para la ocasión adecuada.

—Estoy muy complacido de poder conoceros al fin, lord Rothbury —dijo el abogado— y todavía más de poder llevar vuestros asuntos —señaló el montón de papeles cuidadosamente colocados sobre su escritorio—. Lady Darent ha confiado en mí para que actúe en su nombre con respecto al contrato de matrimonio —un matiz de diversión tiñó de pronto su voz—. Me temo que las materias financieras la aburren.

—Y, sin embargo, lady Darent no es en absoluto la cabeza hueca que finge ser —repuso Owen con tono suave.

Un brillo de humor iluminó de pronto los ojos del señor Churchward.

–Si habéis descubierto ya eso, milord, entonces sois el más sagaz de los hombres.

–Ya me gustaría –murmuró Owen–. Por supuesto, no soy el único en admirar el agudo ingenio de lady Darent. Tengo entendido que su difunto marido le legó la tutoría del patrimonio de sus hijos conjuntamente con vos. ¿Es eso cierto?

–Ah –Churchward se interrumpió por un momento–, sí. Pensaba abordar más tarde ese asunto con vos, milord, pero ya que lo habéis sacado a colación... –apoyó los codos sobre el ancho escritorio de caoba y juntó las puntas de los dedos–. Lady Darent me ha solicitado que, como marido suyo, os nombre tercer tutor del patrimonio Darent, y yo he aceptado de buen grado. Esto es, si estáis dispuesto a asumir la responsabilidad.

Owen experimentó primeramente sorpresa, y después un inmenso placer que lo dejó anonadado. No había esperado aquello. Sabía que Tess podía estar escondiéndole otros secretos, pero por lo que se refería a Julius y Sybil, se mostraba amorosa y protectora, sin dobleces. Sabía también que nunca los utilizaría, de modo que el hecho de que quisiera compartir su tutoría significaba que había empezado a confiar en él. Comprendió asimismo en ese momento que tendría que resolver con ella de una vez por todas el asunto del club Júpiter. Tendría que encararla y obligarla a que fuera completamente sincera con él. Porque profundizar en su relación cuando estaba fundamentada sobre el engaño habría sido una farsa intolerable.

De repente se dio cuenta de que el señor Churchward le estaba diciendo, con una cuidadosa falta de énfasis:

–Evidentemente, si no os place la idea, señor...

–No –Owen salió de su ensimismamiento–. Por supuesto que sí. Me sentiría muy honrado de aceptar.

El abogado se permitió una muy compuesta sonrisa.

–Os lo agradezco, milord.

Dedicaron la media hora siguiente a abordar los detalles del contrato de matrimonio. La fortuna de Tess, según Owen descubrió con asombro, casi alcanzaba las doscientas mil libras, bastante más que la conservadora estimación de ciento cincuenta mil que ella misma le había dado. También le sorprendió descubrir que el señor Churchward, que tenía una mente rápida como un cepo de acero e igual buen juicio, aprobaba claramente a lady Darent. Aquello lo intrigó sobremanera, porque el abogado no era un estúpido, ni tampoco un hombre que se dejara influenciar por el encanto de una cara bonita.

—Antes mencionasteis que llevabais la administración de todos los asuntos financieros de lady Darent —dijo lentamente Owen— y evidentemente habéis hecho un excelente trabajo, Churchward: sabias inversiones, gastos juiciosos... —se interrumpió por un instante mientras el abogado inclinaba la cabeza para aceptar el cumplido en silencio—. Me pregunto una cosa, sin embargo... ¿pagáis también las deudas de juego de lady Darent?

El señor Churchward se permitió una discreta sonrisa.

—Lady Darent nunca pierde —dijo—. O muy rara vez.

Owen entrecerró los ojos.

—Entonces estas sumas de aquí... —señaló la columna del «debe», donde sumas regulares habían sido registradas por la pulcra pluma del abogado—. ¿Estos pagos no se corresponden con deudas?

Solo por un segundo advirtió en el rostro de Churchward una expresión que casi habría podido describirse como sospechosa. La expresión de un hombre que había sido sorprendido en una indiscreción y estuviera ideando rápidamente una respuesta para salir del apuro.

—¿Señor Churchward? —insistió con tono suave.

El abogado se quitó los lentes y empezó a limpiarlos con demasiada energía en el faldón de su chaqueta.

—Ignoraba que fuerais a poner tanta atención en los detalles de los libros —un cierto tono de reproche tiñó su voz.

—Es algo un tanto burgués por mi parte. Mi padre era

tendero y... –se encogió de hombros–. Las viejas costumbres, ya sabéis.

–Claro –dijo Churchward, sin ceder un milímetro.

–¿Entonces? –volvió a insistir Owen, sonriendo amable–. ¿Estas sumas de aquí...?

Churchward pareció enfurruñarse.

–Tendréis que preguntárselo directamente a lady Darent, señor.

–Son pagos regulares destinados a una gran variedad de asuntos –insistió Owen. Los pagos estaban todos numerados, pero eran anónimos. Alzó la mirada de las columnas de cifras para sorprender al abogado observándolo con expresión pensativa. Pensó entonces en Tess Darent y en lo que había descubierto de ella durante los diez últimos días. Decidió probar suerte adelantando hipótesis–: Debe de tratarse de donaciones benéficas. Pagos a causas filantrópicas, por ejemplo.

La expresión del abogado pareció vacilar.

–Milord, yo no puedo ayudaros. *Debéis* hablar con lady Darent.

–O quizá se trate de afiliaciones políticas –añadió Owen, implacable, y vio que el abogado tensaba los hombros–. Dinero entregado a grupos y actividades de la causa radical.

–Milord –había ya una dureza de acero en el tono de Churchward.

–Cuando me despose con lady Darent –dijo Owen, lanzando despreocupadamente los documentos sobre el escritorio–, seré yo quien tenga el control de esta enorme fortuna. ¿Afectará eso de algún modo a la discreción que habéis guardado hasta ahora sobre estos asuntos, Churchward?

Esa vez no le cupo duda alguna sobre la reacción airada del abogado.

–¡Por supuesto que no, milord! –exclamó.

–Ya me lo esperaba –repuso Owen, y sonrió–. Os pido disculpas, Churchward. Solo pretendía poner a prueba vuestra lealtad. Perdonadme. Sois la discreción personificada y me sentiré honrado de que llevéis mis asuntos en el futuro.

Pudo ver como la tensión abandonaba los hombros del abogado. Aquel hombre, pensó Owen, no solo admiraba a lady Darent, sino que le profesaba una preocupación paternal. Resultaba altamente revelador que Tess fuera capaz de inspirar semejante afecto y lealtad en alguien tan severamente íntegro como Churchward.

–Gracias, milord. Estoy muy complacido. Si me permitís el atrevimiento, milord –añadió mientras lo acompañaba hasta la puerta– hay algo que creo que deberíais saber.

Owen esperó.

–El señor Barstow, el primer esposo de lady Darent –dijo, escogiendo cuidadosamente las palabras– era ahijado del famoso reformador político sir Francis Burdett. Os lo digo en caso de que os estéis preguntando por las razones de la lealtad de lady Darent a la causa reformista.

–Entiendo.

Owen recordó que Tess le había hablado de Robert Barstow, el amigo de la infancia que le había proporcionado la seguridad del matrimonio después de la muerte de su padre y de su hermano. Y por primera vez tuvo un atisbo de comprensión por sus filiaciones políticas. Tess era ferozmente leal. La causa de Barstow se había convertido en la suya, así como en una forma de dar algún significado a su futuro cuando lo había perdido todo. Experimentó una desgarradora compasión por la niña que había sido, sin padre y sin hermano, viuda a la tierna edad de diecinueve años.

Owen caminó bajo la nieve y encontró una carta esperándolo a su regreso a Clarges Street. Era un anónimo, breve y muy directo: *Preguntad a lord Sidmouth quién es el responsable de la violencia en el movimiento reformis-*

ta. Y cuidad bien a lady Darent. Alguien cercano a ella pretende traicionarla.

A punto estuvo de arrojar la carta al fuego. Detestaba los anónimos y no tenía tiempo para sus insinuaciones. Por lo que a él se refería, Sidmouth trabajaba para proteger la fuerza de la ley, y al aceptar la misión que el Secretario de Estado le había encomendado, él había prometido hacer lo mismo. Y, sin embargo, cuando se disponía a tirar la nota, algo lo inquietó. La referencia a Tess era demasiado específica para ser ignorada. Apenas una semana antes había jurado atraparla, jugar su propio y astuto juego. Pero en ese momento sus ambiciones habían cambiado.

Salió de nuevo, esa vez hacia las oficinas del Secretario de Estado, donde lord Sidmouth lo tuvo esperando durante una hora entera.

Sidmouth estaba de mal humor. Tenía un arrugado dibujo sobre la mesa de su escritorio, la caricatura del gobierno sentado alrededor de una larga mesa como una fila de grandes pudines de sebo. Al levantar la mirada del dibujo para posarla sobre los gruesos carrillos de Sidmouth, tan cruel y eficazmente parodiados, Owen a punto estuvo de traicionarse con una sonrisa.

—Por supuesto que incito a los radicales a la violencia —dijo Sidmouth desdeñoso, en respuesta a su pregunta—. ¡Por Dios, señor mío, no seáis tan ingenuo! ¡Necesito una excusa para mandarlos detener! Los reformadores llevaban años dedicándose a actividades políticas antes de que yo infiltrara agentes provocadores en sus filas —descargó un fuerte puñetazo sobre la mesa, haciendo temblar los papeles—. ¡No necesito a esa gente aquí! ¡Dios nos libre de ellos! —fulminó a Owen con una mirada ceñuda—. ¿Es que queréis una revolución aquí, como en la maldita Francia? ¿Queréis perder vuestro precioso título y con él vuestra cabeza?

Owen se sintió como si acabara de recibir una patada en el estómago.

–Disculpadme, milord –pronunció, tenso–, pero el único peligro que veo aquí procede de la violencia que vos mismo estáis deliberadamente provocando, si no os he entendido mal.

Sidmouth soltó un gruñido de lo más grosero.

–Sois demasiado escrupuloso, Rothbury. Un hombre de mi posición tiene que recurrir a determinadas maniobras para tener éxito.

Owen se sintió hervir de furia ante el depurado cinismo de aquella frase.

–Lo hacéis pues para manteneros a vos mismo en el poder –pronunció con tono suave–. No tenéis razón mejor que esa.

Estaba furioso con Sidmouth por su duplicidad y consigo mismo por haber aceptado tan ingenuamente aquella misión de la Secretaría de Interior. Debería haber sospechado algo, pensó con amargura. Había creído trabajar por una causa justa cuando en realidad no había sido más que una víctima engañada por Sidmouth.

–Lo hago para mantener la paz social –rugió Sidmouth–. Maldita sea, señor mío... ¡necesitamos esas medidas represivas si no queremos morir asesinados en nuestras propias camas!

–Por la misma gente que vos pagáis –repuso fríamente Owen, y recogió las caricaturas de la mesa–. De modo que si capturáis a Júpiter, lo colgaréis.

–¿Colgarlo? Exhibiré su cadáver despedazado –pronunció Sidmouth, perverso–. Y una vez que haya comprado la lealtad de Justin Brooke, sabré exactamente quién es Júpiter.

Un hilo de frío sudor de miedo empezó a correr por la espalda de Owen. Justin Brooke, el hombre al que la alta sociedad tenía por el amante de Tess. Recordó las palabras de la nota anónima: «alguien cercano a ella pretende traicionarla».

–¿Brooke? –inquirió–. ¿Es un radical?

–Es uno de los líderes del club Júpiter –explicó Sidmouth con tono de satisfacción–. Pero puedo sobornarlo. Vendería a su propia abuela con tal de conseguir algo de poder, y venderá los nombres de los conspiradores por mucho menos.

Owen maldijo para sus adentros. Casi podía sentir la red cerrándose inexorablemente sobre Tess.

–Vuestros métodos hacen que me sienta con las manos sucias, milord –dijo con tono cortés–. Me temo que no tengo otra elección que dimitir.

–Hacedlo entones –Sidmouth hizo un gesto de indiferencia–. Sabía que erais un ingenuo. ¡Condenados revolucionarios! Es el problema que tienen los yanquis: no saben ser agradecidos.

–Al contrario, milord –replicó Owen–. Nunca me había sentido tan agradecido de ser estadounidense como en este momento.

Abandonó el edificio y aspiró varias veces el frío aire invernal. Las cínicas maniobras de Sidmouth le habían provocado náuseas, pero la amenaza que representaba Justin Brooke lo preocupaba mil veces más. Ahora más que nunca necesitaba que Tess se sincerara con él. Porque no había ninguna otra persona que pudiera protegerla.

Se dirigió directamente a Bedford Street, pero Tess no se encontraba allí. De nuevo había vuelto a marcharse sin dejar dirección ni recado. La urgencia y el terror dominaban sus pasos; volvió a casa a cambiarse y tomó el carruaje rumbo al baile de lady Marriott.

Tess tampoco estaba allí. Afortunadamente Merryn y Garrick Farne sí, y fue Merryn quien le recordó que lady Dalton daba también un baile aquella noche.

–Puede que encontréis allí a Tess, aunque no puedo estar segura. Es tan imprevisible…

–Sí que lo es –repuso Owen con un timbre de amargura en la voz.

Poco después apretaba los dientes de impaciencia mien-

tras conducía su carruaje a paso de tortuga por las bullicio-
sas calles.

Percibió la tensión de la atmósfera tan pronto como entró en el salón de baile de lady Dalton: el murmullo de los
comentarios cuando la gente lo reconoció, el relámpago
de un abanico escondiendo una sonrisa. La razón de semejante expectación no tardó en evidenciarse, ya que al otro
lado de la inmensa pista de suelos relucientes, Owen pudo
ver a Tess y, a su lado, a Justin Brooke. Tess iba esa noche
de rojo escarlata; vestido, zapatos y cinta del mismo color
adornando sus rizos. A su lado, Brooke se erguía alto,
apuesto y arrogante, impertinente de una manera que
Owen consideraba ofensiva en un hombre cuya vida entera era un símbolo de la condición aristocrática. Un hombre, pensó Owen, que había tenido siempre todo lo que
había querido, servido en bandeja de plata. Todo, según
parecía... incluida Teresa Darent.

Mientras Owen los observaba, Brooke inclinó la cabeza para susurrarle a Tess algo al oído. Un momento después, ella se apartó de su lado para salir por una puerta de
la pared opuesta. Brooke esperó solo un segundo antes de
seguirla.

Aquello fue algo descarado y escandalosamente indis-
creto. Owen apenas podía dar crédito. Lenta, cuidadosamente, rodeó la pista de baile, respondiendo a los saludos
de los conocidos, deteniéndose para intercambiar una palabra aquí, una sonrisa allá... Y preguntándose durante todo
el tiempo por lo que pensaría toda aquella gente de él, consciente como era de que lo tenían ya por un cornudo antes
incluso de haber firmado el contrato matrimonial. Por dentro estaba hirviendo de furia, pero se las arregló para mantener la cabeza fría. Tenía que haber, por supuesto, alguna explicación racional que justificara tamaña indiscreción por
parte de Tess cuando se había prometido en matrimonio
apenas diez días antes, deseosa de limpiar su reputación. Y,
sin embargo, no tenía la menor idea de cuál podía ser.

Llegó a la puerta por la que había desaparecido Tess y la traspuso para encontrarse en una estancia más pequeña, de donde partía un corredor que terminaba en una puerta que daba al jardín. Allí, a medio camino y escondidos detrás de una gran maceta de helechos, distinguió a Tess y a Justin Brooke.

Los cobrizos rizos de Tess rozaban casi los hombros de Brooke. La oscura cabeza del joven estaba muy cerca de la suya mientras le hablaba. Aunque Owen no podía oír las palabras, percibía sin embargo la urgencia e intimidad de la escena. Brooke tenía una mano sobre el brazo de Tess y, mientras Owen lo observaba, la bajó para tomar la de ella entre las suyas con un sentido gesto. Tess alzó la mirada hacia él con una sonrisa. Brooke la acercó entonces hacia sí y la besó en una mejilla, con sus labios demorándose sobre su piel como deseoso de hacer algo más.

El estupor y la ira golpearon a Owen en el estómago. Tess no parecía mostrar con Brooke la misma reticencia física que a él le tenía reservada, ni experimentar repugnancia alguna por su contacto. Qué estúpido había sido al creer en ella cuando le aseguró que Brooke no era su amante. Se había imaginado que no eran más que aliados políticos, compañeros de causa. Y había sido doblemente estúpido, de hecho, porque se había visto embaucado no solo para proteger a Tess de la investigación de Sidmouth, sino también para cubrir su *affaire*. Había salido a buscarla esa noche dispuesto a dejar clara de una vez por todas la verdad entre ellos y a ofrecerle su protección, porque detestaba lo que Sidmouth estaba haciendo para atraparla y porque admiraba la lealtad que profesaba a su causa, habiendo creído en su sinceridad. Y, en lugar de atraerse su simpatía y estrechar su vínculo... la había sorprendido con su amante.

Por supuesto, Brooke nunca la vendería a Sidmouth: eso estaba claro. Ella era su amante. En cualquier oferta política que recibiera, ella estaría a su lado para apoyarlo.

Vio que Brooke señalaba ligeramente con la cabeza la puerta del jardín antes de salir por ella. Segundos después, Tess deshizo sus pasos y pasó tan cerca de Owen que este pudo aspirar su aroma a jazmín. Su falda escarlata rozó la estatua de Apolo detrás de la cual él estaba escondido. Recorrió todo el pasillo rumbo al vestidor de las damas.

Al cabo de un rato volvió a salir, con su capa y subida la capucha, para abandonar el edificio por la puerta principal. Se oyó un repiqueteo de cascos en el empedrado mientras el coche de alquiler se alejaba: evidentemente debía de haberlo hecho traer Brooke.

—¡Rothbury! ¡Qué sorpresa! —Rupert Montmorency se acercó a Owen cuando este se dirigía ya apresurado hacia la puerta—. Le presenté mis respetos a la encantadora lady Darent —le hizo un guiño—. Parecía que llevaba bastante prisa...

—Ahora no, Rupert. Tengo que irme.

—Lo de sorprender a vuestra futura esposa con su amante ha sido de pésimo tono —dijo Rupert—. Dadles al menos una hora, para que estén seguros.

—Gracias, Rupert —repuso Owen, tenso.

Se dio cuenta de que varios invitados habían salido del baile y lo observaban expectantes, ávidos de escándalo. Todo apuntaba a que la salida de Tess no había pasado desapercibida. El rumor había empezado ya a correr por la sala, agitándola como una marea. Alguien le tocó levemente un brazo. Era Alex Grant, que le dijo al oído:

—Ya puedes sentirte agradecido de tener una mano tan fría con las cartas. Te aseguro que nadie que ahora mismo te esté mirando se está dando cuenta de las ganas que tienes de romperle el cuello a Brooke. Solo lo sé yo, por lo bien que te conozco.

—No estoy tan seguro de que sea ese el cuello que quiera romper —repuso Owen con tono amargo mientras recordaba las palabras de Tess: «Justin Brooke no es mi amante...». ¿En qué clase de estúpido se había convertido para creer en su palabra?

–¿Vas a dejar que se vaya sin más? –le preguntó Alex, enarcando elocuentemente las cejas.

–¿A ti qué te parece? –replicó Owen, y llamó al portero–: El carruaje de lady Darent. ¿Hacia dónde se dirigía?

El hombre se lo quedó mirando con gesto inexpresivo.

–Lo siento, milord...

Owen se tragó una maldición.

–Lady Darent y el señor Brooke –precisó–. ¿Adónde iban?

La expresión del portero se aclaró de golpe; de hecho, pareció extraordinariamente aliviado de poder ayudarlo. Owen se dio cuenta, sin embargo, de que su gesto de furor era tal que el pobre hombre debía de temer que fuera a estrangularlo si no respondía a su pregunta. Se esforzó por dominar su ira y moderar el tono.

–Era una dirección de Hampstead Wells, milord. Belsize Terrace –tartamudeó el portero.

–Gracias –dijo Owen, y el sirviente salió disparado como si su vida dependiera de ello.

–Te llevará casi una hora llegar hasta allí –le advirtió Alex.

–No tengo nada mejor que hacer –repuso secamente Owen–. Hampstead Wells –repitió–. ¿Dónde está?

–Al norte de la ciudad. Es un barrio refinado y elegante. Buena suerte, viejo amigo.

La suerte, reflexionó Owen, no era precisamente lo que necesitaba. El buen juicio por lo que se refería a las mujeres le serviría mejor en el futuro. De todas formas, pensaba ir a buscar a Tess y sacarle la verdad antes de romper su compromiso y abandonarla así a sus sensuales excesos con su joven amante.

El trayecto se le hizo interminable, por calles pobremente iluminadas que dieron paso a oscuras carreteras por las que el carruaje no dejó de dar tumbos. Finalmente se apeó delante de una pequeña fila de casas de campo. El portero solo había escuchado parte de la dirección. Resultaba imposible discernir en cuál de aquellas casas se ocultaba su desleal prometida, pero quizá podría empezar por la única en la que distinguía una luz detrás de las contraventanas.

Una criada acudió disparada a abrir la puerta. Parecía aterrada, lo cual no era de extrañar. Owen no era muy consciente de su propia expresión, aunque tampoco tenía necesidad de disimular nada. Nunca había sido un hombre posesivo, o al menos eso había pensado él, pero en aquellos momentos sentía exactamente la misma ira ciega que habría experimentado cualquier hombre que hubiera sorprendido a su mujer con un amante. Le enfurecía la manera en que había sido burlado. Le enfurecía haber visto deshonrado su hombre y, más que ninguna otra cosa, le enfurecía que todo ello le importara tanto.

—¿Está lady Darent aquí?

La criada, mirándolo muda con unos ojos como platos, asintió con la cabeza.

—Yo mismo me anunciaré —Owen empujó la puerta y entró en el vestíbulo. La casa era pequeña, con un corredor tan estrecho que tuvo la impresión de que las paredes se cerraban sobre él: su furia necesitaba ciertamente más espacio que aquel.

Estaba tan encolerizado que tuvo que ejercer un absoluto control para dominarse. No tenía sentido asustar a la pobre criada, que ya estaba temblando, pálida como la cera. Caminó a grandes zancadas por el pasillo. La casa era muy sencilla; modestamente decorada, con un par de pinturas de buena calidad colgadas en las paredes y alfombras finas y de brillantes colores. Habría esperado de Tess un mayor lujo para su nido de amor. Algo así como un colchón de plumas y mullidos almohadones, con tersas sábanas de satén sobre su piel desnuda...

Aquella inesperada y erótica imagen hizo muy poco para calmarlo. Maldijo para sus adentros: Tess era *su* prometida, no la de Brooke, y la había tratado con un respeto absoluto.

Ni siquiera la había besado. Más de una vez durante la semana anterior se había preguntado por qué no lo había hecho todavía. El deseo que sentía por ella no había menguado. En todo caso se había agudizado, porque había empezado a conocerla y a gustarle mucho. Ya no deseaba a Tess simplemente porque fuera hermosa, como encarnación física de alguna pecaminosa fantasía. La verdadera Tess Darent se había revelado muy distinta de la de su sueño: dulce y sagaz, fuerte y sin embargo vulnerable; una mujer de firmes opiniones y voluntad decidida. La había admirado mucho… con lo que la había deseado aún más.

Owen no era hombre acostumbrado a esperar por lo que se refería a las mujeres. Sus aventuras habían sido experiencias placenteras, pero habían carecido de la profundidad necesaria para retenerlo. Con Tess había sido diferente... o al menos eso había creído él.

Oyó voces procedentes de la habitación que había a la izquierda. Pensó que, al menos si estaban hablando, no los sorprendería en el acto de hacer el amor, aunque eso tampoco iba a ser agradable. Podía imaginárselo todo: Tess quizá medio desnuda, con su corpiño abierto dejando ver el comienzo de la curva de sus senos, el pelo despeinado en aquella gloriosa masa de rizos de color dorado rojizo. Brooke estaría recostado sobre los almohadones, con aquella maldita insolencia juvenil tan suya, indicándole con un gesto que se acostara con él...

Abrió la puerta.

Y se dio cuenta de que había cometido un monumental error.

Lo primero que vio fue que había tres personas en el diminuto salón, todas perfectamente vestidas. Y además bebiendo té en finas tazas de porcelana, con aspecto tan respetable como si se tratara de una reunión de feligreses en el jardín de la vicaría.

Tess se hallaba sentada frente al fuego, en una vieja y elegante mecedora. Sobre la mesa, a su lado, tenía un cuaderno abierto de dibujos a lápiz. Al otro lado había una joven de impresionante belleza que, al ver aparecer de pronto a Owen, tiró su taza derramando el té sobre la gastada alfombra. Parte del líquido salpicó asimismo a Justin Brooke, que estaba arrodillado frente a la chimenea tostando panecillos.

Tostando panecillos... Owen había esperado sorprender a su prometida *in fraganti* y, en lugar de ello, había sorprendido a su supuesto amante tostando panecillos. Una cierta sensación de ridículo se apoderó de él, sin que pudiera hacer nada para evitarlo.

Tess se levantó con una calma exquisita, sin inmutarse lo más mínimo. O quizá no estuviera tan calmada, reflexionó Owen. Porque ciertamente tuvo buen cuidado de cubrir disimuladamente los dibujos mientras se levantaba para recibirlo.

—Buenas tardes, milord —lo saludó con tono formal, como si su precipitada aparición hubiera sido tan esperada como bienvenida—. Estoy tan contenta de teneros entre nosotros...

Owen lo dudaba, pero Tess ya se estaba volviendo hacia la joven dama:

—¿Me permitís presentaros a lady Emma Bradshaw? Creo que a su hermano ya lo conocéis, el señor Brooke.

Brooke obsequió a Owen con una leve y más que incómoda reverencia.

—Rothbury.

—Brooke —repuso fríamente Owen. Fuera cual fuera la situación, que evidentemente él había malinterpretado, estaba ante un hombre por el cual no tenía absolutamente ningún respeto, por lo que ni siquiera se molestó en pretender lo contrario.

Brooke enrojeció visiblemente. Percibiendo la descarada hostilidad de su prometido hacia el joven, Tess intervino de nuevo para salvar la situación.

—Lady Emma —dijo mientras adelantaba a la joven hacia Owen—. Os presento a mi prometido, el vizconde Rothbury.

Owen se encontró de pronto frente a la franca y directa mirada de los enormes ojos azules de lady Emma. Resultaba evidente, reflexionó, que había heredado la fuerza de carácter de la familia Brooke.

–Espero –dijo Emma– que seáis lo suficientemente bueno para lady Darent, milord.

Era una noción que jamás se le había pasado antes por la cabeza. Lanzó una mirada a Tess y vio que fruncía los labios como intentando disimular una sonrisa.

–No estoy segura de que ese sea el pensamiento más urgente que tenga lord Rothbury en este momento, Emma –murmuró.

–¡Bueno, pues debería serlo! –lady Emma tomó con firmeza las manos de Owen entre las suyas y lo llevó a sentarse a su lado, en el sofá–. Deberíais saber, milord –le confió– que cuando mi marido me abandonó el año pasado y mi propia familia me repudió, fue lady Darent quien me ayudó y persuadió al duque de Farne para que se hiciera cargo de mí –abarcó con un gesto el pequeño salón y todo lo que contenía–. Ha sido para mí la mejor y más generosa de mis amigas.

Por el rabillo del ojo, Owen vio que Tess se removía incómoda en su silla. Advirtió que las palabras de lady Emma, por muy bien intencionadas que fueran, la habían molestado.

–Y no solo eso, sino que lady Darent consiguió que Justin pudiera visitarme –le estaba diciendo la joven–. Cuando mi familia me repudió, nuestros padres le prohibieron que volviera a verme. Le amenazaron con dejarle sin un penique si lo hacía, pero él se mostró decidido a no abandonarme.

Fue Brooke quien se removió esa vez, y Owen esperó que fuera de vergüenza, por la poca participación que había tenido en ello para merecer tamaño elogio. Las piezas del cuadro estaban empezando a encajar. Podía entender cómo había conseguido Tess que Justin Brooke pudiera continuar visitando a su hermana. Su supuesta aventura era una cobertura perfecta para sus visitas clandestinas: pero no a una amante, sino a una hermana a la que en público se veía obligado a repudiar. Owen no pudo menos que deplorar la cobarde manera en la que Justin había utilizado a Tess, y aún no comprendía por qué ella se lo había permitido. Había tenido razón, pues, cuando percibió desde el principio que no existía la menor atracción entre ellos. La sola idea resultaba absurda. Experimentó un enorme alivio, aunque algo ensombrecido por la indiscreción que había demostrado Tess al haber deshonrado públicamente su nombre y la protección que le ofrecía, así como por haber vuelto a manchar su reputación de una manera tan despreocupada.

—Debisteis de haber tenido una muy importante razón para pedirle a lady Darent que viniera aquí esta noche, lady Emma —le dijo con tono suave a la joven—. ¿Cuál fue?

Sintió que Tess volvía a removerse, inquieta. Dio un paso hacia él.

—Milord... —empezó.

Owen se volvió entonces hacia ella.

—¿Insistiréis en decírmelo vos... —replicó con fría formalidad— o permitiréis a lady Emma que lo haga ella?

Owen miró a Justin Brooke, y sintió que su furia volvía a dispararse. No, Tess y Brooke no eran amantes, pero estaban unidos por un vínculo muy fuerte. Podía sentirlo. Eran aliados políticos, camaradas de causa, pero había algo más. Recordó los pagos de las hojas de balances de Churchward. Si Tess había estado financiando a Brooke, quizá de la misma manera en que sir Francis Burdett había financiado las ambiciones políticas de su primer esposo, eso quería decir que había acogido a ambos hermanos bajo su ala, ayudando a cada uno de un modo distinto. Era la benefactora de Brooke. Owen experimentó en aquel momento un desprecio todavía mayor por el joven, recordando sus clandestinos encuentros con Sidmouth y sus ofertas de cambiar de bando y vender los nombres de sus camaradas.

Brooke hizo un instintivo gesto dirigido a Tess, que Owen pudo sorprender al girarse rápidamente hacia él. El joven se estaba pasando un dedo por el cuello de la camisa, como si le apretara demasiado y corriera el riesgo de estrangularse: una perspectiva de la que se habría alegrado Owen. Se preguntó si Justin Brooke demostraría al fin un poco de valor, no ya para defenderse a sí mismo, sino para defender a los seres que decía amar. Aquel hombre era de una cobardía inusitada.

—¿Tenéis vos algo que decir, señor Brooke? —le preguntó con impecable cortesía.

—No, milord —murmuró el joven, sin atreverse a mirarlo a los ojos–. Es asunto de mi hermana, que no mío.

—Tom ha vuelto —explicó apresuradamente Emma–. Tom Bradshaw. Mi marido –su rostro bello y sincero estaba ruborizado y agitado, con una mirada suplicante en sus ojos azules–. Yo... no sabía qué hacer –se retorció las manos en un gesto de inconsciente desesperación–. Me sentía asustada, enfadada... así que mandé a Justin a pedir a lady Darent que me ayudara –se interrumpió–. No sabía qué hacer –repitió en voz baja–. Amo a Tom y no quiero que lo arresten, pero no puedo confiar en él sabiendo como sé que ha hecho cosas horribles –volvió a interrumpirse. El dolor era palpable en su voz–. Pensé que lady Darent sabría cómo actuar en estas circunstancias –se volvió hacia Tess–. Ella siempre me ha ayudado.

Tess tomó las manos de la joven dama entre las suyas y la atrajo suavemente hacia sí, con la misma ternura que habría demostrado una madre. Owen vio que Justin Brooke las observaba atentamente.

—Debiste haberle entregado —dijo de pronto Brooke, cruel–. Habríamos podido tenderle una trampa...

—¡No! —el grito de Emma resultó desgarrador–. Tú siempre lo has odiado...

–Por supuesto que sí. Mira lo que te hizo. ¡Te arruinó la vida!

Pero lady Emma se había lanzado ya a los brazos de Tess y sollozaba como si el corazón se le fuera a romper en cualquier momento. Viendo a Tess acariciar el rubio pelo de la joven mientras murmuraba palabras cariñosas, pensó en los gemelos Darent y en el inmenso amor que Tess Darent tenía en su corazón para ofrecerles. Y se sintió desgarrado entre la ternura que sentía por ella y la furia que aún seguía quemándolo por dentro.

Miró a Justin Brooke. Brooke también estaba mirando a Tess y lo que vio en sus ojos no pudo menos que intrigarlo, porque tenía una expresión de anhelo, casi de avidez. Podía ser que Tess Darent no albergara interés romántico alguno por Brooke, pero lo que era seguro era que el joven la deseaba. Lo cual, reflexionó Owen, lo convertía en un hombre doblemente peligroso.

Capítulo 9

Reinaba un denso silencio en el carruaje. Tess nunca había imaginado que el silencio pudiera llegar a ser tan elocuente. La atmósfera entre ellos había cambiado tan pronto como abandonaron la casa. No había sido tan ingenua como para esperar que Owen no estuviera enfadado con ella por lo que había hecho aquella noche, pero había esperado que a esas alturas su furia se hubiera aplacado un tanto, después de haber descubierto que si había acudido allí había sido únicamente para ayudar a Emma. Miró de reojo su tenso perfil: fruncía el ceño y apretaba con fuerza la mandíbula. Su desaprobación, su censura, resultaban tan amenazadoras que se echó a temblar. Y eso le importaba. El estómago le dio un vuelco cuando tomó conciencia de lo mucho que le importaba contar con la buena opinión de Owen.

—Sigues enfadado conmigo —le dijo con voz poco firme.

La mirada que le lanzó Owen la trituró de desprecio.

—Qué observadora que sois, señora.

—Para mí es una sorpresa: nunca te había visto enfadado antes. Estaba empezando a pensar que era algo extraño a tu naturaleza.

—No tienes ni idea, te lo aseguro —le lanzó una oscura y penetrante mirada.

Tess se estremeció un tanto. Aquellas palabras solo sirvieron para recordarle lo poco que lo comprendía. Se había preguntado por lo que podría empujar a Owen a la furia, o a la pasión. Ahora ya lo sabía. Ella misma lo había conseguido con su temeraria desconsideración hacia sus sentimientos y hacia su honor.

—Lo siento —le dijo. Tenía que empezar por alguna parte y hacerlo con humildad.

—¿Lo sientes? —la miró con una expresión en la que Tess no pudo leer nada, aparte de que no era particularmente amable—. Tal parece que no puedes evitar descuidar tu propia reputación —su tono le dolió—. La elección es tuya. Pero creo que no deberías demostrar la misma desconsideración hacia mi buen nombre.

—No —Tess entrelazó los dedos con fuerza.

Era más que consciente de que le había jurado que se conduciría en el futuro con la mayor propiedad, después de que él aceptara casarse con ella. Owen le había tomado la palabra. Pero luego ella había montado un escándalo, antes incluso de que tuviera lugar la ceremonia, al marcharse del baile con el hombre que todo el mundo suponía era su amante. La furia de Owen estaba perfectamente justificada. Su comportamiento había sido completamente desdeñoso para con su buen nombre y su honor. Le dolía ver su decepción, sobre todo porque él había confiado en su palabra y ella le había decepcionado. No había esperado sentirse tan dolida. Porque, en tan solo unos pocos días, el apoyo y la generosidad que le había demostrado Owen le habían llegado profundamente al corazón y no podía escapar a aquel sentimiento.

—No —dijo de nuevo, sintiendo un hondo vacío—. Lo sé, lo lamento de verdad.

Lo sintió removerse incómodo.

—Brooke es un cobarde —dijo de pronto Owen con un tono cargado de desprecio— al esconderse detrás de tus faldas.

—Eres duro con él... —repuso Tess, afectada por sus palabras— pero supongo que algo hay de verdad en lo que dices. Justin... —sintió la instantánea incomodidad de Owen por la familiaridad del trato y se apresuró a corregirse—: El señor Brooke no estaba preparado para desafiar abiertamente a sus padres y arriesgarse a quedarse sin un penique, pero aun así ama a su hermana y quiere verla.

—Por supuesto que soy duro con él. Es un hombre que no solo no defiende lo que piensa, sino que además permite que una mujer mayor que él asuma la pública responsabilidad de sus acciones —esa vez se volvió directamente hacia ella—. ¿Acaso no había otra manera? —inquirió, furioso y frustrado—. ¿Alguna otra que no fuera dejar que todo el mundo siguiera pensando que es tu amante?

Tess suspiró.

—La gente siempre pensará lo que quiera. Hace mucho tiempo que aprendí que eso era algo inevitable y que renuncié a intentar hacerles cambiar de idea.

—Pues deberías haberte esforzado más —le espetó Owen, mirando de nuevo al frente—. Un comportamiento semejante solo sirve para alimentar los rumores que lord Corwen, por poner un ejemplo, busca explotar.

—Me doy cuenta de ello —reconoció, cansada.

—¿Entonces por qué te marchaste esta noche, a la vista de todos? —le preguntó—. Dímelo, Teresa —parecía exasperado—. Quiero entenderlo.

Tess se quedó en silencio por un momento. Podía sentir su impaciencia mientras esperaba, tensa como un resorte a punto de saltar.

—Lo siento —dijo por tercera vez—. Fue un error de juicio. Emma me necesitaba y yo acudí a su llamada —se pasó una mano por la frente—. Fue una estupidez: ahora me doy cuenta de ello. Debí haber enviado recado a Garrick y pedirle que acudiera él en mi lugar para ayudarla, pero temía que, con las ganas que tenía de cazar a Tom, lo hubiera hecho detener. Emma no quería eso, así que... —se encogió de hombros, impotente.

—Así que mantuviste la situación de Emma en secreto y acudiste tú misma —repuso Owen, sombrío—. Con Brooke. La opción menos sensata en un baile repleto de gente.

—Lo sé —se sentía terriblemente triste.

Había pensado mucho en ello. Cuando Justin la abordó con la noticia de Emma, el corazón se le encogió porque sabía que la joven no tenía nadie más a quien acudir. Había esperado que dado que Owen estaba ausente, no llegara a enterarse de su aparente indiscreción, o al menos haber podido aplacarlo después de alguna manera, hacerle olvidar el incidente. Miró de nuevo su perfil, las duras líneas de su rostro apenas visibles en la penumbra del interior del carruaje. Lo había subestimado.

Owen se quedó callado por un momento.

—Te has comportado como una buena amiga con lady Emma —le dijo—. No es la primera vez que ayudas a una joven en problemas, ¿verdad? Tengo entendido que cuando Tom Bradshaw arruinó a lady Harriet Knight hace unos años, también le proporcionaste ayuda.

—Oh, sí —Tess se había olvidado de Harriet, que se había casado con un conde mayor y muy rico, montando un sonado escándalo en la sociedad.

—Casi podría decirse que tienes una especie de compulsión a ayudar a la gente que se encuentra en problemas.

Había suavizado su tono, pero Tess no se dejaba engañar. Owen pretendía llegar a alguna parte con aquella conversación, abordar un peligroso terreno. Un estremecimiento de aprensión le recorrió la piel. Aquel era un aspecto de Owen que había conocido aquella primera noche en el burdel: la del frío e implacable perseguidor de la verdad. Se había olvidado de cuán intimidante podía llegar a ser bajo su tranquilo exterior.

—Dos actos de caridad no hacen una compulsión —replicó.

—Una vez más te muestras demasiado modesta. También tengo entendido que tu afición caritativa es especialmente generosa. Haces donaciones a la Inclusa Municipal y al Colegio Blackfriars...

–Te olvidas del Hospital de Santa María Magdalena –le espetó Tess–. Para prostitutas arrepentidas. Apropiado, ¿no?

Owen se echó a reír.

–No lo creo –se interrumpió–. ¿Admites entonces ser una filántropa? –al ver que no decía nada, añadió–: Eres inconscientemente perversa al no responder a mis preguntas, Teresa –la exasperación volvía a teñir su tono–. No te estoy pidiendo que confieses que tienes una deuda de juego de mil guineas por semana. ¿Por qué te cuesta tanto admitir tu lado caritativo?

La respuesta no era otra que su filantropía se encontraba íntimamente ligada con su causa política, y que al admitir una, sabía que inevitablemente traicionaría la otra. Pero podía sentir la penetrante mirada de Owen en la penumbra y sabía que él ya conocía la verdad. Disimular carecía de sentido.

El corazón le dio un vuelco. Sintió náuseas. Owen estaba a punto de pedirle cuentas sobre el club Júpiter. Podía percibirlo. Barrida por el placer que había experimentado durante el tiempo que habían pasado juntos, se había olvidado de que todo aquello se hallaba asentado sobre la deshonestidad, la mentira. Se sintió vacía y perdida a la vez.

–Lo sabes, ¿verdad? –inquirió, y no se estaba refiriendo a la filantropía.

Lo sintió removerse antes de volverse ligeramente hacia ella.

–¿Que tú eres Júpiter? Sí, lo sé –se sacó algo de un bolsillo y Tess pudo ver que se trataba del dibujo de lord Sidmouth caricaturizado como un globo de aire caliente. Owen lo alisó con la mano–. El parecido es asombroso. A lord Sidmouth no le gustó nada. Quiere tu cabeza en una bandeja.

Se la quedó mirando en medio de un largo silencio. Tess sabía lo que seguiría a continuación y el estómago le dio otro vuelco. La náusea que le producía su traición se le espesaba en la garganta.

–Cuéntamelo –le pidió Owen. Su tono se había endurecido–. La primera vez que me propusiste matrimonio... ¿lo hiciste porque sabías que en cuanto me convirtiera en marido tuyo me vería imposibilitado para denunciarte o testificar contra ti?

Tess cerró los ojos. Experimentó una punzada de arrepentimiento por el engaño del cual le había hecho víctima.

«Yo no te conocía entonces...». Quiso gritarle esas palabras, pero era inútil pronunciarlas o intentar persuadir a Owen de que, durante aquellos días, había llegado a sentir agrado y respeto por su persona. Él nunca le creería. Y, a esas alturas, lo que sentía por él era algo mucho más intenso que eso. De repente se le llenaron los ojos de lágrimas.

–Yo... yo pensé... Es cierto que yo... –volvió a interrumpirse. Podía sentir su mirada clavada en ella, desnudando completamente sus defensas.

–¿Penaste que podrías engañarme y utilizarme como la tapadera perfecta para esconderte de Sidmouth? –inquirió con voz tan firme como fría.

–Cuando fui a buscarte, mi más perentoria preocupación eran las amenazas de Corwen y el futuro de Sybil y de Julius –respondió Tess. Se le quebró la voz, afectada por un tono de súplica del que era muy consciente.

–Pero otras personas habrían podido ayudarte con ello –replicó Owen–. Tus cuñados, por ejemplo. Tanto Alex Grant como Garrick Farne poseen influencia suficiente para obligar a Corwen a refrenar su lengua.

–Necesitaba hacer algo más que eso –explicó Tess–. Necesitaba limpiar mi reputación, por el bien de Sybil. Solo nuestro matrimonio podía lograrlo.

–Pero me elegiste específicamente a mí. Me hice esa pregunta desde el principio. Fue por mi conexión con Sidmouth –de repente la tomó de los hombros–. Dime la verdad, Teresa. Basta de mentiras.

–¡Yo no te mentí! –la desesperación tiñó su tono. Aspiró profundamente–. Está bien, yo buscaba engañarte –reconoció al fin–. Pero tú lo sabías, Owen. ¡Sospechaste de mí desde el principio! Sé que lo hiciste. Si me dejaste hacer mi juego fue porque estabas esperando atraparme.

Se hizo un denso silencio. Tess se dio cuenta de lo mucho que deseaba que él negara su aserto. Pero sabía que no lo haría. Ambos habían practicado aquel juego. Y ahora parecía que habían perdido los dos; perdido la incipiente confianza que había florecido entre ellos.

–*Touché* –admitió Owen al cabo de un momento–. Sospechaba de ti –deslizó las manos todo a lo largo de sus brazos y Tess se estremeció.

Privada ya de su contacto, se sintió terriblemente sola y desvalida. Por un instante creyó distinguir un destello de tristeza o de arrepentimiento en su rostro, pero cuando se alzaron las sombras solo vio sus ojos fríos y el gesto crispado de su mandíbula.

–El club Júpiter está disuelto –le dijo–. Hemos dejado de reunirnos –sentía el corazón dolido y lacerado ahora que la verdad había aflorado entre ellos. Aquello hacía que sintiera su relación como algo vacío y hueco, cuando habría podido ser mucho más–. Si fueras tan generoso como para no perseguir a los demás miembros... –pronunció, tensa–. Te doy mi palabra de que una vez que nuestro compromiso quede roto, no volveré a involucrarme en ninguna actividad reformista... –se interrumpió cuando Owen le sujetó una muñeca. Su contacto la marcó como una llama, acallándola por completo.

–Mi querida Teresa –le dijo con la mayor dulzura posible–. Me parece que no acabas de entenderlo. Nuestro compromiso no se va a romper. Vas a casarte conmigo. Ahora tienes todavía menos elección que antes.

Owen observó con diversión los esfuerzos que hacía Tess por asimilar sus palabras. En la cambiante oscuridad pudo ver el despliegue de sentimientos diversos que cruzaron por su rostro: estupor, perplejidad y una cierta altivez que sugería que le disgustaba profundamente que la obligaran a hacer algo. Lo cual era una lástima, porque había tenido una tarde difícil y no estaba de humor para caballerosidades. Tess se hallaba ahora completamente bajo su poder y así seguiría. Cambió de postura y se volvió del todo hacia ella, apoyando un hombro en la pared del carruaje para poder observar mejor su expresión.

–Hay cosas que no sabes –le dijo–. Concretamente sobre el señor Brooke, tu protegido político –pronunció su nombre con un deliberado tono de desprecio–. Está en conversaciones con lord Sidmouth para pasarse al bando del gobierno. Es un veleta, se arrima al sol que más calienta. Nunca será el líder que esperas que sea, el líder que la causa radical necesita.

A la fugaz luz de un farol, vio que Tess palidecía intensamente.

–Debes de estar equivocado –susurró.

Su sorpresa era demasiado vívida para ser fingida. Owen experimentó una cierta sensación de alivio. Todo apuntaba a que no había sabido de la traición de Brooke. Al menos su fidelidad a la causa reformista había sido sincera, lo que no quitaba que él tuviera que vivir sabiendo que si lo había escogido había sido solamente para manipularlo.

–Me temo que no estoy equivocado –repuso–. Lo he sabido por el propio Sidmouth. Brooke es ambicioso. Lo sacrificará todo con tal de conseguir poder político. Tú incluida.

Vio que entrecerraba los ojos.

–No lo entiendo... –pronunció, estremecida.

–Pues yo creo que sí –replicó Owen con tono sombrío–. Sidmouth quiere arrestar a Júpiter. Brooke sabe quién eres... –la oyó soltar una exclamación de asombro.

–Justin nunca me traicionaría –afirmó, pero debajo de

aquellas palabras latía un tono de incertidumbre, como si temiera ya la posibilidad.

–Espero que tengas razón, pero yo no apostaría por ello. Así que ya ves lo vulnerable que eres. Si no te casas conmigo, te quedarás completamente desprotegida.

Tess permaneció en silencio durante un buen rato.

–Eres muy generoso al no retirar tu oferta de matrimonio –dijo al fin, con una voz tan fría e inexpresiva como la de él.

–Tengo mis razones –sus razones eran bien sencillas: seguía deseando a Teresa Darent. Estaba furioso y se sentía traicionado, pero seguía queriéndola en su cama.

La expresión de Tess era inescrutable.

–Tendré mucho más dinero ahora que dejaré de apoyar la causa radical –comento, irónica.

–Y yo tendré mucho menos –repuso Owen–, ya que he dejado de trabajar para lord Sidmouth.

Vio que abría mucho los ojos.

–¿Has dimitido? ¿Pero por qué...?

–Concédeme que yo también tenga mis principios. No podría casarme con una mujer sabiendo que es una delincuente y seguir trabajando para el hombre que pretende su detención.

Pudo oír como contenía el aliento al verse descrita en unos términos tan crudos.

–Supongo que no –dijo–. Bueno, entonces... –adoptó un tono seco, severo– podrás quedarte con mi dinero como recompensa. ¿No es eso lo que quieres?

Se quedaría con *ella* como recompensa. Por un segundo se sintió desgarrado de dolor por lo muy vacío que sería su matrimonio, la misma clase de aventura a la moda que ella misma había reconocido que había deseado desde un principio. Él había buscado algo más que eso en una esposa, había deseado más: más confianza, más fe, más respeto. Pero con su engaño mutuo ahora al descubierto, todo aquello se antojaba imposible.

–Hay otro precio a cambio de mi protección.

–Un precio –repitió ella con voz débil–. Claro, era de esperar. Siempre hay un precio para todo –parecía muy cansada de repente, desilusionada.

–Tendrás que darme tu palabra de honor de que nunca más volverás a dibujar caricaturas políticas –dijo Owen–, ni a jugar un papel activo en el movimiento de reforma.

Esperó. Ella no respondía. Estaba jugueteando con el trenzado de su capa. De repente se sintió devorado de tristeza y amargura. No había querido que las cosas sucedieran así.

–Teresa –añadió con voz ronca, al cabo de un momento–. Es demasiado peligroso. Sidmouth piensa dar caza a todos los reformadores. Prométemelo.

Tess alzó la cabeza, y él distinguió una débil chispa de calor en sus ojos, como si hubiera reconocido el sincero y sorprendente timbre de emoción en su voz. Era una pequeñez cuando la verdad había destruido la relación que apenas habían empezado a construir, pero Owen supo en aquel instante que no había sido algo fingido, falso, ni por su parte ni por la de ella.

–Muy bien –pronunció en voz muy baja–. Te lo prometo.

–Gracias –repuso él, ya más relajado.

Había vuelto la cabeza hacia el otro lado, pero no antes de que Owen hubiera descubierto un brillo de lágrimas en sus ojos. Sintió un nudo de compasión en la garganta: Tess no era de la clase de mujeres que consentían que las vieran llorar. Ni de las que aceptaban gustosas la ayuda o el consuelo de otros.

–¿Por qué lloras? –le preguntó, y tuvo que reprimir una sonrisa de alivio cuando la mirada que ella le lanzó fue de pura ira, que no de tristeza.

–Por lo que estoy perdiendo... –respondió con tono crispado–. Mi afición al dibujo... –rebuscó en su redecilla y sacó un diminuto pañuelo de encaje, con el que se enjugó enérgicamente las lágrimas–. Es algo muy importante para mí. Tú no lo entenderías.

Pero de hecho lo entendía, o al menos eso creía él. Cuando asumió su título, tuvo que renunciar a su anterior modo de vida: al mar, a los viajes que lo habían convertido en el hombre que era. Como él, Tess iba a perder su pasión y tendría que buscarse una diferente forma de vida. Sintió el impulso de decírselo, de tocarla y consolarla, pero ella le había dado la espalda mientras contemplaba sin ver la oscuridad por la ventanilla del carruaje. Suspiró.

–¿Existe algún otro secreto que debiera saber antes de que nos casemos? –le preguntó, y no le pasó desapercibida la levísima vacilación de su gesto antes de negar con la cabeza.

–No –recuperó su anterior tono tranquilo e inexpresivo–. Por supuesto que no.

Estuvo a punto de insistir, pero al final renunció a ello. Vio que tenía los hombros hundidos. Por un instante pareció tan pequeña y tan lastimosamente sola que Owen alzó una mano para tocarla, antes de cambiar de idea y dejarla caer de nuevo.

Se preguntó qué sería lo que aún le ocultaría. No tenía nada que ver con el club Júpiter ni con los políticos radicales: estaba seguro de ello. Se había mostrado muy franca acerca de su identidad como Júpiter, y él apreciaba aquella sinceridad aunque le había enfadado mucho su anterior engaño. Pensó que, pese a todo, Teresa Darent seguía siendo una mujer admirable en muchos sentidos. Era leal con la gente que quería; tanto si eran Sybil o Julius, o los niños huérfanos de Blackfriars, como si se trataba de los miembros del club Júpiter.

Se le ocurrió que aquel último secreto podría tener que ver con su particular elección de causas filantrópicas entre los más pobres y desposeídos. Se trataba de mujeres que habían caído en desgracia o niños que habían nacido fuera del matrimonio. ¿Habría tenido ella quizá un niño ilegítimo, durante los alborotados días que siguieron a la muerte de Charles Brokeby? Aquellas escandalosas pinturas en las que aparecía desnuda, junto con las historias que corrían sobre la legendaria disipación de Brokeby y la desinhibida afición de Tess a la bebida y al juego después de su muerte... todo ello apuntaba a una fase de su vida que había escapado a todo control. Él no era ciertamente ningún santo, de manera que no era nadie para culparla, pero habría dado cualquier cosa por que Tess hubiera confiado en él. Alguna gente prefería esconder la verdad de su pasado, pero en su experiencia ese pasado siempre terminaba aflorando, y por lo general de la manera más dolorosa posible.

Sin embargo hacía muy poco que la conocía, y si realmente deseaba desvelar todos sus secretos, por el momento tendría que esperar. Tendrían que volver a empezar a construir su relación, lenta y cuidadosamente, sobre los cimientos que habían asentado antes. Y esa vez no habría engaños ni traiciones.

Miró a Tess, con la cabeza vuelta hacia el otro lado, su perfil puro y claro. Cada músculo de su cuerpo estaba tenso y a la defensiva, guardando las distancias, prohibiéndole su contacto.

La deseaba más que nunca.

Capítulo 10

Se casaron dos días después en la catedral de Southwark.

Un hermano de lady Martindale era el obispo de Southwark, un hecho que Tess estimó tan conveniente como maravillosamente respetable. Y que resolvió también el dificultoso asunto del lugar de la ceremonia. Tess no había sabido qué iglesia de Londres escoger para su cuarta boda. Ciertamente no había querido la de San George en la plaza Hanover, por muy de moda que estuviera, dado que había sido allí donde se había casado con Brokeby.

Su segunda boda había constituido un gran acontecimiento, aunque ya era viuda y el buen gusto habría podido sugerirle algo más modesto. Brokeby, por supuesto, no había tenido nada que ver con el buen gusto. Había querido exhibir a su hermosa esposa ante la alta sociedad al completo. Se había celebrado en una radiante mañana de mayo, con un cielo resplandeciente y los cerezos en flor de la plaza. En cuestión de una hora, sin embargo, la brillantez se había enturbiado y una lluvia primaveral había empezado a caer con fuerza, llevándose todas las flores. Un mal augurio que Tess pensó después que debería haber interpretado como tal.

Ese día, sin embargo, el cielo presentaba un color gris perla, con una ventisca de nieve que soplaba con fuerza sobre Londres. Hacía un frío terrible que Tess intentó ignorar, como intentó ignorar el que sentía en el corazón, que tenía helado como un témpano. El enfrentamiento con Owen, revelador de lo recíproco de su engaño, la había dejado con la sensación de haber perdido a un verdadero amigo. De alguna forma, a pesar de sus primitivas intenciones de hacer un simple matrimonio de conveniencia, había llegado a apreciar muchísimo a Owen, para luego perderlo. La sensación de vacío que tenía en el pecho le daba ganas de llorar, y no comprendía por qué.

Era una suerte que la catedral de Southwark poseyera una capilla tan diminuta, dado lo escaso de la asistencia a la ceremonia. Estaba Joanna, deslumbrante con su vestido de seda rojo cereza y su fresco y juvenil sombrero. Merryn, por su parte, vestía de azul zafiro. Y ambas hermanas portaban cada una el complemento de un guapo y adorador marido. Tess se esforzó por combatir una punzada de envidia, y fracasó de manera comprensible. La imagen de damas felizmente casadas de sus hermanas quedaba muy bien, ciertamente, pero no en *su* boda, cuando ella estaba a punto de hacer un matrimonio de conveniencia. El contraste era demasiado crudo.

No se trataba por cierto de que Owen desentonara. De hecho, nada más verlo esperándola al pie del altar, Tess había experimentado una muy peculiar sensación de inquietud en el estómago. Había tenido la deferencia de presentarse a tiempo y luciendo un aspecto impecable, al contrario que Darent, que había llegado tarde a su propia boda con los faldones de la camisa fuera del pantalón. Y Owen no estaba bebido, al contrario también que Brokeby, cuya embriaguez casi se había convertido para entonces en un estado permanente.

Además, Owen no había apartado los ojos de su persona durante todo el camino hasta el altar, que había decidido hacer sola porque por nada del mundo habría permitido que la entregara nadie que no fuera ella misma. Y había visto en su mirada algo que le hacía sentirse muy acalorada, pese a que fuera estaba nevando.

—Estás preciosa —le susurró al oído cuando ella llegó hasta su lado, y por un instante Tess se sintió como si estuvieran en pleno verano, con el cielo bien alto...

Pero la sensación de placer fue vana y pasajera. Una sola mirada a sus hermanas le provocó un sentimiento de envidia tan agudo y doloroso que le quitó el aliento. Un nudo de anhelo se apretó en sus entrañas, agravado por el hecho de que ni siquiera ella misma sabía lo que codiciaba con tantas ganas. Miró de nuevo a Owen, que en ese momento estaba concentrado en las palabras del obispo.

No hubo sonrisas en el lado de los invitados de Owen, donde las damas Martindale, Borough y Hurst permanecían sentadas en un compacto grupo de desaprobación con Rupert Montmorency emparedado entre ellas, con unos picos de camisa tan altos que apenas podía girar la cabeza sin empalarse con ellos. Tess casi se sorprendió de que las damas no hubieran lucido vestidos de duelo, a juzgar por sus caras.

El obispo pronunció las palabras de la ceremonia, pero Tess no llegó a escucharlas. Hasta que por fin le llegó el turno.

—Yo te quiero como esposo.... —le falló la voz y sintió los dedos de Owen apretando los suyos. Alzó la cabeza y lo miró a los ojos: había algo muy firme y reconfortante en ellos.

Owen también pronunció sus votos, con una voz mucho más segura que la de Tess.

—Y así amarte y respetarte...

Tess experimentó un violento estremecimiento cuando recordó la voz bebida de Charles Brokeby pronunciando aquellas mismas palabras, sus manos ardientes sobre su cuerpo, su lascivia hundiéndola en las profundidades del horror...

—¿Teresa? —le llamó la atención Owen, con voz dulce.

Tess parpadeó varias veces mientras se obligaba a enterrar de nuevo aquellas imágenes en algún oscuro rincón de su mente. Se echó a temblar.

Owen deslizó entonces el anillo en su dedo. Le quedaba demasiado grande: tenía las manos muy frías y seguía temblando. No entendía por qué estaba tan nerviosa, no cuando había hecho aquello tres veces antes y podía recitar las palabras del servicio como una sonámbula.

La ceremonia terminó, todos abandonaron la iglesia y salieron bajo la nieve. Tess tenía cada vez más frío, temblando bajo la preciosa capa dorada que cubría su vestido a juego. Cuando se lo puso había quedado muy satisfecha, con su peinado adornado con perlas, la capa ribeteada de piel blanca. En ese momento, sin embargo, aquella ropa podía proporcionarle calor físico, pero no la habitual confianza en sí misma que le daba su elegancia. Esa confianza parecía alejarse cada vez más de ella y, como resultado, se sentía furiosa y desconcertada. Se recordó que debería sentirse feliz. Había conseguido su matrimonio de conveniencia; Julius y Sybil estaban a salvo; y Owen le había prometido que la protegería de las investigaciones de Sidmouth. Pero entonces vio a Joanna apoyar la mano sobre el brazo de Alex y apretar la mejilla contra su hombro en una discreta caricia. Vio a Garry tomar a Merryn de la mano. Y sintió un escozor de lágrimas en los ojos.

Algo debió de haber percibido Owen, porque le cubrió levemente la mano con la suya, también enguantada.

—¿Estás bien? —murmuró.

Había inclinado la cabeza hacia ella y su contacto era reconfortante. A Tess le entraron ganas de apoyarse en él. Asintió con la cabeza, mintiendo. Owen le sonrió, con un calor que llegaba hasta sus ojos. Acto seguido le rozó la fría mejilla con los labios, y ella dio un respingo.

—¡Rothbury! —lady Martindale llamó bruscamente la atención de Owen y Tess volvió a sentirse perdida, marginada de los demás, aterradoramente sola.

De regreso en la oscura casa de Clarges Street, en el comedor estaba ya listo el almuerzo de boda. Houghton y el resto de los criados esperaban alineados por orden jerárquico, como los bustos y estatuas del vestíbulo, para dar la bienvenida a la nueva señora.

—Espero con fervor las mejoras que hagáis en esta suerte de museo, lady Grant —tronó lady Martindale mientras esquivaba la estatuaria del vestíbulo como un galeón costeando un arrecife—. ¿Cuándo empezaréis a trabajar?

Tess se volvió para mirar a Joanna, que parecía ligeramente avergonzada.

—¿Vas a decorar la casa? —le preguntó.

—Lady Martindale así me lo sugirió —murmuró Joanna—, pero por supuesto que pensaba hablar contigo primero, Tess.

Había un timbre de súplica en su voz, una disculpa que Tess no quiso escuchar. No podía quitarse de la cabeza que lady Martindale no había elegido hablar con *ella* de sus planes: de hecho, ni siquiera se había comunicado de manera alguna desde que fue anunciado el compromiso. Y no solo eso, sino que se había dado toda la prisa del mundo en plantear a Joanna el proyecto de redecoración. A Joanna, la hermana perfecta que tenía todo lo que ella quería...

Otro témpano de hielo le atravesó el corazón. Aquel pensamiento tan instantáneo, tan instintivo, la asustó. Ella no quería un matrimonio como el de Joanna, y sobre todo no quería un hijo, no con el proceso que había que seguir para tenerlo. Volvió a recordarse que tenía ya lo que quería. Pero, mientras formulaba mentalmente la frase, se dio cuenta de que mentía. Ella quería en realidad lo que tenía Joanna, y sin embargo lo temía al mismo tiempo. Deseaba ser querida, amada en todos los sentidos, pero el profundo abismo de miedo que representaba el legado de Brokeby parecía abrirse a cada momento a sus pies.

Buscó con la mirada a Owen, que estaba al otro lado

del vestíbulo charlando con Garrick y con Alex. Confió en que el simple hecho de verlo pudiera infundirle fuerzas, pero estaba empezando a sentirse tan extraña y desconectada de la realidad que hasta tuvo la impresión de que se alejaba de ella. Aturdida, fue a apoyar una mano en una de las estatuas, que en seguida se tambaleó y a punto estuvo de caer al suelo.

—Estará bebida —comentó lady Borough en voz alta. La mujer estaba sorda y parecía creer que todo el mundo lo estaba también, a juzgar por los gritos que soltaba—. O embarazada quizá de Justin Brooke. ¿Habéis oído el último rumor? El señor Melton quiere celebrar la boda de Rothbury exponiendo más retratos desnudos de la novia. Y pensar que los Rothbury hayan llegado a esto...

Lady Martindale, evidentemente ni tan sorda ni grosera como su hermana, se apresuró a acallar a lady Borough, pero el daño ya estaba hecho. Se había hecho un denso e incómodo silencio en la sala. Los sirvientes miraban al suelo, paralizados.

Tess sintió una ardiente marea de vergüenza que empezó en los dedos de sus pies para recorrerle el cuerpo entero. Sabía que todo el mundo la estaba mirando. Merryn parecía consternada. Joanna estiró una mano hacia ella, pero Tess leyó la compasión en sus ojos, con lo que le entraron ganas de gritar. Volvió a mirar a Owen, pero parecía tan lejos de ella, al otro extremo de aquella vasta sala repleta de aquellos horribles bustos de emperadores romanos muertos... Comprendió que tenía que escapar de allí. Se dirigió hacia la puerta y pasó por delante de lady Borough, aquella vieja y espantosa chismosa, de lady Martindale y de lady Hurst, que estaba preguntando con tono quejumbroso:

—¿Qué has dicho, Amelia? ¡No puedo oírte!

Owen la llamó, pero Tess lo ignoró también. De repente se encontró corriendo bajo la nieve, desesperada porque no tenía lugar alguno donde esconderse y poder estar sola.

Sus maletas con sus cosas habían sido despachadas de Bedford Street aquella misma mañana: ahora era lady Rothbury. No tenía más hogar que el de Clarges Street, que no era ningún refugio, lleno como estaba de gente que o la despreciaba o la compadecía.

Pero en realidad sí que tenía un lugar a donde ir, un lugar al que debería haber ido hacía muchísimo tiempo. Había intentado ignorar las pinturas de Melton, simular que no existían porque habían pertenecido a aquel siniestro, vergonzoso y absolutamente repugnante lugar que solo había visitado en sus peores pesadillas. Pero ahora se daba cuenta de que finalmente tenía que verlas. Tendría que confrontarlas, enfrentarse al daño que habían hecho en su vida. No tenía otro remedio, no si quería tener un futuro diferente de su pasado.

De repente supo con lúcida y meridiana exactitud lo que tenía que hacer.

Tomó un carruaje de alquiler y se dirigió al Strand, todavía vestida con su dorado traje de novia y con los copos de nieve confundiéndose con las perlas de su peinado.

La nieve que cubría los callejones del Strand no era blanca ni impoluta. Era de un gris sucio, derretida, mezclada con basura y desechos. Caía de un cielo gris plomizo. La noche se acercaba.

En el caos que había seguido a la brusca partida de Tess del almuerzo nupcial, Owen no había sabido por dónde buscarla. Por un instante se había imaginado a sí mismo parando a cada transeúnte y cada carruaje para preguntar si habían visto a una mujer vestida de novia corriendo calle abajo. Hasta que Joanna se lo había llevado a un aparte.

—Creo que la encontrarás en el estudio de Melton —le había dicho con aspecto consternado, temblando visiblemente—. Pobre Tess. Jamás me habló sobre esa exposición... —se interrumpió para lanzar a lady Borough una fu-

riosa mirada–... pero sé que eso ha sido siempre una tortura para ella.

De modo que allí estaba Owen, en aquel oscuro e insa-
lubre rincón del Strand. La puerta del estudio de Melton
estaba entornada. Cuando se detuvo en el escalón, alguien
abrió una ventana encima y el contenido de un orinal cayó
en la nieve justo a su lado.

–¡Todavía no hemos abierto! –gritó una voz femenina–.
¡Volved después!

Una mujer estaba inclinada sobre el alféizar, con el orinal colgando de una mano y el cuello de su sucio camisón
blanco bien abierto. Estaba muy despeinada y parecía
como si acabara de levantarse de la cama.

–¿Habéis venido para la exposición, no? –le dijo, mirando a Owen de arriba abajo–. Vos y los otros tipos de la
ciudad.

Un repentino estrépito procedente del interior del edificio distrajo su atención y volvió a meter la cabeza a toda
prisa. Owen la oyó jurar. Ignorando su instrucción de volver más tarde, empujó la puerta y entró en el vestíbulo. Se
vio inmediatamente asaltado por dos desagradables olores:
uno a col agria y otro a humo de pinturas, que se le pega-
ron a la garganta. El vestíbulo estaba oscuro: apenas podía
distinguir la desnuda escalera que llevaba al primer piso.

No había esperado que el taller de Melton tuviera tan
mal aspecto. Le enfureció no solo que el artista hubiera
mancillado la reputación de Tess exhibiendo tan morbosas
pinturas, sino que lo hubiera hecho en un lugar tan desa-
gradable. Sabía que era ridículo: los desnudos de su esposa no habrían lucido mejor en el palacio de Buckingham.
Y sin embargo se le antojaba otra señal de desprecio por
parte de Melton que los hubiera colgado allí, en aquellos
callejones, invitando a cada pervertido de la alta sociedad
a que acudiera a verlos.

Del piso superior le llegó un rumor de gritos. La voz de
Tess se escuchó alta y clara:

–Os lo estoy advirtiendo, señor Melton. Os pido que os comportéis como un caballero y retiréis esas humillantes pinturas de la exposición. En caso contrario, lo haré yo por vos.

Y también la del pintor, empalagosa, regodeándose:

–Mi querida lady Darent, deberíais sentiros orgullosa de que podáis desplegar tan luminosa belleza...

–Lady Rothbury –lo corrigió Tess–. Hoy es el día de mi boda, no dudo de que lo sabréis.

Owen se quedó paralizado cuando oyó a Tess reclamar su apellido como propio. Un sentimiento muy poco familiar le oprimió el corazón. Acababa de plantar un pie en el primer escalón cuando escuchó otro estrépito, seguido de la voz de Melton:

–Lady Rothbury...

Esa vez la delectación había sido sustituida por un timbre de miedo. Owen corrió escaleras arriba y abrió la puerta de la sala de exposiciones.

No había sabido qué esperar. De hecho había pensado en ver la exposición para conocer de primera mano el motivo del escándalo, pero al final se había echado atrás para no ponerse a la misma altura que la clase de libertinos que habían pretendido a Tess. Él había deseado a la verdadera Teresa Darent, la mujer a la que había empezado a conocer, y no una versión pintada de su sonrisa o de su cuerpo tentador. En ese momento, sin embargo, se vio tan rodeado por las desnudas imágenes de Tess que quedó aturdido, avasallado por el choque entre fantasía y realidad. Tess recostada en un sofá de terciopelo rojo, con su cremosa piel bañada por la tenue luz de una lámpara, con una leve y sensual sonrisa bailando en sus labios y brillando en sus ojos medio cerrados. Había una pintura de ella vista por detrás, recostada en el mismo sofá, toda curvas voluptuosas, con la cascada de seda de su pelo. Y... perdió el aliento cuando descubrió otra en la que aparecía tendida en una enorme cama, los brazos estirados, entreabiertos los muslos, los pies enredados en las sábanas y una soñolienta mirada que hablaba a las claras del placer que había recibido. Owen sintió que su cuerpo se excitaba a manera de visceral reacción ante aquella imagen, y se odió por ello. En un fogonazo mental se imaginó a todos los otros hombres que habrían pisado aquel lugar como él lo estaba haciendo en aquel instante, y no pudo evitar sentirse sucio, sórdido y ferozmente rabioso.

Una paleta de pintor pasó entonces volando al lado de su oreja para estrellarse con estrépito contra la enorme pintura que había a su izquierda. En ella Tess aparecía por detrás bañada por una etérea luz blanca, vestida al menos esa vez: con una larga bata transparente que solo servía para resaltar la exuberancia de su cuerpo. La pintura mostraba sus pezones rosados bajo la vaporosa tela y el oscuro triángulo de vello allí donde se juntaban sus muslos.

«Vello rojo», pensó Owen. A esas alturas estaba sudando realmente.

Otra paleta se estrelló contra la pared, salpicando generosamente tanto el cuadro como a Owen. La bata transparente quedó convertida en un vestido de variados colores, estropeada para siempre la obra. El artista gimoteaba:

—¡Lady Rothbury! ¡Os lo suplico! No...

Owen recuperó la capacidad de moverse justo a tiempo de evitar los tarros de pintura azul y verde que impactaron contra los retratos que tenía a su izquierda, uno después de otro, con la precisión de proyectiles de bala. Los colores estallaron como sangre, cubriendo las pinturas, las paredes y el suelo, corriendo en pequeños ríos sobre las telas hasta dejarlas irreconocibles.

Owen dudaba de que Tess hubiera registrado incluso su presencia. Su precioso vestido dorado de novia estaba salpicado de pintura, al igual que sus manos. Se había quitado la capa para poder desenvolverse mejor, y la violencia de sus movimientos había hecho que se le soltaran las horquillas de perlas, de forma que la melena le caía suelta sobre el acalorado rostro. Pero era la mirada de sus ojos lo que lo dejó sin aliento. Podía entender por qué Melton tenía tanto miedo. Ni siquiera en la guerra había visto una expresión de tanta y tan concentrada furia.

Tess lanzó el último de los botes de pintura y se volvió hacia el caballete del pintor. Quedaban dos pinturas sin dañar. Al ver que tomaba un cuchillo, Owen optó por actuar. Arrojar pintura era una cosa, y blandir un cuchillo algo por completo diferente.

—Tess —la llamó.

Lo ignoró mientras rodeaba a Melton, que soltó un gimoteo. Pero Tess ignoró también al pintor. La hoja rasgó con tanta violencia el lienzo que hasta se astilló el marco.

Owen sintió que el corazón le daba un vuelco en el pecho. Oyó a Tess proferir un leve sonido, mitad sollozo, mitad gemido de satisfacción. Vio que alzaba de nuevo el cuchillo para rasgar la otra pintura de arriba abajo, oblicuamente. Se dio cuenta de que la mano le temblaba. Tenía un corte en la palma: el rojo de la sangre se mezclaba con el verde y el azul de la pintura. No esperó más, sino que le sujetó la muñeca y la obligó a soltar el cuchillo, que fue a caer sobre las desnudas tablas del suelo.

—Ya basta —le dijo con dulzura.

La mirada de odio de sus ojos desapareció de golpe. Miró a su alrededor, de lienzo a lienzo, los rasgados y los manchados de pintura. Un enorme sollozo le subió por la garganta y al momento siguiente estaba llorando como si el corazón fuera a rompérsele. Owen recogió su capa y la envolvió en ella antes de abrazarla. En el suelo, Melton casi lloraba también, acobardado, intentando escabullirse entre tarros volcados y marcos caídos.

—Habéis tenido suerte de que la haya emprendido con los cuadros y no con vos —le dijo a Owen, sombrío.

—Sí, milord —el pintor tenía la mirada desorbitada de miedo.

—Abandonad la ciudad y no volváis. Si llego a enterarme de que habéis vuelto a exhibir un solo retrato de mi esposa...

—Sí, milord —no esperó a que hubiera terminado la frase.

Owen asintió. Dio la espalda al destrozado estudio y se marchó, llevando a Tess tan cuidadosamente como si fuera la más delicada porcelana. Podía sentirla temblar de dolor y humillación. Tenía el rostro enterrado en su cuello.

La sentó delicadamente en el carruaje que esperaba y, una vez dentro, le tomó la mano para examinar el corte que se había hecho en la palma. No era muy profundo pero seguía sangrando, así que se rasgó un puño de la camisa y le vendó la herida con el jirón de tela.

Tess no dijo una sola palabra. Al cabo de un rato el temblor empezó a ceder, y algo después, Owen pudo sentir cómo se relajaba en sus brazos. Finalmente abrió los ojos y parpadeó varias veces.

—Owen —parecía agotada—. Has venido a buscarme.

—Recuérdame no ponerme nunca en tu línea de fuego —le sonrió.

Vio que su expresión se iluminaba con una sonrisa que se apagó casi de inmediato. Frunció levemente el ceño.

—Yo... ¿realmente he hecho yo eso? ¿Destruir la exposición del señor Melton?

—Sí. La has destruido totalmente. ¿Te sientes mejor por ello?

—Debí haberlo hecho antes —se sentó más erguida.

—¿Por qué no lo hiciste?

—Porque quería fingir que no existía —respondió, triste—. Intente ignorarla. Pero hoy... —un leve estremecimiento la recorrió, y añadió con un hilo de voz—: Hoy, cuando escuché lo que dijo lady Borough...

Owen se vio asaltado por un instinto de protección tan poderoso que se sintió físicamente estremecido.

—Debería darle vergüenza hablar así —gruñó.

—No —repuso Tess—. Soy yo la que está avergonzada.

—Pues no lo estés —vio la solitaria lágrima que se le escapó por la comisura de un ojo para resbalar lentamente mejilla abajo. Se estaba esforzando tanto por no llorar....

—Tú no sabes nada —susurró—. No lo entiendes.

—Puedes contármelo si quieres —le dijo Owen—. Pero ahora no. No pienses en ello ahora.

Asintió. Había vuelto a dejar caer los hombros y estaba tan aterradoramente pálida que Owen temió fuera a desmayarse. Recordó que no había comido en todo el día, ya que se había escapado antes de que tuviera lugar el almuerzo nupcial. La atrajo suavemente hacia sí y al cabo de un momento ella se relajó contra su pecho, cerrando los ojos. Así se quedó, arrebujada contra su costado, hasta que llegaron a Clarges Street.

—Ya estamos en casa —le dijo en voz baja cuando el carruaje se detuvo.

Se había quedado tan entumecida que cuando Owen fue a ayudarla a bajar del coche, se tambaleó a punto de caerse. Tuvo que sujetarla agarrándola por los brazos. Con aquella capa y aquel vestido dorados parecía una princesa de cuento, con los copos de nieve moteando su capucha y revoloteando a su alrededor. Una princesa muy cariacontecida, reflexionó, aparte de desaliñada y salpicada de pintura. Una marea de emoción lo barrió por dentro, tierna y protectora. En un impulso, inclinó la cabeza y la besó dulcemente. Tenía los labios fríos.

—Vamos dentro —le dijo en voz baja—. Tienes que acostarte. Déjame que te lleve yo.

La besó de nuevo, con exquisita ternura.

Un estremecimiento la recorrió. Por un instante, Owen pensó que aquel temblor se debía al deseo, y que el exceso de emociones de aquel día la había predispuesto para el amor y el consuelo, y se sintió inusualmente alegre por ello. Su cuerpo reaccionó de inmediato a la rápida respuesta que sintió en el de Tess, endureciéndose su erección.

Pero Tess soltó un gemido de protesta y se desasió bruscamente. Le lanzó una mirada de horror, se volvió y subió como pudo los escalones de la casa para desaparecer en el interior. La puerta se cerró a su espalda con tanta fuerza que hizo temblar el edificio. Owen se quedó paralizado: el asombro había acabado con todo vestigio de deseo.

Tess no había estado nerviosa. Había estado aterrada. En estado de pánico. Se había sentido asustada, repugnada y horrorizada por su contacto. Ninguna mujer, reflexionó triste, había respondido a un beso suyo con tanta repugnancia. Había sido muchísimo peor que la primera vez. Ninguna mujer había escapado corriendo de su lado con aquel gesto de terror en la cara.

El criado esperaba de pie en la acera, con expresión cuidadosamente inexpresiva. Los caballos se removían, resoplando y piafando en la nieve.

–Gracias, Cavanagh –le dijo al cochero–. Por favor, mete los caballos y que entren en calor –reflexionó con amargura que se estaba convirtiendo en el perfecto aristócrata, capaz de ignorar las cosas más indignantes que ocurrían delante de sus narices y comportarse ante sus sirvientes como si no hubiera pasado nada.

El criado le sostuvo la puerta y Owen entró por fin en casa. Suspiró aliviado al descubrir que los invitados, con gran tacto, se habían marchado. Todo estaba tranquilo y en silencio.

Un par de bustos volcados en el vestíbulo jalonaban el recorrido que había hecho Tess hacia la biblioteca. Apolo tenía la nariz astillada. Afrodita había perdido un brazo. Owen no dudaba de que su predecesor en el título debía de estar revolviéndose en su tumba.

Llamó con fuerza a la puerta de la biblioteca.

–¡Abre, Teresa!

El sonido reverberó en el silencio, rebotando en los rostros impasibles de las estatuas. Owen no quería tener que romper la puerta. En primer lugar era de roble añejo, de muy buena calidad. Y, en segundo lugar, era muy sólida: no valdría con empujarla con el hombro. Su mente se resistía a la idea de llamar a Houghton para pedirle un hacha como herramienta necesaria para llegar hasta su esposa.

—¿Puedo ayudaros, milord? —Houghton se había materializado de repente a su lado.

—Lo dudo —respondió Owen, triste. Pero de repente se le ocurrió algo—. Bueno, sí, Houghton, sí que podrías ayudarme. Ve por favor a la cocina y trae una bandeja de comida para lady Rothbury y para mí.

Se volvió de nuevo hacia la puerta de la biblioteca, que continuaba obstinadamente cerrada. Llamó de nuevo.

—Teresa, abre la puerta —se quedó un rato en silencio—. Tengo comida —añadió, astuto.

Oyó la llave girar en la cerradura. La puerta se entreabrió. Apenas una rendija.

—¿Dónde está? —inquirió Tess.

Owen sonrió.

—Houghton ha ido a buscarla.

—Oh —se dispuso a cerrar de nuevo, pero él adelantó un pie.

—Déjame entrar. Tenemos que hablar.

Por un instante temió que Tess fuera a aplastarle el pie con la puerta, pero al final no lo hizo. La soltó y se quedó donde estaba, mirándolo fijamente. Había un fuego en la chimenea y la habitación estaba caldeada. Se había quitado la capa, revelando su vestido color oro salpicado de pintura. Tenía los ojos azules llenos de lágrimas, ribeteados de rojo.

—Bien —el tono le salió más brusco de lo que había pretendido, pero estaba cansado después de un día tan largo y difícil—. ¿Qué diantres significa todo esto? ¿Por qué has huido de mí de esta manera?

Seguía alterada; Owen podía darse cuenta de ello. Pero

también estaba furiosa. Y, de alguna manera, aunque solo
llevaba un día casado con ella, supo que la culpa era suya.
Tess lo miraba fijamente, con una acusación en los ojos.
Bajó luego la mirada a su pantalón, como si estuviera intentando discernir exactamente lo que se escondía debajo.

—Se suponía que eras impotente.

Capítulo 11

Aquella noche de bodas estaba yendo de mal en peor. Owen se quedó estupefacto. Lo primero que pensó fue que había escuchado mal.

—¿Perdón?

—Esperaba que fueras impotente —repitió Tess—. *Quería* que fueras impotente. Pero luego, cuando me besaste y yo sentí... —se interrumpió, bajando nuevamente la mirada a su pantalón.

Owen le indicó con un gesto que tomara asiento, y se sentó a su lado en el sofá. Tess se apartó inmediatamente y quedó hecha un ovillo en una esquina, con los pies recogidos bajo la falda, abrazándose con fuerza.

—Lamento no poder complacerte —dijo Owen—. ¿Pero de dónde diantres sacaste esa idea de que era impotente?

Tess parpadeó confusa.

—Era lo que se decía.

—¿Quién lo decía? —esa vez fue Owen quien se quedó perplejo. ¿Acaso la alta sociedad al completo había estado chismorreando sobre su supuesta impotencia?

—Fuiste herido en la guerra contra los franceses. Era de conocimiento público que tú... —se interrumpió—. Que recibiste una herida en salva sea la parte —desvió la mirada—. La señora Tong me lo contó aquella noche en el burdel. Me dijo que tú... que el capitán de dragones no... no tenía mina en su lápiz –volvió a levantar la vista con un brillo de indignación en los ojos–. ¡Y aquella noche eras tú quien estaba al mando de las tropas!

–No. No era yo quien tenía el mando –explicó Owen–. Solo estaba allí como uno de los investigadores especiales de Sidmouth.

Tess se lo quedó mirando con fijeza por un momento hasta que su expresión se hizo eco del alcance de su equívoco.

–Pero Alex y Joanna... –se había quedado sin aliento–. ¡Ellos me dijeron que era cierto!

–¿Grant te dijo que yo era impotente? –Owen maldijo para sus adentros. Sospechaba que Grant estaba algo resentido con él por el hecho de que hubiera intentado fugarse con su esposa años atrás, pero aquello era demasiado. Una forma especialmente perversa de vengarse–. ¿Qué te dijeron?

Tess se pasó una mano por su cabello despeinado. Parecía alterada, contrariada, perpleja. Owen descubrió que deseaba tocarla, estrecharla entre sus brazos y reconfortarla. Deseaba ofrecerle su consuelo porque no era impotente y ella había querido que lo fuera... Menudo enredo en el que se hallaban metidos.

–Bueno... –el tono de Tess se había suavizado, en su vacilación–. No es que me lo dijeran realmente. Pero cuando les anuncié que pensaba casarse contigo, ninguno de los dos me lo advirtió.

–¿Ninguno te advirtió de que podría querer acostarme contigo, quieres decir? –Owen arqueó las cejas–. Es lo habitual en la mayoría de los matrimonios.

–No en los míos. Tú nunca intentaste besarme. Nunca intentaste aprovecharte.

Así que eso era lo que se conseguía por comportarse como un caballero, reflexionó Owen. Realmente no había justicia en el mundo.

–Soy un tipo chapado a la antigua, supongo.

–Todo el mundo intenta seducirme –Tess volvió a mostrarse confusa–. ¿Estás seguro de que realmente...?

–Sí –respondió Owen–. Estoy seguro. ¿Por qué no me lo preguntaste directamente... si necesitabas estar tan segura?

–Nunca habría cometido una indelicadeza semejante –le espetó, contrariada. Un color rosa intenso tiñó sus mejillas.

Era tímida. Eso supuso otro golpe de sorpresa para Owen. Había sabido ya que Tess no era tan atrevida y descarada como fingía, pero el alcance de su ingenuidad lo dejó asombrado. Nadie lo habría creído, y sin embargo el brillo de rebeldía de sus ojos y el rubor que le estaba bajando por el cuello no se prestaba a equívocos. Había tenido demasiado pudor para abordar directamente un asunto tan personal con él, con lo que se había fiado sin más de los rumores y los chismes. Y como resultado... Como resultado se había casado con un hombre que no solo estaba muy lejos de ser incapaz de consumar su matrimonio, sino que además tenía el ferviente deseo de hacerlo.

Lo cual llevaba a la pregunta más importante de todas:

–¿Por qué querías un marido impotente?

Vio que instantáneamente sus hombros se tensaban y que su cuerpo se volvía aun más rígido y encogido. Su mirada azul lavaba eludió la suya para clavarse en los cojines de terciopelo.

–Te lo dije cuando te propuse matrimonio: lo único que requería de ti era la protección de tu nombre. Un matrimonio puramente formal –repitió con tono inexpresivo–. Eso era lo que quería.

Owen dedicó unos segundos a reflexionar sobre la ironía de la situación. Cuando Tess acudió por vez primera a su casa, le dijo que necesitaba protección para sí misma y para sus hijastros. Él, por su parte, había sospechado que lo que secretamente también pretendía era conseguir protección contra las investigaciones de lord Sidmouth. Y en el proceso de desenredar y aclarar ambas cuestiones se había olvidado por completo de la propuesta original: el matrimonio puramente formal. Solo ahora se daba cuenta de que ese era el elemento más importante del entero acuerdo, cuando ya era demasiado tarde para volver atrás.

–Esa no es una respuesta –le recordó él–. La pregunta no era por el qué, sino por el porqué. El porqué de que quieras un marido que no te desee.

No lo estaba mirando, y sin embargo Owen alcanzó a distinguir un brillo extraño en sus ojos antes de que su expresión volviera a cerrarse en banda.

–Eso no es asunto tuyo –de repente se mostraba fría y altiva, la Teresa Darent que se mostraba ante el mundo, la mujer que no dejaba traslucir nada y cuya compostura era tan impenetrable como el acero. Solo que no cesaba de juguetear con los flecos del cojín, enredándolos una y otra vez entre sus dedos.

Owen sacudió la cabeza.

–Te equivocas. Soy tu marido y lo que espero de nuestro matrimonio es que compartas mi cama y me des un heredero. Esos son mis requerimientos y, teniendo en cuenta que no coinciden en absoluto con los tuyos, entiendo que es motivo de suficiente preocupación para mí.

No pudo menos que admirar la perfección con que dominaba el arte del silencio: no dijo una palabra. Sabía que ninguna mujer y muy pocos hombres tenían la sangre fría de dejar transcurrir el silencio sin romperlo. Durante los diez últimos días había llegado a pensar que había descubierto todos los secretos que escondía. Pero recordó aquel momento durante el trayecto en carruaje desde Hampstead Wells, cuando le preguntó si le ocultaba algún otro secreto y ella le aseguró que no. Al final sí que tenía algo más que esconder: algo profundo y doloroso contra lo que parecía luchar con todas sus fuerzas. Tenía que saberlo.

–¿Y bien? –insistió.

De repente tocaron a la puerta.

–La comida, milord –dijo Houghton, asomando la cabeza por la puerta casi como si hubiera esperado encontrarse con una batalla campal. Avanzó reacio y dejó la bandeja sobre la mesa–. Pastel de pichón, ensalada de remolacha, jamón y queso.

Owen lo miró y se quedó callado.

–Gracias, Houghton –dijo al fin.

Había perdido el apetito y parecía que Tess también. Vio que miraba la ensalada con mal disimulada repugnancia. Volvió a concentrarse en ella mientras el mayordomo mostraba una prisa tan excesiva como impropia por abandonar la sala.

–¿Decías?

–Quizá deberíamos haber hablado de esto antes –admitió Tess, recuperada su imperturbable compostura–. Ahora ya es demasiado tarde. A no ser... –se interrumpió–. A no ser que pudiera persuadirte de que entendieras mi punto de vista. Un matrimonio puramente formal no ofrece más que ventajas –se humedeció los labios con la punta de la lengua–. Podrías tener una amante: yo no me opondría.

Owen no pudo menos que sorprenderse. Maldijo para sus adentros. Aquella era su noche de bodas y su esposa le sugería que tomara una amante. Algunos hombres se habrían sentido agradecidos de haberse casado con una mujer tan comprensiva. Pero él no se contaba entre ellos.

–Qué oferta tan tentadora –comentó con tono sarcástico, viendo la mueca que esbozaba Tess–. Sois toda generosidad, señora. Pero... –añadió encogiéndose de hombros– el caso es que ansío dormir con mi mujer, y no con ninguna amante. Es un detalle anticuado y fuera de tono por mi parte, lo sé, pero así son las cosas. Además, una amante nunca podría darme un heredero para el título, ¿verdad?

Tess se frotó la frente.

–En ese caso no puedo ayudaros, milord –utilizó sorpresivamente un tono de fría formalidad–. Me temo que tendréis que divorciaros y volver a casaros con tal de conseguir ese heredero que tan claramente deseáis. O... –volvió a recorrerlo con la mirada, deteniéndose en su pantalón– tal vez una anulación fuera más apropiada, dadas las circunstancias.

–Estoy seguro de que eso reforzaría grandemente los fantasiosos rumores que corren sobre mí –repuso Owen–. No, gracias. No pienso estimular más debates sobre mi supuesta impotencia –sacudió la cabeza–. Os movéis con rapidez, señora –imitó su tono formal, siguiéndole la corriente–. Del matrimonio al divorcio saltándoos la noche de bodas.

Tess se encogió de hombros. A esas alturas, cada músculo de su cuerpo estaba rígido de tensión. Se le notaba a las claras, a pesar de esa aparente indiferencia que no lograba disimular su reacción. Owen sabía que se moría de ganas de escapar a su interrogatorio. Quería que la dejara en paz. Pero no cedería mientras no descubriera la verdad.

Podía sentir que se iba encendiendo poco a poco. ¿Cómo podía ser tan ciega para no *ver* que habían tenido la posibilidad de construir algo tierno y hermoso, con solo que ella se hubiera dignado a darles una oportunidad? ¿Realmente sería tan vana y vacía como pretendía serlo en todo momento? La Teresa Darent que había empezado a conocer era una mujer muy distinta, leal y generosa, capaz de amar profundamente. El pensamiento de que la Tess que tenía delante pudiera negar eso, pudiera negarlo a él, le desgarraba el corazón. Y sin embargo allí seguía sentada, mirándolo con una expresión tan implacable que Owen no sabía ya qué hacer para penetrar aquella fachada: casi hasta había perdido las ganas de seguir intentándolo.

–No habrá divorcio –repitió, y se levantó para marcharse.

Tess alzó entonces una mano para detenerlo, sujetándolo de la manga con gesto urgente.

–Pero seguiremos casados únicamente de nombre –le

dijo–. No puedes obligarme a consumar... –se detuvo bruscamente.

Owen perdió por fin los estribos.

–Dios mío... ¿qué clase de hombre crees que soy?

Vio que se estremecía. Su expresión se quedó completamente en blanco, como si en aquel preciso instante se hubiera abstraído completamente no solo de él, sino de sí misma. Siguió luego el más extraño silencio que Owen había escuchado jamás, y de repente algo pareció activarse como un resorte en su mente. Todo pareció encajar: las palabras, los recuerdos... y experimentó el choque de una inmensa sorpresa por tercera vez en aquella noche, con fuerza demoledora. Miró de nuevo el rostro pálido de Tess, su paralizada expresión. Fuera lo que fuera que hubiera bloqueado su mente, nada tenía que ver con él. Era en otro hombre en quien estaba pensando, en otra situación que se le antojana intolerable.

–Tienes miedo –pronunció muy lentamente, y vio la confirmación de sus sospechas en el terror que asomó a sus ojos.

–¡No! –la negativa fue instantánea, como prohibiéndole que siguiera adelante. Se encogió aun más todavía, como un capullo fuertemente cerrado sobre sí mismo.

–Sí, sí que tienes miedo –dijo Owen–. Tienes pánico a la intimidad física –en el fondo de su mente, escuchó de pronto el eco de las palabras de Tess, como la voz de un fantasma.

«Darent era láudano y bebida, y Brokeby era la lascivia y la bebida. Y el juego. Y el láudano. Y cualquier otro vicio existente...».

Le había dado todas las pistas, pensó Owen, tanto si había sido consciente de ello como si no. Había buscado un matrimonio solamente de nombre; se había tornado de hielo en sus brazos la primera vez que la besó, y había tenido demasiado pudor para plantearle a las claras el asunto de su supuesta impotencia. Le había confesado que Robert Barstow había sido su mejor amigo, y que Darent le había confiado el futuro de sus hijos. Pero de Brokeby no le había dicho nada.

Otros sí que lo habían hecho. Incluso su tía Martindale le había dicho que Brokeby lo había sido todo menos un caballero, pero Owen, como todos los demás, había interpretado mal la situación y colegido que Tess había sido una bien dispuesta participante en el desenfrenado y licencioso comportamiento de Brokeby. Ahí estaban las pinturas para probarlo. Los cuadros que la propia Tess había destruido ese mismo día.

Recordó de nuevo sus palabras: «porque quería fingir que no existían...»

Pensó en las historias que había oído acerca del licencioso comportamiento de Tess y de su afición al juego y a la bebida tras la muerte de Brokeby. No había sido un capricho, sino un desesperado intento por olvidar lo que...

Una náusea de terror lo atravesó de parte a parte como la hoja de un cuchillo.

—Brokeby —pronunció con voz ronca—. ¿Qué es lo que te hizo?

Tess soltó un gemido de consternación y él le tomó las manos entre las suyas: estaban heladas, temblorosas. Temió que fuera a resistirse y a apartarse, pero no lo hizo.

—Ya no puede hacer daño a nadie —le recordó Owen—. Ahora estás a salvo.

—Es demasiado tarde —dijo, negando con la cabeza—. Demasiado tarde. Está dentro de mi cabeza —su expresión se contrajo y Owen pensó que iba a llorar otra vez, pero aspiró profundo y logró serenarse. Acto seguido comenzó a hablar rápida, urgentemente, con las palabras atropellándose unas a otras en una irrefrenable marea—. Yo no sabía lo de las pinturas. Brokeby dio una fiesta. Estábamos recién casados y me llevó al campo con un grupo de compinches suyos y algunas de sus amantes. Me pareció una actividad muy extraña para realizar en nuestro viaje de bodas, pero era joven e ingenua y me sentía un poco sola, así que no dije nada –frunció el ceño–. El caso es que Brokeby debió de haberme suministrado alguna droga, en la comida, en mi copa de vino, no lo sé. Pero recuerdo haberme sentido muy indispuesta, hasta que de repente todo se volvió muy confuso.

Owen pudo sentir en carne propia el estremecimiento que la recorrió de pies a cabeza.

–Sabía que no estaba dormida –continuó–, y sin embargo soñaba –se interrumpió por un momento, para luego añadir con voz débil–: Horribles pesadillas. Pesadillas de vigilia. No podía distinguir el sueño de la realidad. Recuerdo haber estado vestida únicamente con mi enagua, y a veces... a veces no llevaba nada en absoluto. Recuerdo el frío en mi cuerpo, y en ocasiones el ardor del fuego, con sombras cerniéndose sobre mí, manos, gente tocándome, *exhibiéndome* –la desesperación tiñó su voz–. Era algo grotesco, casi impersonal, como si yo fuera una especie de trofeo que mostrar. Ahora me doy cuenta de que Melton me estuvo pintando en diferentes poses, pero en aquel entonces no comprendía nada...

Se interrumpió. Owen vio que le costaba tragar, emocionada.

–Quería huir, escapar. Lo intenté, intenté correr, pero apenas pude llegar dando tumbos hasta la puerta. Distinguí una rendija de luz e intenté alcanzarla, pero alguien se rio y me cerró la puerta en la cara... –le dio la espalda–. Después de aquello ya no tuve fuerzas para luchar. Era demasiado difícil, así que al final me rendí. Dejé que me tocaran, dejé que hicieran conmigo lo que quisieron. Hasta que no quise ya despertarme de nuevo.

Owen le apretaba las manos con fuerza: estaba absolutamente concentrado en ella. Los sentimientos que bullían en su interior, la oscura y turbulenta furia, el violento impulso de protección: todo aquello podía esperar. Tess era lo único que importaba en aquel momento.

–Al final me desperté, aunque no quería –hablaba ya en voz muy baja, con la mirada fija en sus manos entrelazadas–. Estaba en mi cama, sola –miraba al frente sin ver, abismada en sus recuerdos–. Entonces Brokeby vino hacia mí. Todavía no se había acostado conmigo –se interrumpió–. Yo era virgen cuando me casé con él, y creo que, de alguna perversa manera, me veía como su trofeo. Estaba excitado y quería poseerme. Al menos –añadió, irónica– fue muy rápido, y después de aquello yo, que ya no era tan inocente, aprendí a sobrellevarlo.

–¿Qué pasó con los otros? –inquirió Owen. Habló con una voz tan ronca que apenas la reconoció como suya. No deseaba conocer la respuesta a aquella pregunta, pero sabía que tendría que soportarlo. Si pretendía ayudar a Tess, necesitaría saber toda la verdad, por muy dolorosa que fuera.

Pero ella ya estaba negando la cabeza. No simuló no haberle entendido.

–Brokeby era un hombre celoso. Así que aunque quería que sus compinches vieran lo que poseía y envidiaran su suerte, no estaba dispuesto a compartirlo. En aquel entonces no, al menos. Quizá después sí que lo hubiera estado, cuando se hubiera cansado de mí –sonrió sin el menor rastro de diversión en sus ojos–. Suerte para mí que falleciera antes de que llegara ese momento.

–¿Cuánto tiempo? –Owen estaba tan furioso que ni siquiera estaba seguro de haber pronunciado las palabras–. ¿Cuánto tiempo transcurrió hasta su fallecimiento?

–Dos meses –respondió Tess–. Pero afortunadamente se quedó uno en la ciudad.

«Dios mío», pronunció Owen para sus adentros. Tess había pasado un mes entero con un canalla rijoso como Brokeby. Sintió que se le cerraba la garganta de dolor.

–Hui mientras Brokeby estaba en Londres. Volví a la casa de mis tíos, pero mi tío era un vicario temeroso de Dios al que únicamente le preocupaba que hubiese roto el sagrado voto del matrimonio. Así que me entregó personalmente a Brokeby para asegurarse de que no volviera a escaparme. Debí haber acudido a Joanna –reconoció con amargura–, pero ella también lo estaba pasando muy mal. Tanto ella como yo tenemos una capacidad especial para elegir los maridos que menos nos convienen.

–Pero ambas conseguisteis salir adelante –le recordó Owen, y solo por un instante vislumbró un asomo de sonrisa en sus ojos, como un rayo de sol en un cielo nublado. Experimentó entonces el deseo feroz de hacerle feliz y desterrar para siempre aquella oscuridad en la que había vivido.

–Quizá –reconoció. La sonrisa desapareció de sus ojos–. Después de la muerte de Brokeby descubrí entre sus efectos personales algunas de las pinturas, y las destruí. Nunca se me ocurrió que pudiera haber más. Fue una estupidez por mi parte, pero todavía no podía pensar con claridad y... –se encogió de hombros–. Me esforcé todo lo que pude por borrar a Brokeby de mi cabeza, completamente –su mirada se nubló de dolor–. Habrás sabido de mi estrafalario comportamiento. Lo probé todo con tal de olvidar: el juego, la bebida... Menos los amantes –lo miró–. No soportaba que me tocaran.

Aquellas palabras, tan desoladas, cayeron como piedras en el silencio de la habitación.

–Darent me encontró en una cuneta de la calle una noche, después de que hubiera bebido demasiado en un baile. Era un hombre bueno –sonrió débilmente–. Llegamos a un acuerdo. Su salud estaba arruinada por culpa del láudano. Yo me sentí... a salvo... con él.

–No quería acostarse contigo –adivinó Owen.

–No –Tess se removió en su asiento, con un suspiro–. Después de la muerte de Darent, me instalé con Joanna y Alex, pero el daño en mi reputación ya estaba hecho. Y luego Melton montó su exposición... –cerró los puños– y volvió a echarlo todo a perder. Intenté hacer como si nada.

Nunca fui a verla. Pero ese conocimiento me estuvo torturando durante todo el tiempo. No podía escapar a él –hizo un gesto débil, cargado sin embargo de toda la desesperanza del mundo–. Así que ya lo ves: fue por eso por lo que deseaba otro marido impotente. Y por lo que nunca podré ser una verdadera esposa para ti –le suplicó con los ojos que la comprendiera–. Es mejor que nos separemos de una vez.

«No», exclamó Owen para sus adentros, de manera automática. No llegó a pronunciar la palabra en voz alta, pero sabía que jamás aceptaría esa propuesta. El daño que había sufrido Tess, por muy horrible que hubiera sido, sería aliviado y curado a fuerza de tiempo, paciencia y cariño. Tenía que creer en ello porque quería que fuera cierto.

–Ya seguiremos hablando por la mañana –le dijo con tono suave.

Era muy tarde, casi había amanecido, y Tess parecía agotada, tenso cada nervio de su cuerpo. Tenía una palidez casi traslúcida. No podía dejarla allí, en la biblioteca, porque el fuego de la chimenea se había apagado y se quedaría helada en cuestión de minutos. Ya había empezado a temblar, aunque Owen dudaba que fuera precisamente de frío. Leves estremecimientos la recorrían.

En el piso superior tenía una habitación esperándola, con todo su equipaje. Lo había visto antes, bien colocado y a la espera de ser deshecho. Se preguntó si se sentiría reconfortada por tener sus pertenencias consigo, o si simplemente las despacharía de vuelta a la casa que probablemente seguiría considerando su hogar, el único lugar donde quizá se sintiera a salvo. Podía imaginársela perfectamente saltando por la ventana para perderse en plena noche, empujada por la desesperación.

Quizá le conviniera más su propia habitación. No había allí abultadas maletas que le recordaran su condición de solitaria forastera en aquella casa.

En cualquier caso no podía quedarse en la biblioteca,

así que la levantó en brazos para llevarla arriba. Tan pronto como la tocó, su cuerpo se quedó rígido como una tabla y pudo oír que su respiración se aceleraba hasta soltar un jadeo de terror.

—Cálmate —le habló con mucha dulzura, sosteniéndola con impersonal delicadeza—. No voy a hacerte daño. Solo quiero llevarte arriba, para que puedas descansar.

Podía escuchar también su aliento acelerado, y sentir el errático movimiento de su pecho contra el suyo. Toda ella estaba rígida de terror. Si ni siquiera podía soportar que la tocara, reflexionó tristemente Owen, iban a tener más problemas de los que había imaginado. Pero al cabo de un momento su respiración se calmó un tanto y sus miembros perdieron tensión. Comenzó a relajase, con la cabeza rozándole apenas el hombro, el cabello haciéndole cosquillas en la mejilla. No protestó cuando la llevó escaleras arriba, hasta su habitación. Cuando vio la cama, sin embargo, experimentó un leve estremecimiento.

Owen maldijo una vez más para sus adentros. La dejó en el borde de la cama y le quitó los zapatos de noche.

—Avisaré a tu doncella. Necesitas desvestirte. Estás toda llena de pintura.

Tess asintió ligeramente. Tenía aspecto ya de estar medio dormida.

La doncella acudió con tanta rapidez que Owen llegó a preguntarse si los criados no habrían estado escuchando detrás de la puerta. Era muy probable. A esas alturas los acontecimientos del día de su boda habrían circulado ya por medio Londres: estaba seguro de ello.

La doncella era una chica delgada y sencilla, con aspecto de eficiente. Un brillo casi feroz de afecto asomó a sus ojos cuando miró a Tess.

—Yo cuidaré de ella, milord —le aseguró—. Podéis confiar en mí.

—Gracias. ¿Cómo te llamas?

—Mallon —respondió la chica—. Margery Mallon.

–Gracias, Margery –contra la convención establecida, detestaba llamar a los criados por su apellido. Y a Houghton lo habría llamado «Harold» si no hubiera temido que su mayordomo se muriera de disgusto por culpa de aquel trato–. Avísame cuando lady Rothbury se haya quedado dormida. Quiero quedarme con ella para asegurarme de que se encuentra bien.

–Sí, milord –le lanzó una mirada tan inteligente como aprobadora. Acudió luego junto a Tess y le habló cariñosa mientras se concentraba en despojarla del vestido manchado de pintura.

Owen observó como Tess se recostaba contra las almohadas y la oyó soltar un leve suspiro, como si al fin se sintiera a salvo. Se la quedó mirando fijamente. Tess, su preciosa, desgraciada novia. A esas alturas, todo cobraba ya perfecto sentido. La manera en que había ayudado a Harriet Knight, a Emma Bradshaw y a todas aquellas mujeres que se habían sentido solas, perdidas, traicionadas. Su generosidad a la hora de donar dinero a instituciones de beneficencia que rescataban a mujeres y niños del maltrato de los hombres. Su férrea determinación para que Sybil Darent no fuera vendida en matrimonio a un pervertido... Tess había conocido en carne propia el dolor que significaba una vida semejante y había resuelto hacer todo lo posible por evitársela a los demás.

La furia que se había apoderado de él hacía unos minutos cobró nueva vida. Brokeby tenía suerte de estar muerto. Pero los otros, los hombres que habían estado presentes en aquella fatídica fiesta... Ansiaba cazarlos y matarlos uno a uno con toda la rabia y violencia que anidaba en su alma: especialmente al hombre que tan cruelmente había cerrado aquella puerta para dejar encerrada a Tess en aquel mundo de tristeza y horror. Sintió que algo muy parecido a la desesperación le revolvía el estómago. Solo una vez antes, la noche en que estuvo a punto de matar a un hombre, había experimentado una ira semejante. Y en aquel momento no estaba del todo seguro de que pudiera controlarla: aquella ira al rojo vivo parecía diseminarse y llenar todo su ser. Los encontraría, hasta el último hombre. Y se lo haría pagar.

Tess se había quedado dormida de puro agotamiento, pero se despertó al borde de una pesadilla, sin saber dónde estaba. Por un instante vio la oscuridad y volvió a sentir el miedo innombrable que llevaba siempre consigo, pero luego la habitación apareció ante su vista, con la vela ardiendo cerca y el cálido resplandor del fuego de chimenea. Era una cámara austera y sencilla: la de un hombre acostumbrado a viajar ligero de equipaje. Estaba en la habitación de Owen. Podía oler su aroma en las sábanas... lo cual la dejó triste y desconsolada.

Apenas unas horas antes, no había deseado otra cosa que escapar de él y de sus propios miedos, para poder desenvolverse sola. Ahora, en cambio, se daba cuenta de que lo necesitaba. Necesitaba su fuerza, su consuelo, su apoyo... pero no tenía ninguna razón para reclamarlo porque no podía ofrecerle nada a cambio.

La temible pesadilla volvió a acecharla. A pesar de sí misma, un pequeño sollozo escapó de su garganta. Intento ahogarlo, pero el miedo la cercaba, robándole el aire.

Hasta que de pronto alguien apareció junto a ella, apartándole delicadamente el cabello de la frente, estrechándola en sus brazos, meciéndola con una ternura que siempre había anhelado sentir.

—Ssshh, corazón —murmuró con los labios contra su pelo—. Estás a salvo.

Owen. Estaba allí para consolarla. Había pensado en un principio en empujarlo, incomodada con su cercanía física, pero se sorprendió a sí misma aferrándose a él, enterrando la cara en su camisa y abrazándolo como si su misma vida dependiera de ello. Aspiró su aroma y lo sintió tan familiar y reconfortante que su cuerpo se relajó de inmediato, aceptándolo. No, no había ningún peligro. Owen jamás le haría daño. Lo sabía en lo más profundo de su alma.

Al cabo de un momento, Owen se metió bajo las sábanas. Hacía frío en la habitación, incluso con el resplandor de la chimenea. Tess tenía la cabeza apoyada sobre su hombro, y sentía sus brazos en torno a ella como cinchas de acero.

—A salvo... —murmuró mientras sentía sus labios rozándole una ceja.

Estaba tan cansada... La costumbre y una innata precaución le ordenaban permanecer despierta, vigilante. Pero un profundo instinto le aconsejaba que confiara en él y durmiera. El calor se iba transmitiendo de su cuerpo al suyo, envolviéndola como una droga. Hasta que no pudo ya resistirse más y el sueño la venció.

Para la siguiente vez que se despertó, el cuerpo entero de Owen estaba en contacto con el suyo y se sentía acalorada, como si tuviera fiebre. Sus labios se hallaban a unos centímetros de los suyos. Podía sentir su aliento acariciándole la piel. A través de la arrugada tela de su camisón podía sentir también su erección... decididamente no era impotente... y fue su propia exclamación de sorpresa lo que lo despertó, tan rápido que apenas se dio cuenta.

Tan pronto el rostro de Owen había tenido una expresión relajada, vulnerable, cuando al momento siguiente la estaba mirando fijamente con un brillo de deseo en sus ojos, despierto del todo. Tess se quedó helada, con el terror pulsando en sus venas, convertido su cuerpo en un témpano. Pero entonces sucedió algo extraordinario: los labios de Owen se curvaron en una sonrisa. Y la besó con la más leve y fugaz de las caricias antes de quedar tumbado boca arriba, con un brazo bajo la cabeza.

—Me disculpo —le dijo— si te he asustado.

—Yo... —Tess procuró sobreponerse. El pulso se le estaba serenando, la garra del miedo abandonaba su cuerpo dejándola debilitada de alivio–. Creía que ibas a... –se interrumpió.

–¿Creías que iba a hacerte el amor? –había vuelto el rostro hacia ella. En la oscuridad, su expresión resultaba indiscernible–. Yo no fuerzo a ninguna mujer a otorgarme sus favores.

Le había dicho eso mismo antes, pero aun así representaba todo un descubrimiento conocer a un hombre con semejante contención, pese a que había sospechado que debían de existir. Frunció el ceño.

–Pero estabas excitado... –una marea de calor anegó su cuerpo, mezcla de vergüenza y algo más. Pensó que nunca en toda su vida había dejado tantas frases sin terminar.

–Te encuentro muy atractiva. No te mentiré. Ni me disculparé –un timbre de diversión asomó a su voz–. Lamentablemente nada puedo hacer para evitarlo.

–Oh –se sentía ingenua.

Sentía de hecho todo un maremágnum de emociones, pero por primera vez el miedo no era la más fuerte. Se arrebujó contra él, buscando nuevamente su calor, y de inmediato lo sintió tensarse. Se apartó: algo había hecho mal. Lo sabía por su reacción.

–Lo siento –estaba avergonzada.

–No –la atrajo firmemente hacia sí–. Me ha sorprendido, eso es todo –le abanicó el pelo con su aliento, provocándole deliciosos estremecimientos a lo largo de toda la piel del cuello–. Me alegra que confíes en mí.

Tess se relajó. Volvió a apoyar la cabeza sobre su hombro, con sus labios a un par de centímetros de su cuello. Olía a lluvia fresca, y a algo más que era únicamente suyo. Una vez más se aflojó la tensión de sus miembros, aunque esa vez de manera distinta. Se sentía tranquila, serena.

Permaneció en aquella postura durante un buen rato, observando a Owen, escuchando su respiración mientras se quedaba dormido. Se sentía diferente y extraña; humilde, sobrecogida y feliz. La felicidad la bañaba como si fuera la luz del sol, y Tess se deleitó en ella, en la cercanía de Owen y en el placer sin complicaciones que le ofrecía. Fue una auténtica revelación. Pero, lentamente, la conciencia que tenía de él empezó a cambiar, porque comenzó a teñirse de atracción. Se sintió especialmente despierta, más que despabilada. *Excitada.*

Esa vez su ahogada exclamación se debió a una causa muy distinta. Imposible. Era imposible que pudiera desearlo... Y sin embargo lo deseaba.

Se removió imperceptiblemente, acercándose más. Estaba muy quieto, con los ojos cerrados, profundamente, dormido. Tess presionó levemente los labios contra la piel de su cuello. Una piel cálida, suave. Al final pudo más la curiosidad que la aprensión y se atrevió a saborearla con la punta de la lengua. Una vez más tropezó con aquella cualidad tan específicamente suya: sabía a sal, a aire puro, a sábanas limpias... La cabeza empezó a darle vueltas. Le acarició entonces el pelo, admirada de su suavidad.

Quiso besarlo. Se preguntó si se atrevería. En realidad quería tocarlo por todas partes: los duros músculos de sus brazos, la anchura de sus hombros, su pecho... Tragó saliva. Eran demasiadas sensaciones, y demasiado precipitadas. La idea la intrigaba y aterraba al mismo tiempo. El deseo hervía en ella, pero seguía encerrado detrás de aquella puerta cerrada. Tenía que vencer aquellas barreras que se alzaban dentro de su mente antes de que su cuerpo pudiera seguirla y encontrar satisfacción.

No, *juntos* tenían que vencer aquellas barreras. Sabía que Owen la ayudaría, con solo que ella confiara en él. Lo besó entonces muy levemente, y él murmuró algo y la atrajo de nuevo a sus brazos. Así hasta que por fin se quedó dormida, en un sueño sin pesadillas.

Capítulo 12

—El duque de Farne y lord Grant han venido a veros, milord —Houghton, más rígido que de costumbre, hizo pasar al comedor del desayuno a los dos caballeros.

Owen se preguntó qué habría hecho esa vez para ganarse la desaprobación de su mayordomo. Quizá se tratara de algún protocolo especial al que someter al vizconde recién casado. Muy probablemente retirarse a la biblioteca a las seis de la mañana y beberse media botella de brandy no figuraba en la lista convencional de actividades de la mañana después de la boda, aunque tratándose de la alta sociedad londinense, quizá estuviera incluso bien visto. ¿Quién podía saberlo? Él ciertamente no. Lo único que sabía era que había dejado a Tess durmiendo bajo la vigilante mirada de Margery porque ya había sufrido tortura suficiente por una noche. Yacer con Tess acurrucada en sus brazos le había reportado tanto tormento como deleite. Se había quedado asombrado y conmovido de que se hubiera atrevido a confiar en él, pero un hombre tenía sus límites, y cuando a ella se le ocurrió iniciar aquella inocente exploración de su persona, se había sentido morir. Se había quedado despierto, percibiendo su curiosidad, hasta que finalmente se quedó dormida. Había seguido en vela durante un rato más, deseoso de saciar el ansia que sentía por ella y sabiendo al mismo tiempo que no podría hacerlo por una cuestión de honor. Así hasta que por fin se levantó y fue a buscar el brandy. En ese momento eran las diez de la mañana y se sentía terriblemente mal. Ni siquiera el café más cargado habría podido aliviar aquella monstruosa resaca.

—Pensamos que sería una buena idea venir a verte esta mañana después de lo ocurrido durante el almuerzo nupcial —le estaba diciendo Alex. Agarró una silla y se sirvió una taza de café—. Tienes un aspecto pésimo.

—No he dormido nada —repuso, lacónico.

—Enhorabuena —le dijo Garrick.

Owen lo fulminó con la mirada.

—No ha sido por eso —se volvió hacia Alex—. ¿Qué diablos pretendías diciéndole a mi esposa que yo era impotente, Grant?

Alex se atragantó con el café.

—Cielo santo —exclamó Garrick, empezando a retroceder hacia la puerta—. Grant, te dejo para que arregles solo este asunto con él.

—No te tenía por un cobarde, Farne —le dijo Alex con tono sardónico.

—Quédate —le dijo Owen, empujando hacia él otra silla con el pie—. Puede que te necesite para que me apoyes, Farne.

Alex se lo quedó mirando fijamente.

—¿Tienes resaca? —inquirió—. ¿Es esa la causa de tu mal carácter? —estiró una mano hacia la campanilla—. Seguro que Houghton tiene algo para ello.

—Yo dudo que su mayordomo pueda curar el deseo frustrado —dijo Garrick—. Parece un caso bastante grave.

Owen volvió a fulminarlo con los ojos.

—Cállate, Farne.

—De modo que Tess pensó que eras impotente y tú no descubriste ese... problema... hasta después de la boda —observó Garrick.

Owen puso los ojos en blanco.

–Evidentemente –desvió la mirada de Garrick, que estaba conteniendo la risa, a Alex, y abrió los brazos–. Que el diablo me lleve, ¿qué puedo decir? Soy un caballero. Estoy chapado a la antigua. Lady Darent y yo solo hemos estado dos semanas comprometidos. Naturalmente que yo no había intentado seducirla y...

–Está bien. Rothbury –Alex le dio una palmadita en el hombro–. No necesitas explicarte con nosotros.

–Toda la culpa es tuya, Grant –le recordó Owen.

–¿Qué se suponía que tenía que hacer? –protestó Alex–. ¿Mencionarle a lady Darent que, solo en caso de que no fuera consciente de ello, no eras en absoluto impotente? –sacudió la cabeza–. Yo no voy por ahí comentando las hazañas sexuales de mis amigos, Rothbury.

Se produjo una breve pausa en la conversación cuando Houghton entró portando una bandeja.

–Os he traído un remedio contra la bebida, milord –anunció el mayordomo con profunda desaprobación–. Vuestro predecesor, el difunto lord Rothbury, tenía una fe ciega en sus cualidades tonificadoras.

–Ignoraba que mi predecesor fuera aficionado a la botella –dijo Owen–. Quién lo habría dicho, con aquel aspecto de mosca muerta que tenía.

Se bebió el líquido de un solo trago. El sabor era repugnante. Su admiración por su predecesor en el título subió un punto más.

–Estoy convencido de que el problema se solucionará, Rothbury –comentó Garrick cuando la puerta se hubo cerrado detrás de Houghton.

–Yo no lo estoy tanto –repuso Owen. Antes de la noche anterior le habría dicho que no cabía esperanza alguna. En ese momento, sin embargo, tenía que creer que existía una posibilidad–. El problema es Brokeby.

Alex y Garrick intercambiaron una mirada.

–Brokeby –repitió Alex–. Joanna se preguntaba si... –se interrumpió–. Diablos.

—Así es —pronunció Owen con tono seco.

—Me había olvidado de que lady Darent había estado casada con Brokeby —dijo Garrick—. Fue un matrimonio tan corto...

—No lo suficiente —repuso Owen, sombrío.

—¿Qué sucedió? —inquirió Alex.

—La exposición —no iba a contarles todo, pero necesitaba su ayuda—. Teresa no fue consciente. Brokeby la drogó y Melton la pintó.

El asombro relampagueó en los ojos de Alex.

—Cielo santo, Rothbury... —murmuró.

—Quiero localizar a los compinches de Brokeby —la furia volvió a apoderarse de él, amarga, violenta, nada atenuada por las horas que habían pasado desde que se enteró—. Pienso darles caza y matarlos.

Alex sacudió la cabeza, con un brillo de compasión en la mirada.

—No lo hagas, Rothbury. Comprendo tus sentimientos, pero...

—Si vas a decirme que no vale la pena —masculló Owen entre dientes—, probablemente te acabe dando una paliza.

—Merecerá la pena mil veces por Tess —repuso Alex con una triste sonrisa— pero con ello no cambiarás el pasado —se removió, incómodo—. La violencia no te sirvió de mucho antes, ¿verdad, Rothbury? Perdiste tu mando y estuviste a punto de perder todo lo demás.

Owen se levantó de golpe, indignado.

—Te has pasado catorce años dando la espalda a aquello —le recordó Alex, perfectamente tranquilo—. No dejes que ahora te domine —y se lo quedó mirando con expresión firme y atenta.

Muy lentamente, Owen volvió a sentarse.

—Maldito seas, Grant. ¿Por qué siempre tienes que tener razón?

—Porque a mí me ha pasado lo mismo que a ti —respondió—. Cuando me contaste lo que David Ware le había he-

cho a Joanna, yo quise matarlo. De haber estado vivo...
–se encogió de hombros, incómodo, como si aquel recuerdo conservara todavía el poder de hacerle daño–. Pero luego me di cuenta de que lo único que importaba era lo que
sentía Joanna, y no yo. Tú eres el único que puede ayudar
a Tess, y no la ayudarás haciendo que te detengan por asesinato, por muy tentadora que te resulte la perspectiva.

Owen soltó un profundo suspiro.

–Eres condenadamente persuasivo.

–De todas formas, la mayor parte de los compinches de
Brokeby están muertos –señaló Garrick–. Carver se rompió el cuello en la carretera de Brighton, hace unos años.
Helmsley fue disparado por un guardabosques, y Towton
pereció pisoteado en las carreras de Newmarket.

–Aquella banda no pudo haber tenido un mejor final
–comentó Owen.

La puerta se abrió en ese momento y entró Tess, preciosa con su vestido mañanero de color rosa, de aspecto
fresco y muy juvenil. Owen experimentó una punzada de
placer al verla, y otra aun más profunda de alivio al ver
que había bajado a buscarlo, en lugar de salir corriendo de
allí. Vio que Garrick miraba de manera elocuente a Alex
antes de que ambos se levantaran de la mesa con una prisa
casi grosera.

–¿Los he echado yo? –le preguntó Tess, ligeramente
perpleja de que sus cuñados la hubieran saludado con una
reverencia que había sido a la vez de despedida, para luego marcharse apresurados–. Yo no pretendía...

Owen le tomó las manos entre las suyas, acallándola.

–Creo –le dijo, sonriendo– que fue más bien un detalle
de discreción por su parte para dejarnos a solas.

–¿Discreción, dices? –sonrió, traviesa–. Entiendo.

–¿Te encuentras bien esta mañana?

Escrutó su rostro, con sus enormes ojos azules: parecía
vacilante, y muy tímida. Owen sintió una suerte de puñetazo
físico en el estómago, que le robó el aire de los pulmones.

–Me encuentro muy bien, gracias –respondió, un poco sin aliento.

Owen le besó la mano y la sintió temblar ligeramente, aunque no de miedo. La noche anterior, abismada en el horror de todo lo que le había contado, había rehuido su contacto, pero después se había acercado a él con completa confianza. Sabía que tenía que empezar a construir a partir de aquel punto. Le sonrió y, al ver la manera en que se iluminaba su mirada, experimentó una ridícula punzada de placer, como si acabara de hacerle un regalo.

–¿Qué vamos a hacer ahora? –le preguntó ella.

A Owen le gustaba que se sintiera preparada para abordar el asunto de una manera tan directa. Era un rasgo de valentía.

–Estamos casados –le dijo–. Y seguiremos así.

Vio que una sombra oscurecía su expresión. Bajó la mirada a sus manos entrelazadas.

–Ayer te dije que si querías un heredero... harías bien en divorciarte de mí –le recordó ella–. Sigo pensando que sería lo mejor. Para ti, quiero decir.

–Teresa, ese es un plan horrible. Es el peor plan que he escuchado desde tu último plan, que ya era pésimo –hizo un intento por bromear.

–¿Te refieres a cuando te propuse matrimonio porque pensaba que eras impotente? –para sorpresa de Owen, una sonrisa afloró a sus labios–. Sí, era un plan bastante malo.

–Aunque en otros sentidos no –repuso Owen, acercándola más hacia sí–. Me gusta estar casado contigo. Así que seguiremos casados –se interrumpió–. Y te enseñaré los numerosos beneficios de no tener un marido impotente.

Vio cierta expresión de nerviosismo en sus ojos, pero detrás, estaba seguro de ello, alcanzó a distinguir la sombra de otra cosa, algo parecido a una tímida curiosidad. El corazón le dio un vuelco en el pecho.

–Estás muy seguro de ti mismo –le dijo Tess– si crees que puedes persuadirme de ello.

—Sí que lo estoy.

La sonrisa volvió a asomar a sus ojos, deliciosa, irresistible.

—Tienes confianza —murmuró—. Pero me gusta. Alguno de los dos tiene que tenerla.

Owen pensó que su sonrisa estaba haciendo estragos en su capacidad de autocontrol. Quería besarla. De manera implacable, reprimió el impulso.

—Dame permiso para intentar persuadirte —desterró todo rastro de urgencia de su voz para que no descubriera lo mucho que la deseaba ya, y no saliera huyendo—. No tiene por qué ser como lo fue antes para ti. Conmigo, nunca lo será. Te lo juro.

De nuevo sonrió levemente.

—Lo sé.

—Entonces asume el riesgo. Dame esa oportunidad.

Seguía dubitativa. Owen refrenó su galopante deseo y la atrajo lentamente hacia sí, todavía más cerca, hasta que sus cuerpos casi se tocaron. Vio que los ojos le brillaban de una forma distinta, pero no se apartó de él. La fina muselina de su vestido acarició su muslo. Tess apoyó entonces una mano en su pecho, justo sobre su corazón.

—Teresa —le dijo—. Antes de casarnos, cuando estábamos empezando a conocernos... yo te gustaba, ¿verdad? Admítelo.

Lo miró temerosa. Seguía sin responder. Owen podía sentir su prevención, como si estuviera a punto de salir corriendo.

—Está bien —se daba cuenta de que iba a tener que ser muy sincero con ella—. A mí *tú* me gustabas. Me gustabas mucho. ¿Por qué crees que iba a verte cada día? No solo era porque quería sonsacarte que eras Júpiter. Ni siquiera porque quisiera tu dinero. Era porque... —se interrumpió. «Gustar» resultaba una palabra insulsa para la embriagadora mezcla de sentimientos que experimentaba por ella—. Porque me encantaba pasar tiempo contigo.

–Pero también querías mi dinero –matizó ella con un timbre de risa en la voz.

–Está bien –Owen se reprimió de sonreír–. Sí, eso es verdad, pero...

Tess le puso entonces un dedo en los labios, acallándolo.

–A mí también me gustabas mucho –susurró, y Owen se sintió como si el sol acabara de salir en aquel instante.

–Y confiabas en mí.

Dejó caer la mano y asintió levemente.

–Anoche –continuó él, inmensamente aliviado–, aunque estabas agotada y temerosa, te abriste a mí. Jamás traicionaré tu confianza. Te lo prometo.

Tess asintió de nuevo. Una sombra de color tiñó sus mejillas.

–Anoche, cuando yo... –se mordió el labio–. Cuando yo te besé... ¿estabas dormido?

–No –respondió Owen. No fingió haberla entendido mal–. Ni por un momento –la vio dar un respingo, con la sorpresa dibujándose en sus ojos. Su rubor se intensificó–. Querías explorarme. Me pareció muy bien. Había decidido dejarte hacer lo que quisieras.

–Tú lo entiendes –susurró ella.

–Sí. Sientes curiosidad pero al mismo tiempo tienes miedo. Es natural –le apretó cariñosamente la mano–. Te prometo que no haré nada que tú no quieras. Una sola palabra tuya y me detendré.

En ese momento lo estaba mirando con ojos muy abiertos, como si estuviera contemplando todas las cosas que él *podría* hacerle. Owen la observó con interés. Sí, en sus ojos leía la aprensión, pero una vez más alcanzó a distinguir un cierto brillo de interés. Al verla humedecerse los labios, sintió una punzada de deseo tan violenta que por unos segundos se quedó sin respiración.

–Muy bien –dijo al fin, alzando la mirada hacia él–. ¿Cuándo empezamos?

–Ahora mismo –contestó Owen.

Tess se preguntó si habría estado loca por haber aceptado acompañarlo. Cuando Owen le lanzó el guantelete y le anunció que no solo seguirían casados, sino que pensaba seducirla hasta que acabara gustándole, no había podido imaginar que lo primero que harían juntos sería visitar la *Bruja del mar*. Y sin embargo allí estaba, en el muelle de Greenwich, con un sol pálido rielando en el agua y el fresco aire del río acariciándole el rostro. Tenía los zapatos sucios, olía a pescado y a algas podridas e ignoraba cómo iba a abordar el barco anclado que se mecía suavemente ante sus ojos.

La *Bruja del mar*, el gran amor de Owen. Su rival a la hora de competir por sus atenciones. Tess se sonrió. Debería haber imaginado que la idea que su esposo tenía de un romántico cortejo sería diferente de la de cualquier otro.

«Cortejo», pronunció para sus adentros, y se estremeció levemente. Sonaba extremadamente suave, inofensivo, incluso. ¿Qué podía ser más dulce o más casto que un cortejo? Y sin embargo sabía que lo que Owen quería de ella no era en absoluto casto. Eso la asustaba, pero tenía que ser sincera y admitir que la intrigaba también.

En el relativo anonimato de la oscuridad de la pasada noche, cuando creyó que Owen estaba dormido, se había sentido lo suficientemente segura como para experimentar con sus propios deseos. En ese momento, en cambio, estaban en pleno día, con Owen perfectamente despierto y despabilado, y ella se sentía ciertamente temerosa de la perspectiva que se avecinaba. No sabía si podría llegar a ser la esposa que deseaba Owen, su esposa en el completo sentido de la palabra. Sabía que no todos los hombres eran como Brokeby. Pero ella nunca había querido una relación íntima con ningún hombre antes. Por ello representaba toda una sorpresa reconocer que quizá ahora *podría* desear tener una.

Confiaba en Owen y sabía que podía intentar ser su esposa o podía huir, y tal vez, precisamente, había llegado el momento de dejar de huir.

La *Bruja del mar* era un velero pequeño y esbelto. Incluso Tess, que nada sabía sobre barcos y le preocupaban menos, podía darse cuenta de ello.

–¿Cómo vamos a subir a bordo? –preguntó a Owen.

–Así –la alzó en brazos y caminó por la plancha, que estaba inclinada en un ángulo vertiginoso. Segundos después la depositaba en cubierta, sorprendida y sin aliento–. Mis disculpas –le dijo, sonriente.

Seguía sujetándola ligeramente por los codos. Tess sentía un cosquilleo por todo el cuerpo como resultado de la sorpresiva experiencia, así como del contacto con sus duros músculos.

–Es más fácil de esta manera.

Sintiéndose algo turbada, Tess lo siguió por una pequeña puerta, hasta un estrecho pasadizo. Instantáneamente, los mamparos de madera parecieron cerrarse sobre ellos y su conciencia de la presencia física de Owen se tornó aun más fuerte. Un nudo de emoción le subió por la garganta.

–Bajemos.

Owen había desaparecido por un tramo de escalones que parecían perderse en lo oscuro. Tess se asomó y vio que le estaba sonriendo.

–¿Cómo se supone que voy a bajar hasta allí?

–Vuélvete y baja de espaldas –la instruyó él.

Llevaba ya media escalera cuando experimentó un inmenso alivio al sentir sus manos en torno a su cintura, levantándola para posarla en el suelo. Había estado tan concentrada en los escalones que solo varios minutos después se dio cuenta de Owen habría podido verle perfectamente las piernas mientras descendía, al igual que lo había hecho cuando ella saltó por la ventana en el burdel. Lo maldijo para sus adentros: indudablemente estaba disfrutando con la situación.

Pero el caso era que ella también. Experimentó una cierta inquietud cuando pensó en lo que podría ocurrir entre ellos, en la incertidumbre de las diversas posibilidades. «No sucederá nada que tú no quieras», le había asegurado Owen, y se estremeció al pensar en todas aquellas cosas que ella *podría* querer. Owen le había prometido que no haría nada que pudiera asustarla o hacerle daño. De modo que besarlo quizá fuera una opción segura...

–El camarote del capitán –anunció en ese momento Owen, abriendo una puerta e interrumpiendo sus reflexiones.

–¡Es diminuto! –exclamó Tess–. ¿Cómo puedes encontrar espacio para...? –se detuvo, consciente del rumbo que estaban tomando sus pensamientos. De repente parecía estar pasando de no pensar nunca en el sexo a ser la única cosa en la que podía pensar–. Para moverte –terminó apresurada.

Owen le lanzó una maliciosa sonrisa.

–Uno se acostumbra a hacer el mejor uso del espacio disponible –ya había echado a andar pasadizo abajo, con pasos rápidos y ligeros.

Tess pudo percibir el placer que le producía a Owen volver a su barco, incluso aunque estuviera anclado. Experimentó un súbito deseo de verlo navegar en mar abierto. Cuando intentó imaginárselo en todas las expediciones en que había participado, se sintió desesperadamente pueblerina. Sus viajes habían sido todos por Inglaterra. Incluso Escocia le había parecido imposiblemente lejos y demasiado agreste y bárbara para visitarla. Pero Owen era un explorador y los exploradores transformaban el mundo. Se sintió humilde, insignificante a su lado. Procuró también imaginar lo que sentiría él al encontrarse actualmente atado a un mayorazgo y a un título: una responsabilidad inevitable, ya que sabía que no era hombre que rehuyera sus obligaciones.

–El comedor –Owen abrió otra puerta de par en par.

La habitación olía a polvo y a brea. Estaba pobremente amueblada, conteniendo tan solo una mesa redonda de madera en el centro y unas pocas sillas. Había algunos libros viejos y gastados en un estante que atravesaba el mamparo, con un tablero de ajedrez y piezas que parecían de marfil.

–Barbas de ballena –le explicó Owen, que se había puesto a rebuscar en un armario bajo–. Tu hermana es extraordinariamente buena jugadora. A Alex le gana siempre.

–Nuestro tío nos enseñó a jugar al ajedrez –dijo Tess mientras acariciaba las piezas, palpando la rugosa suavidad del hueso–. Pero yo prefiero los juegos de naipes.

–Tenemos que jugar un día –le dijo Owen, y algo en sus ojos le hizo contener el aliento.

–Tengo entendido que tú nunca pierdes.

–Lo mismo he oído yo de ti –repuso él–. Dicen también que debes de hacer trampas, porque no es posible que tengas tanta suerte.

Tess volvió a colocar la pieza de la reina en el polvoriento tablero.

–Yo no hago trampas. Es solo que puedo visualizar mentalmente todas las cartas y... –se encogió de hombros–. Las cuento.

Aquello tomó desprevenido a Owen. Se echó a reír.

–De modo que así es como lo haces. Contar cartas. Algunos llaman a eso engañar.

–Es cuestión de tener buena memoria –objetó ella.

–Y una enorme fortuna como resultado –se incorporó con dos copas en una mano y una botella en la otra–. Me alegro de que siga aquí esta botella. Habrá madurado espléndidamente durante todo este tiempo.

–No tiene un aspecto muy agradable que digamos.

–Se llama *bumbo* –limpió las copas con los faldones de su chaqueta y las llenó–. Lleva ron, agua, lima, azúcar y nuez moscada. La bebida favorita de los piratas –alzó un vaso para brindar–. Por vos, señora jugadora.

Tess probó el *bumbo* y casi se atragantó. Sabía tan mal como parecía: dulzón y terriblemente fuerte. Agarró una de las sillas y tomó asiento. Sentía ya las piernas un tanto débiles por culpa del licor.

—Así que fuiste pirata —le dijo, cauta.

Owen negó con la cabeza. Un brillo extraño y fugaz asomó a sus ojos.

—Nunca fui un pirata —su voz tenía de repente un timbre de dureza—. Siempre navegué bajo el imperio de la ley. Donde no llega la ley, solo puede existir el caos.

—Sí, tienes más aspecto de capitán de la marina que de corsario —se atrevió a comentarle ella—. No eres como Devlin, con sus pendientes de perla y sus chalecos bordados en oro. Él sí que encaja con la imagen de un pirata —bebió otro trago de *bumbo*. Esa vez no le supo tan mal: percibió más la especia y el ron le quemó menos la garganta. Pensó en Owen y en la manera en que había hecho fortuna, fletando su propio barco como aventurero. Era un hombre que sabía tomar lo que quería con sorda tenacidad, casi sin que los demás se dieran cuenta de ello.

—Pero eso precisamente es lo más peligroso de ti —añadió, pensativa.

—¿El que? —inquirió Owen, sentado muy quieto. Su detenida mirada hacía que a Tess le entraran calores por todo el cuerpo.

—Que seas tan controlado. Eres implacable y decidido y... —tragó saliva—. Tienes paciencia para esperar por lo que quieres.

Owen se sonrió.

—Qué bien me conoces ya.

Tess apuró su vaso. Estaba empezando a sentirse muy extraña. El sol de invierno colgaba bajo sobre el mar. El barco se mecía suavemente. Experimentó un ligero mareo, como si sus sentidos estuvieran a la deriva.

—¿Por qué te casaste conmigo? —le preguntó de repente. Sabía que era la bebida lo que le estaba haciendo hablar, pero no parecía capaz de evitarlo–. ¿Fue solo por el dinero?

Owen no contestó de inmediato, pero tampoco apartó los ojos de su rostro en ningún momento.

–Me casé contigo porque te deseaba.

Fue como si sus palabras la hubieran golpeado en el plexo solar: a punto estuvo de dejar escapar un grito. Bueno, ella misma había querido saberlo... y ahora lo sabía. Owen no le estaba escondiendo nada. Era algo a lo que tenía que enfrentarse. Se sirvió un poco más de *bumbo* y lo bebió casi de un trago.

–Pues no deberías –dijo sin mirarlo.

–¿El qué? ¿Desearte? –inquirió él en voz muy baja. Tess alzó la vista y casi se abrasó con la mirada de sus ojos.

–No puedo prometerte... –se le secó a garganta. Toda la excitación, toda la expectación que había sentido antes se evaporó en el instante en que se enfrentó a la cruda realidad. Owen la deseaba, pero ella estaba tan dañada por la experiencia que había tenido con Brokeby que no sabía si podría soportar su contacto o huir de desesperación.

–Puedo esperar –lo dijo con un tono estoico, pese a que su expresión desmentía sus palabras.

–No deberías esperar por mí –tenía que hacérselo comprender–. Puede que nunca me convierta en la esposa que tú necesitas –se tragó lo que sentía como un nudo de dolor atravesado en la garganta–. A veces creo que Brokeby me dejó dañada para siempre, sin posibilidad de curación.

Owen se incorporó muy lentamente. Tomándole las manos entre las suyas, le hizo levantarse a su vez.

–La cuestión –dijo con tono muy suave– es si tú quieres intentar curarte.

En aquel momento lo único que supo Tess era que él se sentía fuerte y seguro, y que en cambio a ella la cabeza le daba vueltas como consecuencia del *bumbo*. Aparte de que las piernas podían fallarle en cualquier momento.

–Creo que sí –murmuró, y Owen sonrió con aquella resplandeciente sonrisa que tanto la abrigaba por dentro.

–Esta mañana confiaste en mí –le recordó–. Me alegro de que no hayas cambiado de idea.

–Estoy asustada –confesó Tess. La lengua parecía habérsele soltado ya del todo–. Quiero intentarlo, pero me aterra.

Owen sacudió ligeramente la cabeza y ella se quedó callada.

–No tienes por qué temer nada. Yo nunca te haría ningún daño –su expresión se transformó–. Me gustaría besarte. Un solo beso, nada más. ¿Puedo?

La excitación mezclada con el miedo volvió a hacer presa en ella, tan feroz e intensa como el efecto de la bebida.

–Siempre tan educado –logró pronunciar–. No eres un hombre que tome sin más lo que quiere.

La mirada de Owen se oscureció hasta el punto de que no le dejó duda alguna sobre lo que quería. Tess era más que consciente de que no debía jugar aquellos juegos tan peligrosos con él.

–No. Primero pido permiso.

Ella experimentó otro escalofrío de anticipación. ¿Podría realmente ser tan fácil olvidar el pasado? Esa vez fue un estremecimiento de temor lo que la recorrió, ahuyentando la excitación. No, por supuesto que no. Podía empezar a jugar aquel juego porque se sentía segura con Owen, pero una vez que se tornara serio, que se convirtiera en real, el miedo volvería, la anegaría y le arrebataría todo placer.

–Confía en mí –le acarició una mejilla con la punta de los dedos, en un contacto ligero como una pluma.

Sería tierno y delicado con ella: Tess estaba segura. Como también lo estaba de que en el mejor de los casos no sentiría nada, y en el peor huiría de él, sin más.

La yema de su pulgar acarició entonces su labio inferior y Tess soltó un leve gemido de sorpresa... antes de que sus labios cubrieran los suyos.

Esperó, tensa en sus brazos, rígida la espalda, sin sentir nada en absoluto. Y empezó a desesperarse.

La estaba besando suave, persuasivamente, con una ternura tal que hasta le habían entrado ganas de llorar. Pero estaba segura de que esa no era la reacción que él quería suscitarle, ni la que estaba acostumbrado a conseguir de las mujeres.

Nada. Percibió que se detenía, y supo que estaba a punto de retirarse. Se sintió vacía y fría, consternada. Pero los labios de Owen volvieron a moverse sobre los suyos y entonces, no supo cómo llegó a suceder, algo se removió en su interior, algo instintivo que apenas comprendía. Empezó a temblar y oyó un débil sonido que se dio cuenta de que era suyo. Entreabrió los labios y descubrió que se estaba apretando contra Owen en lugar de alejarse, y de repente él la estaba besando de nuevo, esa vez no con ternura, sino con pasión y vehemencia. Su boca sabía a ron, a especias y a algo más verdaderamente delicioso. Tess sintió que la cabeza le daba vueltas y que el suelo se movía bajo sus pies de una manera que nada tenía que ver con el balanceo del barco.

Al cabo de un segundo, sin embargo, todo terminó. Owen la soltó con tanta rapidez que ella tuvo que agarrarse al borde de la mesa para sujetarse.

—Lo siento —respiraba fuerte, casi como si acabara de realizar un ejercicio físico. Se frotó la frente, aturdido—. Esperaba un rechazo.

—¿No estabas preparado entonces para una reacción por mi parte?

Tess arqueó las cejas. Una nueva emoción la estaba asaltando, maliciosa e intensa: le sorprendió reconocerla como un sentimiento de triunfo. Extraordinario. No podía negar que la confusión que veía en el rostro de Owen la hacía sentirse verdaderamente bien.

Owen se la quedó mirando fijamente. El deseo ardía en sus ojos. Dio un paso hacia ella.

Fue entonces cuando Tess sintió el miedo. Rápido, visceral, la emboscó con implacable intensidad. Contuvo el aliento y retrocedió apresurada, chocando contra el armario y haciendo tintinear las copas. Owen la sujetó a tiempo, para soltarla casi inmediatamente.

Se apoyó luego sobre la mesa con ambas manos. Sus labios se curvaron en una triste sonrisa.

—Lo siento. No me mires así. No tengo intención de abalanzarme sobre ti como un torpe jovenzuelo.

Tess le tocó tentativamente un brazo.

—No pretendía provocarte —dijo, vacilante.

La expresión de Owen se iluminó. Le cubrió la mano con la suya en un contacto fugaz y reconfortante.

—Lo sé, corazón.

—Esto es nuevo para mí —le confesó, enternecida por su reacción—. Y... —vaciló de nuevo, deseosa de ser sincera, que no provocativa—. Me ha gustado mucho que me besaras.

Una nueva luz asomó a los ojos de Owen.

—Podríamos intentarlo de nuevo —dijo con voz algo ronca—. Si tú quieres.

—¿Podemos?

El siguiente beso fue mejor: tan sorprendentemente agradable que la dejó impresionada. Fue como si hubiera aprendido ya mucho y aún le quedaran ganas de aprender. Esa vez su cuerpo reaccionó de manera instantánea, sin miedos ni vacilaciones. Owen la besó con una ternura que resultó hasta frustrante, apenas una caricia de sus labios contra los suyos. Cuando la soltó, estaba acalorada pese a lo frío del día y temblaba de emoción.

—Vamos —le dijo Owen, tomándole la mano—. Quiero enseñarte las cuevas de Blackheath antes de que comamos un poco y volvamos a casa —miró el polvoriento comedor—. De todas formas, no íbamos a consumar nuestro matrimonio aquí —bromeó—. Hay piojos. Y gorgojo.

–Yo creía que el gorgojo vivía en las galletas.

–Estás muy bien informada sobre las costumbres de los parásitos de los barcos. Siempre supe que eras una intelectual.

–¿Así que piensas conservar el barco? –le preguntó Tess poco después, mientras desembarcaba con su ayuda–. Le vendría bien una mano de pintura, desde luego, pero es muy hermoso y se merece toda la atención que puedas dedicarle.

Owen la miró sorprendido.

–¿Eso crees?

–Oh, sí –intentó imaginarse la *Bruja del mar* surcando las altas olas del Atlántico, con el viento inflando sus velas, a pleno sol, o abriéndose paso en los hielos del Ártico bajo un vívido cielo azul. El pensamiento la excitó, sin que supiera por qué. Nunca antes había estado interesada en viajar, y sin embargo, en ese momento, sentía verdaderas ansias de hacerlo. Quería navegar al lado de Owen y ver lo que el mundo tenía que ofrecerle.

–La *Bruja del mar* se llevaría hasta el último penique de tu fortuna –le advirtió Owen–. Y más todavía. Es una monstruosa extravagancia mantener un barco por puro placer, que no por negocio.

–No me importa –dijo Tess–. Creo que me he enamorado de tu barco. Además, sentirás ganas de escaparte alguna vez. Owen. Lo percibo en ti. No puedes atarte a la tierra durante demasiado tiempo. Si lo haces, empezarás a sentirse atrapado.

Vio que la miraba con una extraña emoción mientras alzaba una mano para rozarle una mejilla, antes de acariciar su cabello despeinado por el viento.

–Qué mujer tan maravillosa eres, Teresa Rothbury –le dijo con un tono en la voz que ella no llegó a comprender–. Me entrevistaré con mi agente de la naviera la semana que viene. Me encargaré de todo. Si tú estás segura de ello, claro.

Tess asintió: estaba segura. Pero le habría gustado que Owen le hubiera dicho que deseaba viajar con ella.

El trayecto por Greenwich hacia Blackheath resultó fascinante, a través de estrechas calles empedradas con antiguas tabernas en las esquinas y tiendas con sus carteles de madera balanceándose con la brisa. Al cabo de unos minutos, los viejos callejones dieron paso a anchas avenidas flanqueadas de árboles y elegantes mansiones.

—Es como una versión en miniatura de Bath —comentó Tess, estirando el cuello para estudiar la media luna de suntuosas casas que formaban la plaza Gloucester—. Solo que con un tufo a sal, pólvora y cuero.

—De modo que de vez en cuando viajas fuera de Londres.

—Todo el mundo acude a Bath —explicó ella—. Está de moda.

—A mí me gustaría ser un sencillo caballero de campo —le confesó Owen cuando pasaban por delante de una fila de villas con bien cuidados jardines—. Eso me habría complacido mucho más que ser un vizconde de ciudad.

—Podrías ser ese caballero de campo en Rothbury Chase —le recordó Tess.

Owen se echó a reír.

—Yo no quería veinte mil acres de terreno. Me parece indecente. Yo no necesito tanto.

Había tal ternura en sus ojos que Tess sintió que el corazón le daba un vuelco al mirarlo.

—Me gustan estas excursiones nuestras —admitió ella—. Cuando hacíamos esto antes de casarnos, tuve la sensación de que nos estábamos haciendo amigos. Ingenuamente, llegué a pensar en lo bonito que era tener un amigo varón. Pero ahora... —se interrumpió mientras intentaba desenredar sus sentimientos—. Siento como si te hubiera perdido de alguna manera.

Owen se desplazó a lo largo del asiento del carruaje y le tomó la mano.

–¿Por qué no puede haber amistad entre nosotros? –le preguntó.

–Porque los hombres y las mujeres generalmente no pueden ser amigos –respondió ella.

–Si no entiendo mal, en tu primer marido tenías al mejor de los amigos.

–Eso era distinto. Robert y yo nos conocíamos desde que éramos niños. En la mayor parte de los casos, sin embargo, otras cosas se interponen.

–¿Otras cosas? –Owen enarcó las cejas.

–¡Sabes perfectamente lo que quiero decir! El sexo siempre se pone de por medio.

Se dio cuenta de que Owen estaba intentando no reír. La diversión brillaba en sus ojos mientras esbozaba una leve sonrisa.

–¿Quieres decir que temes que dejemos de ser amigos si nos acostamos juntos?

Tess estaba empezando a sentirse incómoda y acalorada. No pudo arrepentirse más de haber sacado aquel tema de conversación. Hablar de sexo era una de las cosas que nunca hacía. El hecho de estar sentada en el reducido espacio del carruaje, tomando la mano de Owen por encima del montón de mantas, le producía una deliciosa sensación de bienestar e intimidad. Y sin embargo había también algo más, sensual y ardiente...

–Estás tergiversando mis palabras –lo acusó ella.

–Te suplico me perdones –adoptó un tono extremadamente cortés–. Corrígeme tú.

–Ahora te estás riendo de mí –refunfuñó.

–Por mi honor te juro que no.

Tess se atrevió a lanzarle una rápida mirada y descubrió que no podía borrar aquel brillo de diversión de sus ojos. Experimentó una extraña sensación cuando Owen entrelazó los dedos con los suyos.

–Te lo juro –añadió Owen–. Estoy... fascinado... de escuchar tus reflexiones sobre la relación que existe entre nosotros y sobre cómo podría cambiar si... er... hacemos el amor.

Tess se quedó sin aliento. Deseó que Owen no hubiera pronunciado aquellas palabras, ya que su mente las tradujo instantáneamente a imágenes eróticas. Estaba cada vez más acalorada. La sensación de vértigo se había trasmutado en una tensa espiral de excitación que le nacía en la boca del estómago. Entreabrió los labios. En ese momento no sentía miedo, sino una curiosa expectación.

Owen la estaba mirando con tanta intensidad que era como si la estuviera acariciando con los ojos. Con el pulgar le estaba rozando la palma de la mano, provocándole una riada de deliciosas sensaciones.

—Teresa —le dijo—. No me perderás, si es eso lo que temes. Seguiremos siendo los mejores amigos. Nuestro matrimonio simplemente será... —se interrumpió—. Diferente. Mejor incluso, si al final descubres que te gusta —le apartó delicadamente la melena del cuello—. Venero tu cuerpo —le confesó en voz baja, fija la mirada en la lenta y sensual caricia de sus dedos en su piel— a la vez que profeso mi más sincera admiración por tu mente.

«Mi mente», reflexionó Tess, aturdida, estaba en peligro de estallar en mil pedazos si él continuaba hablándole así.

«Venero tu cuerpo...». Experimentó un leve estremecimiento al evocar su propia reacción cuando la besó en el barco, recordando aquel tumulto de sensaciones que la asoló por dentro. Su cuerpo volvió a reaccionar al margen de su voluntad. Aquello la dejó consternada. En alguna parte conservaba un conocimiento, una capacidad, cuya existencia jamás había sospechado.

—Me gustaría adorar cada curva y cada rincón de tu cuerpo —le susurró Owen— con las manos y los labios... —esa vez sus labios buscaron su garganta y Tess sintió el eco de aquella caricia en la boca del estómago.

Las imágenes que en aquel momento arrasaban su mente la hicieron arder. No entendía lo que estaba haciendo

Owen, ni cómo podía hacerla sentirse así. Sus dedos estaban ahora en su mejilla y su contacto era maravillosamente cálido, tan dulce como sus siguientes palabras:

—No volverás a sentir ni miedo ni repugnancia. Te lo prometo, Teresa. No habrá más que placer.

El apretado nudo de calor que sentía Tess en el vientre se intensificó. De manera instintiva, buscó la caricia de aquellos dedos conforme recorrían su cuello.

—Me gusta tocarte —continuó Owen.

Había un timbre ronco en sus palabras que alteró los nervios de Tess. Y la sensación le gustaba. El descubrimiento la sorprendió, consternada como estaba por su propia reacción. Estaba acostumbrada a considerarse una mujer fría, pero aquel calor le corría por la sangre como una fiebre.

Por otra parte, no era menos cierto que desde el principio le había gustado que Owen la tocara. La palma de su mano en el empeine de su pie cuando le calzó el zapato que había perdido a la puerta del burdel. Su mano en su cintura mientras visitaban la galería de retratos. Se le contrajo el corazón en el pecho cuando fue consciente de la verdad. No solo le gustaba que la tocara... sino que además suspiraba por ello. Lo deseaba.

Cerró los ojos y dejó que el miedo escapara de su mente de manera que al final no quedó ya pensamiento alguno, solo sensaciones. Y cuando la boca de Owen reclamó la suya un segundo después, experimentó un placer tan dulce y ardiente que casi gruñó en voz alta. Reconoció su sabor y su textura.

Cuando sintió la punta de su lengua tentándola, entreabrió los labios y la dejó entrar, para perderse al instante en las misteriosas sensaciones que le producía cada deliciosa caricia. No estaba experimentando otra cosa que no fuera placer... Se apretó contra él, ávida, y lo oyó gruñir contra sus labios con una arrebatada necesidad que era un reflejo de la emoción que la consumía.

El carruaje se detuvo entonces de golpe, de manera que Tess prácticamente fue a parar a su regazo. Algo que por cierto tampoco le habría importado...

—Ya hemos llegado —anunció Owen con voz algo ronca—. Tentado estoy de pedirle al cochero que siga conduciendo en círculos, pero será mejor que no. No tengo mayor intención de consumar aquí nuestro matrimonio de la que tenía en el barco, y si no me controlo mínimamente... eso será exactamente lo que sucederá.

—Eres un hombre muy especial —comentó Tess, que permaneció sentada durante unos segundos más intentando analizarse a sí misma.

La sensación dominante era de extrañeza. Sentía su cuerpo como derretido de deseo, algo tan curioso como extraño. Los besos del barco parecían haber terminado demasiado pronto para ella, lo cual le había hecho querer más. Owen se había detenido antes de tiempo, al menos para su gusto. Ansiaba que volviera a besarla, que siguiera haciéndolo de manera meticulosa, apropiada... O quizás incluso *inapropiada*. Una punzada de frustración la atravesó de parte a parte.

—¿Vas a bajar? —Owen seguía esperando para ayudarla a bajar del carruaje.

—Supongo que sí —respondió ella, suspirando—. Aunque se me escapan los motivos por los que debería entrar en esa especie de cueva...

—Por la misma razón por la que quisiste subir al monumento del incendio de Londres o visitar Greenwich. Porque te gusta estar conmigo. Tú misma lo has dicho.

—Qué arrogancia —repuso ella, mordiéndose el labio para reprimir una sonrisa.

Owen la bajó al suelo y dejó las manos sobre su cintura durante unos segundos más.

—Tú sabes que te gusto, querida —murmuró, acariciándole la oreja con los labios—. Me lo acabas de demostrar ahora mismo.

–Es verdad –reconoció–. Lo confieso –tomándolo de la nuca, le hizo bajar la cabeza–. Creo –musitó contra sus labios– que estoy descubriendo algo que me gusta casi tanto como hacer turismo.

Besar a Owen al aire libre hizo que se sintiera tan despreocupada y traviesa como una adolescente. Había pasado mucho tiempo desde la última vez que se había sentido tan viva. Entreabrió los labios para facilitar un mejor encaje con la boca de Owen y disfrutar de las deliciosas sensaciones que volvieron a barrerla por dentro. De repente sentía tanta curiosidad por sentir aquellas cosas... Los fríos copos de nieve resbalaban hasta derretirse contra su rostro mientras un ardiente y sofocante deseo la consumía.

–Teresa –le dijo él, apartándose–, nos convertiremos nosotros mismos en una atracción turística si seguimos conduciéndonos así. Además... –la voz le cambió cuando la sintió estremecerse como consecuencia del mordiente frío del viento–... desde un punto de vista práctico, dentro estaremos más calientes.

–Tenía entendido que Greenwich era un lugar indecoroso –comentó Tess, dejándose guiar de la mano hacia la entrada de las cavernas–. Ahora sé que es verdad.

Un criado recibió el dinero de Owen y le entregó una vela. Tess lo siguió por unos empinados escalones, excavados en la roca. Conforme descendían bajo la bóveda encalada, el aire se hacía más caliente y las sombras más densas.

–Qué aterradoramente gótico –comentó Tess, estremeciéndose cuando reparó en la fantasmal blancura de las cavernas del fondo, iluminadas por la vela–. ¿Cuándo fueron descubiertas?

–Hará unos pocos años –respondió Owen–, aunque nadie conoce su origen. Quizá fuera una antigua cantera de los romanos –sostuvo alta la vela cuando llegaron al fondo y la luz natural quedó reducida a un simple punto en lo alto de sus cabezas–. Se celebran bailes aquí abajo. ¿Ves la araña?

Al ir Tess a alzar la mirada, una fuerte corriente de viento descendió por los escalones e hizo tintinear los cristales de la araña con una música fantasmal. Al mismo tiempo apagó la vela de Owen y, arriba del todo, la puerta por la que habían entrado se cerró de golpe. De inmediato la oscuridad se cernió sobre ellos como un manto denso, acompañada de un frío que parecía supurar de las paredes para calarles los huesos.

Tess se estremeció. De repente sentía mucho más frío del que hacía en realidad. Sus recuerdos estaban llenos de oscuridad, de una puerta cerrándose, de una luz bruscamente extinguida. Luchó contra el miedo, pero fue en vano. Emitió un leve jadeo de pánico.

Owen buscó su mano.

—¿Te encuentras bien? —le preguntó, preocupado.

—Sí —le castañeteaban los dientes—. Lo siento. Me aterra la oscuridad.

Owen maldijo en voz baja.

—Ha sido una estupidez por mi parte haberte traído aquí.

—¡No! —Tess le apretó la mano—. Tú mismo lo dijiste, Owen. No me puedo pasar la vida entera teniendo miedo.

La acercó hacia sí. Tess agradeció el reconfortante contacto de sus fuertes brazos en torno a su cuerpo aterido.

—Bajarán en seguida a buscarnos con una vela —le aseguró él.

—¿Cómo ha pasado?

—Una corriente de arriba, o quizá falta de oxígeno. Cualquiera de las dos cosas basta para apagar una vela.

Le rozaba la mejilla con la suya en medio de la oscuridad: un contacto fresco y algo áspero. Tess podía sentir su aliento abanicándole el cabello. Hasta que de repente sus sentidos se llenaron de su aroma, de su colonia, de la brea del barco, del aire fresco. Se sintió mareada. Recordó sus besos, la sensación de sus labios contra los suyos, el ardor del deseo y la arrebatadora necesidad de abrazarlo, de fundirse con su cuerpo.

Pero esa vez fue distinto. Tess vaciló por un momento antes de acercarse aun más y apoyar ambas manos sobre su pecho. Se apoyó en él, buscando instintivamente seguridad y consuelo. Se sentía segura y amada, y al mismo tiempo el corazón le saltaba dentro del pecho como si acabara de saltar a un abismo.

Sintió su pecho moverse bajo su mejilla. Sintió sus labios rozándole apenas una ceja, y su necesidad pasó de la búsqueda de consuelo a algo más agudo y ardiente. Era deseo. Rara vez lo había sentido antes. Ahora, en cambio, la consumía a cada momento.

Podía sentir el latido del corazón de Owen bajo sus dedos, y de hecho lo sintió acelerarse cuando se puso de puntillas para besar inexperta una comisura de su boca. La oscuridad resultaba íntima, tentadora. La animaba a ser valiente. Él la había besado antes, había llevado la iniciativa. En ese momento deseaba probarlo ella.

Tess lo oyó contener bruscamente el aliento y, en aquel preciso instante, se dio cuenta de que nunca había besado a un hombre y que tampoco sabía cómo hacerlo, sobre todo cuando ni siquiera podía ver lo que estaba haciendo. Se quedó pues inmóvil, paralizada de mortificación, con los labios a unos centímetros de su boca. Atrapada entre el deseo y la vergüenza, sintiendo cómo se calentaba su cuerpo de resultas seguramente de esta última, que no de la primera, estaba a punto de retirarse cuando Owen inclinó la cabeza.

—Piensas demasiado —susurró contra sus labios—. Solo hazlo.

Que no era tan mal consejo fue precisamente su último pensamiento coherente antes de que la boca de Owen reclamara la suya en la oscuridad. Tess experimentó un inmediato alivio que desapareció tan pronto como surgió, barrido por una marea de excitación y deseo tan intensa que le arrancó un gemido. No había esperado que fuera tan feroz; de hecho, la consumió por completo. La lengua de Owen estaba en su boca, enredándose con la suya en un beso tan íntimo que temió que fuera a derretirse. Sus manos estaban sobre sus hombros y la capa cayó al suelo. Tess sintió el cálido contacto de su palma en la cintura, atrayéndola hacia sí mientras profundizaba el beso con creciente avidez.

Tuvo que agarrarse a sus brazos para sujetarse y lo sintió moverse, y moverla a ella con él: la hizo retroceder hasta que la fría pared de la cueva entró en contacto con su espalda. Ardiendo y helado a la vez, su cuerpo se estremeció como si tuviera fiebre. Para entonces, Owen le sembraba de besos el cuello y ella giró la cabeza, pegando la mejilla a la roca, para facilitarle el acceso. Sus labios encontraron el diminuto hueco de la base de su cuello, después el borde del escote de su vestido, y ella se arqueó contra él con una necesidad puramente instintiva.

Deslizó las manos bajo su chaqueta, palpando el fino tejido de lino de la camisa y, debajo, los cálidos músculos de su espalda. Owen gruñó y ella experimentó una sensación de poder tan sumamente intensa que se sonrió de felicidad.

Los dedos de Owen recorrieron la curva de un seno por encima del corpiño, y el pezón se endureció al instante bajo su contacto. Tess sintió que le tiraba de la ropa, y a continuación una fría punzada de aire frío en su piel desnuda. La cabeza le daba vueltas; era algo impresionante, delicioso. No había sospechado nada. Y de repente su boca estaba precisamente *allí*... Sus pensamientos estallaron en asombrado deleite. Le flaquearon las piernas y pensó que iba a desmayarse. Owen la sujetó cuando ya se deslizaba hacia el suelo.

—Demasiado rápido —jadeaba tan fuerte que Tess apenas pudo discernir sus palabras. La sujetaba con fuerza, con su mejilla apretada contra la suya—. Teresa. Tenemos que tranquilizarnos...

Pero ella no quería. Lo único que quería en aquel instante era sentir su boca sobre la suya, sus manos sobre su cuerpo. Pero ya el placer se le escapaba, tan huidizo como agua resbalando entre sus dedos. Su acelerado pulso empezó a serenarse, igual que su respiración. No tenía ya miedo de Owen, pero se sentía insegura, inexperta y absolutamente consternada por sus propias reacciones y sensaciones.

—No me lo digas —murmuró mientras se esforzaba por recuperar el control—. No tienes intención de consumar nuestro matrimonio en una caverna a ochenta y cinco metros bajo tierra.

Lo oyó reír, todavía estremecida.

—Desde luego que no.

Surgió de repente la luz de una vela y se oyó la voz del criado llamando a Owen:

—¿Dónde estáis, señor?

Se separaron, desgarrado el capullo de intimidad que habían compartido. Tess se subió el corpiño y se agachó para recoger su capa y envolverse en ella con manos temblorosas. Se sentía confusa y desorientada. Su cuerpo seguía echando de menos el contacto de Owen, ansiando más. A luz que se iba acercando podía ver que tenía una expresión tensa, con la respiración todavía acelerada. Volvió a meterse los faldones de la camisa y se alisó la chaqueta, y Tess se dio cuenta con una punzada de sorpresa de que había sido ella la que había soltado aquellos botones en su desesperada necesidad por sentirlo lo más cerca posible.

Fue una suerte, reflexionó, que delante del nervioso criado pudiera achacar el rubor de sus mejillas y el temblor de sus manos a los efectos de haberse quedado encerrada en la oscuridad, que no al verdadero motivo. El hombre se deshizo en disculpas, preocupado quizá por su propina.

—No sé lo que ha sucedido, milord. Se levantó corriente y la puerta se cerró de golpe…

Tess escuchó distraída las seguridades que Owen dio al criado acerca de que no tenía la culpa de nada, y subió apresurada los escalones hacia el cuadrado de luz que se distinguía en lo alto. Aunque a esas alturas nevaba copiosamente, aspiró varias bocanadas seguidas de aire fresco.

—¿Te encuentras bien? —le preguntó Owen mientras la ayudaba a subir al carruaje.

Se sentó algo temblorosa en el asiento de terciopelo. Su contacto volvía a resultarle cálido, consolador. La aceleración de su pulso había remitido, lo mismo que las turbulentas sensaciones que tanto la habían agitado. Volvía a sentirse segura.

—¿Qué ha pasado? —inquirió—. ¿Qué es lo que ha sucedido entre nosotros?

Owen parecía malhumorado, casi como si estuviera furioso.

—Deseo —respondió, lacónico—. Y falta de control por mi parte.

Tess reflexionó sobre ello.

—Yo nunca antes había sentido deseo. Qué extraordinario. Me ha gustado —admitió.

La expresión de Owen se iluminó un tanto.

—Cuando quieras volver a experimentarlo, ya sabes...

Tess se echó a reír.

—Gracias, pero creo que al final la cosa me ha superado.

—No has sido la única —masculló el.

Tess se quedó viendo como arreciaba la nevada, con los brezales convertidos en una suerte de neblina blanca bajo un cielo gris peltre. Sabía que tenía que tomar una decisión. Podía refugiarse en la cautela o podía correr el riesgo. Los dos sentimientos la atraían cada uno en una dirección: el profundo y familiar miedo frente a un nada habitual escalofrío de deseo y lujuria.

No había querido aprender nada sobre la intimidad física. En ese momento, en cambio, sí que quería. Deseaba superar sus miedos y entregarse confiadamente a él.

Pobre Owen. Qué pesada responsabilidad la suya, para cargarla sobre un hombre... Una triste sonrisa se dibujó en sus labios.

–Lo siento –dijo justo cuando el carruaje se balanceaba por culpa de un bache en el camino cubierto de nieve–. Todo este asunto tiene que suponer una gran tensión para ti.

La radiante sonrisa que iluminó sus ojos le aceleró el corazón. La acercó levemente hacia sí, hasta que su cuerpo quedó prácticamente tocando el suyo.

–Creo firmemente que el esfuerzo merece la pena –le dijo, y le dio luego un rápido, brusco beso que le quitó el aliento–. Pero sí –añadió, irónico– es como intentar atravesar con la *Bruja del mar* el estrecho de Las Agujas. Un movimiento en falso y naufragas.

Tess soltó una espontánea carcajada.

–¿Me estás comparando con un naufragio? –le acarició la mejilla–. Yo estaba pensando más bien en términos de tensión relacionada con tu capacidad de autocontrol.

–Muy generoso por tu parte –dijo Owen, ladeando la cabeza y besándole los dedos–. Eso también. Definitivamente poseo menos autocontrol del que pensaba que tenía.

La besó de nuevo, más lenta y sensualmente esa vez, hasta que Tess se sintió como si se estuviera derritiendo de pura delicia. Se apartó, sin embargo. Las pupilas de Owen se habían oscurecido por la intensidad de su deseo. El corazón le dio un vuelco en el pecho. Entregarse confiadamente a él... No sabía si tendría el coraje necesario.

«Piensas demasiado», le había dicho él. «Solo hazlo».

Era un buen consejo. Los nervios le cerraron la garganta. Pero la decisión estaba tomada. Había llegado el momento de que abriera la puerta y ahuyentara de una vez por todos aquellos oscuros recuerdos. Había llegado la hora de salir a la luz.

Iba a seducir a su esposo. Y pensaba hacerlo aquella misma noche.

Sentado en la otra esquina del carruaje, Owen observaba a Tess mientras se dirigían de regreso a la posada Old George, en Greenwich, para cenar. Estaba vuelta totalmente hacia la ventanilla, con lo que él no podía verle la cara. Dado que era casi de noche y que a esas alturas la nieve caía como un oscuro sudario, dudaba que pudiera ver gran cosa del brezal.

Se preguntó si aquellas tácticas de evasión se deberían a que era tímida, y a que se hallaba además afectada por lo que había sucedido entre ellos en las cavernas. No le parecía probable, dado lo incendiario de su reacción, y esperaba que no fuera ese el caso. Había leído la perplejidad en su rostro cuando volvió a iluminarlo la vela. El asombro y la consternación se habían dibujado en sus ojos, pero no el temor ni el miedo. Tess estaba descubriendo algo que nunca había conocido, que la asombraba descubrir que le gustaba tanto, y, si era sincero, él había quedado igualmente sorprendido por lo bien dispuesto y desinhibido de su respuesta. Reprimió una sonrisa. Nunca se había visto a sí mismo en un papel de tutor, de maestro: las mujeres que había conocido habían sido tan experimentadas como él. Pero aquella tesitura resultaba excitante. Iniciar a Tess en el placer físico, verla deleitarse con el descubrimiento, se le estaba subiendo a la cabeza y a otras fundamentales partes de su cuerpo. Y eso que apenas habían empezado. Muy pronto, si no llevaba cuidado, se creería un regalo caído del cielo para las mujeres.

Muy pronto Tess lo estaría empujando hacia el abismo de la locura.

Se había prometido a sí mismo y le había prometido a ella que se tomaría el asunto con calma, pero las dos veces en que Tess había reaccionado con tanta pasión casi le habían hecho perder el control: lo habían tomado por sorpresa. La había subestimado. Tal vez Tess estuviera dañada por lo que había sucedido en el pasado, pero tenía la suficiente valentía como para intentarlo de nuevo.

Se dio cuenta de que la estaba observando y sus miradas se encontraron. Ella le regaló una sonrisa que nunca antes había visto en sus labios: una sonrisa cargada de promesa, maliciosamente tentadora. Owen se dio cuenta entonces con asombro de que no había estado evitando su mirada porque fuera tímida, sino más bien al contrario. Había estado explorando todo tipo de decadentes pensamientos. Se sentía intrigada por lo que había sucedido entre ellos, que no repugnada.

El aire del interior del carruaje pareció arder de repente. Owen sintió cómo su cuerpo empezaba a excitarse. Quiso agarrarla, tumbarla sobre el asiento y hacerle el amor con frenesí. La necesidad que sentía por ella lo agarró del pescuezo con tanta fuerza y rapidez que se quedó aturdido.

«Diablos. ¿Cómo es posible que sea capaz de provocarme este efecto con solo un par de besos?», se preguntó.

Aquello iba a ser terriblemente difícil. No lo había sospechado en absoluto, y ahora ya estaba comprometido. Estaba ligado por su honor a conducirse con la debida lentitud.

—¿Falta mucho para la posada? —le preguntó Tess, toda inocente—. Estoy muy hambrienta.

Owen volvió a maldecir para sus adentros: él también lo estaba. Procuró no pensar en las muchas y diversas maneras en que le habría gustado saciar aquel hambre.

Capítulo 13

Era peligroso para Tom Bradshaw aventurarse por Mayfair, donde tantas personas podrían reconocerlo y donde tantas también querrían verlo arrestado, juzgado y ahorcado. Pero todavía era más peligroso mantenerse alejado de allí, porque sabía que su destino se acercaba. Era el final del juego.

Había estado siguiendo a Justin Brooke durante todo el día, anotando los lugares a los que iba y la gente con la que se encontraba. En ese instante, su labor de seguimiento lo había llevado hasta aquella destartalada casa de Dover Street, encajonada discretamente entre el hotel Green y el club Dragón. Se deslizó hasta la parte trasera, escaló el muro con notable agilidad y fue a parar a una terraza cubierta de nieve, a la que se abrían las polvorientas ventanas de una biblioteca.

Había tres hombres en la habitación, encorvados en torno a una mesa cerca del fuego. Tom ya había sabido que Brooke estaría allí. Un segundo hombre fue exacta y desdeñosamente identificado como Catesby, uno de los más traicioneros agentes de lord Sidmouth.

Sidmouth nunca habría asistido en persona a una reunión así, por supuesto: querría disponer de una perfecta coartada para poder negar con fundamento, llegado el caso, su implicación en aquellas intrigas. Pero él sabía que el Secretario de Estado estaba involucrado. Y hasta el cuello, de hecho.

El tercer hombre era un desconocido para Tom, lo cual excitó su interés. No era joven pero tampoco viejo. Tenía un rostro caballuno, enmarcado por un cuello de camisa de picos excesivamente altos, con un ridículo chaleco de dandi y un cuerpo larguirucho derrumbado en una de las viejas mecedoras. Quizá fuera caballero de nacimiento, aunque ningún caballero que se preciara habría aceptado formar parte de aquel grupo tan infame.

Tom observó como Brooke sacaba de un bolsillo algunos dibujos y los extendía sobre la mesa. El espía de Sidmouth se inclinó sobre ellos como un halcón. El dandi recogió uno, lo examinó perezosamente y volvió a dejarlo con una risotada. Tom pegó el rostro todo lo que pudo a la ventana: incluso desde allí fue capaz de distinguir las caricaturas con sus enérgicos trazos y la arrogante rúbrica de Júpiter. En un primer momento se sorprendió de que Rothbury hubiera ignorado su advertencia, y no hubiera alertado a Tess del peligro en que se encontraba si continuaba actuando como caricaturista del movimiento radical. Pero luego la verdad lo impactó como si hubiera recibido un puñetazo en la boca del estómago. Aquellos dibujos no debían de ser de Tess, sino de Emma. Justin Brooke debía de haber persuadido a su hermana de que asumiera el papel de Júpiter como caricaturista de la facción radical, y Emma, siempre tan dispuesta a defender las causas en las que creía, habría consentido. Emma ya había corrido suficiente peligro antes, con su mera asistencia a las reuniones políticas. Convirtiéndose en Júpiter, el emblema de los radicales, se situaba a sí misma directamente en la línea de fuego.

El espía de Sidmouth se estaba dirigiendo a Justin, acribillándolo a preguntas. Por lo que Tom pudo entender, pensaban utilizar las caricaturas para incitar a la violencia en el próximo gran mitin radical que se celebraría a la semana siguiente. Pero eso no era todo. Sidmouth quería capturar a Júpiter, la cabeza visible y bandera del movimiento, y Brooke no cesaba de asentir con la cabeza. El dandi del chaleco de brocados dorados pareció despertarse como una marioneta a la que hubieran movido los hilos y se inclinó hacia delante: había sido el nombre de Tess Rothbury lo que había despertado su interés. Catesby estaba hablando en aquel instante sobre cómo podrían utilizar las caricaturas para atrapar y arrestar a Tess, y Brooke pareció como si quisiera protestar, pero al final quedó desplomado en su asiento, pálido, y no dijo nada.

Tom se daba cuenta de que Brooke había traicionado a Tess, tal y como había sospechado que haría. Y ahora el espía de Sidmouth sabía también que Emma había sido cómplice de las caricaturas, lo que hizo que el corazón de Tom se encogiera de terror: Sidmouth era implacable, Emma se encontraba en un terrible peligro y además había sido precisamente su hermano quien la había colocado en aquella situación.

Una marea de desesperación lo anegó por dentro. No sabía cómo alertar a Emma. Sabía que nunca creería una sola palabra que le dijeran en contra de su hermano, y menos si la advertencia procedía de él. Emma se había negado firmemente a verlo y Tom sabía que Brooke, que había orquestado desde el principio su expulsión de la vida de Emma, la había envenenado completamente en su contra. Y, sin embargo, a pesar de todo ello, tendría que ser él quien la persuadiera de la perfidia de su hermano antes de que fuera demasiado tarde. El problema era que no tenía la menor idea de cómo hacerlo.

Tess no tenía hambre. Sabía que estaba desperdiciando una comida bien sabrosa, pero no podía evitarlo. Casi desde que tomó la decisión de despedir a Owen se había sentido eufórica a la vez que aterrada, completamente incapaz de probar bocado. La naturaleza también parecía estar conspirando contra ella; para cuando llegaron a Greenwich, la nevada les había impedido regresar a Londres y se habían visto atrapados en la posada Old George con la obligación de dormir allí.

El salón de la posada estaba deliciosamente caldeado, con un buen fuego de chimenea que había ahuyentado el frío que Tess había pasado en las cavernas y durante el trayecto hasta allí. El pastel de carne olía maravillosamente bien, y además estaba la sopa caliente para tentarla, en caso de que no lo hiciera aquel plato. El dueño se había acercado dos veces a su mesa, frunciendo progresivamente el ceño al ver que no había tocado la comida y probado apenas su café.

—Convertirás a ese pobre hombre en el más desgraciado del mundo si termina pensando que su comida no es lo suficientemente buena para la vizcondesa Rothbury —Owen se había quitado la chaqueta y estaba sentado frente a ella, los codos sobre la mesa y la camisa arremangada, mostrando sus musculosos brazos cubiertos de un vello dorado. Su tono era alegre y desenfadado, pero en sus ojos había la misma concentrada intensidad con que no había dejado de mirarla desde que llegaron.

Tess sintió que algo se apretaba en su interior, se soltaba y volvía a apretarse, y descubrió que el último bocado de pastel se había convertido en serrín en su paladar.

—La culpa es tuya —quiso aparentar enfado, pero las palabras sonaron demasiado débiles para contener alguna autoridad. Soltó un tembloroso suspiro—. No has dejado de mirarme. Como lo estás haciendo ahora mismo.

Una sonrisa que ella solo pudo calificar de petulante se dibujó en los labios de Owen.

—¿Y por eso has perdido el apetito? —le preguntó.

—Sí, maldito seas —apartó su plato, derramando un poco de sopa—. Tengo apetito. Estoy muerta de hambre, de hecho. Pero cuando me miras de esa forma, me pones nerviosa.

—Lo siento —volvió a mirarla de una forma que le aceleró el pulso—. No tienes nada que tener —y se estiró perezoso, de manera que Tess pudo distinguir el dibujo de sus músculos bajo la camisa—. He reservado habitaciones separadas.

—Yo no quiero una habitación para mí —protestó Tess—. Quiero pasar la noche contigo —se sentía acalorada, avergonzada, y sin embargo sentía una punzada de excitación en el estómago, afilada como una navaja barbera. Tragó saliva, convulsa. Las palabras ya las había pronunciado. Que él hiciera lo que quisiera con ellas.

Owen se había quedado inmóvil. Bajó la jarra de cerveza que acababa de levantar.

—Si lo que te preocupa es quedarte sola en la habitación, puedo asegurarte que esta es una posada muy respetable.

—Por favor, no seas obtuso —le susurró ella—. No quiero una habitación. Quiero dormir contigo y que hagamos el amor.

Juntó las manos: las sentía ligeramente húmedas. Sentía extraño todo su cuerpo, consciente del contacto de su propio vestido como de una caricia en la piel. Estaba quemándose por dentro, en parte de nervios, en parte de perverso deleite. No sabía si era una locura asumir semejante riesgo y confiar en Owen cuando estaba tan insegura de todo. Lo único que sabía era que su instinto la empujaba a entregarse a él. Había estado sola durante diez largos y estériles años y ahora eso podía cambiar con que diera un salto de fe.

Owen parecía completamente aturdido. A la luz del fuego, Tess estudió su expresión: había asombro en ella, pero también tentación. Sintió una chispa de esperanza.

—Teresa —le dijo—. Es demasiado pronto.

—Diez años no es demasiado pronto —replicó.

Owen se frotó la frente.

—Esta mañana querías el divorcio.

–En realidad no lo quería, pero el miedo se ha convertido en una costumbre para mí. Estaba acostumbrada a huir, pero tú me has hecho quedarme y enfrentarme al problema –abrió los brazos en un gesto de súplica–. Owen, si esperamos yo me pondré aun más nerviosa, no menos. Estaré siempre preocupándome por lo que sucederá cuando finalmente tú... nosotros... –se interrumpió, buscando las palabras–. Cuanto más tardemos, peor será.

–Así que lo quieres es superarlo, pasar la experiencia cuanto antes –murmuró Owen con expresión impasible.

–Es como montar a caballo... –Tess volvió a interrumpirse, ruborizada–. Bueno, quizá se trate de una comparación desafortunada, pero lo que quiero decir es que debí haberlo vuelto a intentar mucho antes, en lugar de convertirme en prisionera de mis propios miedos. Pero hasta ahora no había conocido a nadie en quien confiara lo suficiente para que me hiciera el amor –alzó la mirada hacia él–. Por favor, no me rechaces.

Podía percibir el conflicto que Owen estaba viviendo por dentro.

–Teresa –le dijo al fin–. Maldita sea, yo solo estoy intentando hacer lo más adecuado, lo correcto.

–Esto es lo correcto –le aseguró ella al tiempo que se inclinaba sobre la mesa para acercarse a él y besarlo en la boca–. No podría serlo más –susurró contra sus labios.

Por un instante, Owen no respondió, pero luego alzó una mano para tomarla suavemente de la nuca y le devolvió el beso. Un beso tan dulce como apasionado.

Para su sorpresa, sin embargo, terminó apartándola.

–No, Teresa.

Pero Tess no estaba dispuesta a darle la oportunidad de que volviera a rechazarla. Levantándose, fue a sentarse en su regazo y lo besó de nuevo, al tiempo que deslizaba una mano bajo su camisa para buscar la piel caliente de su pecho.

–Sabes que me deseas. Owen, por favor...

Owen soltó un leve gruñido. El calor y la luz de su mirada eran tan intensos que la abrasaron, llenándola de una excitación que eclipsó su miedo.

–Por favor –musitó de nuevo.

Owen emitió un inarticulado sonido que Tess interpretó como un estímulo para volver a besarlo. Se acurrucó contra su pecho mientras sentía que su resistencia flaqueaba. Owen la atrajo hacia sí con súbita necesidad y un segundo después la estaba besando profunda, desesperadamente. Fue como si una luz estallara de pronto en la mente de Tess, a manera de una lluvia de estrellas, haciéndola sentirse no ya temerosa, sino fieramente feliz.

–Oh, gracias a Dios –murmuró cuando él interrumpió el beso y ella fue capaz de volver a respirar–. Al fin...

La besó de nuevo: fue algo gozoso y perverso a la vez. Tess abrió la boca ante sus demandas y el deseo se apoderó completamente de su ser.

Poco después, Owen se apartaba para apoyar la frente contra la de ella. Respiraba fuerte.

–Puedes cambiar de idea cuando quieras, ya lo sabes –había diversión, deseo y una profunda comprensión en sus ojos que la dejó conmovida.

–Sí. Y no cambiaré de idea. Piensas demasiado –le dijo, sonriendo. Y le hizo bajar la cabeza para reclamar otro beso.

–Aquí no –volvió a soltarla tras otro largo y apasionado lapso–. Arriba.

Era una suerte que la noche fuera tan inclemente y que, de tan pocos huéspedes como había en la posada, no tropezaran con ninguno mientras subían la escalera de caracol que llevaba a la habitación. El dormitorio tenía una cama enorme, alta. Las cortinas estaban cerradas a la noche nevada y el ambiente era de una cálida intimidad, con una única vela ardiendo y el resplandor de la chimenea.

Owen cerró la puerta y se volvió para mirarla. Tenía un aspecto maravillosamente desaliñado, pensó Tess, con la camisa abierta y el pelo caído sobre la frente. El pulso le martilleaba en las venas: los nervios y la expectación se enredaban inextricablemente en el nudo que le apretaba el estómago.

–¿Tú también estás asustado?

Owen se echó a reír.

–Sería ciertamente inusual que un hombre admitiera tal cosa.

–Tú eres un hombre inusual –replicó ella–. ¿Y bien?

–Un poco –le acarició un tirabuzón rojizo que reposaba en la base de su cuello–. Es una responsabilidad, a la vez que un privilegio.

No era sin embargo una responsabilidad que tuviera mucha prisa en consumar, reflexionó Tess. La llevó hacia la cama y la besó hasta dejarla aturdida y deseosa. Hasta que ella, ebria de necesidad, experimentó el impulso de despojarse de la ropa como si fuera una intolerable imposición.

–Necesito... –forcejeó un tanto por liberarse.

Owen la soltó de inmediato, para quedársela mirando expectante. Estaba pálido y jadeaba.

–Deshacerme de mi ropa –terminó ella, viendo como se relajaba su expresión.

–Yo puedo ayudarte –se ofreció con una traviesa sonrisa–, pero te advierto que como doncella de compañía soy un desastre.

–No importa –empezó a desabrocharse los botones de su corpiño. Las manos le temblaban y fracasó más de una vez por culpa de su propia impaciencia, que se sumaba al estremecimiento de deseo que la recorría por dentro.

Owen observaba el movimiento de sus dedos, con la cabeza baja y la expresión intensa y concentrada. Tess alzó la mirada.

–Creía que te habías ofrecido a ayudarme...

Sus métodos, reflexionó ella, eran tan directos como el hombre mismo. Directos e intensamente excitantes. La tumbó en la cama, le abrió el corpiño y desató los lazos de su camisola. Tess sintió sus manos cálidas en sus hombros desnudos mientras deslizaba la tela a lo largo de las curvas de sus senos. Se quedó muy quieta, agradablemente sorprendida, disfrutando de la fresca caricia del aire en su piel desnuda, absorbiendo al mismo tiempo el calor y el deseo de la mirada de Owen.

—Eres tan preciosa...

Lo dijo con un tono casi reverente. Recorrió con las manos cada curva de su cuerpo, adorándolo tal y como antes le había prometido. Le sembró el cuello de besos leves como caricia de pluma, para continuar luego con el delicado dibujo de su clavícula. Acarició su piel acalorada con la lengua. Y Tess descubrió que deseaba arquearse, ir al encuentro de la maestría de su contacto.

Owen inclinó la cabeza hacia sus senos y se detuvo de pronto, a unos pocos centímetros de su pezón. Un segundo después, Tess volvió a encontrarse en la caverna de Blackheath, evocando sus besos. El recuerdo pareció conjurar en ella una ardiente excitación, y ya no pudo evitarlo por más tiempo: se arqueó hacia su boca y emitió un gemido quebrado cuando Owen se apoderó del pezón con los labios.

Deseaba más. Más de aquella sensual caricia de su lengua, más de la manera provocativa en que le mordisqueaba la piel, más de aquel extraordinario placer. Nunca había imaginado nada semejante.

—Sabes de maravilla —Owen alzó levemente la cabeza—. Quiero devorarte.

Y lo hizo. Con diminutos besos y mordiscos que le pusieron de gallina la piel de los senos, mientras la mordía suavemente para después aliviar con la lengua el daño hecho. Hasta que Tess gruñó de éxtasis y se retorció bajo las sábanas, sintiendo el sensual contacto de la colcha de brocado bajo su espalda desnuda

—Debí haberme afeitado —dijo Owen, apartándose de

nuevo para contemplar el leve enrojecimiento de la sensible piel de sus senos.

—No —dijo sincera—. Así es mejor.

Echándose a reír, se tumbó a su lado.

—Querida mía —la besó profunda y ardientemente. Su mano sustituyó a sus labios en un seno, provocando con los dedos el duro pezón hasta que ella empezó de nuevo a retorcerse de placer.

Tess quería ya que se diera prisa, suplicarle que le hiciera el amor: tan demandante y abrasador era el deseo que la devoraba por dentro. Las piernas se le enredaban en la falda y en la enagua. Se sentía como aprisionada por aquellos pliegues de tela insoportablemente pesados.

—Por favor... —la palabra escapó de su boca antes de que pudiera evitarlo, y vio que sus labios esbozaban una sonrisa de deleite.

—Te gusta —sonaba aliviado. Le lamió la parte inferior de un seno y ella soltó una carcajada, por las cosquillas, que acabó en gemido.

El verbo «gustar» no hacía justicia a lo que estaba sintiendo. Estiró una mano hacia su pantalón, para forcejear con sus botones. Y lo oyó sisear de puro asombro.

—Teresa... —había un matiz brusco en su voz, la advertencia de que, si no estaba segura de lo que estaba haciendo, lo mejor que podía hacer era detenerse.

Pero ella no tenía miedo. Analizó sus propias sensaciones y supo que había vencido. El miedo había sido ahuyentado por el deseo. Quería tocarlo. Necesitaba tocarlo.

Se incorporó sobre un codo para volverse hacia él y le bajó el pantalón. Su falo quedó libre: duro, liso y caliente en la palma de su mano. Indudablemente no era impotente, y ni siquiera se acordaba ya de los motivos que había tenido para querer que lo fuera.

—Ah... —su ahogada exclamación hablaba de lo cerca que estaba de perder el control.

—Quédate quieto —le acarició la oreja con los labios.

Podía sentir la tensión de cada músculo de su cuerpo–. Tienes que ser paciente conmigo, Owen. ¿Recuerdas? Me diste permiso para explorarte –deslizó una mano todo a lo largo de su miembro para subrayar sus palabras y lo sintió estremecerse. Era tanto el poder que tenía sobre él en aquel momento... Le encantaba. Ensayó otra caricia, desde la base hasta la punta. Seguidamente se lo apretó.

La mano de Owen se cerró entonces sobre su muñeca como una cincha de hierro.

–Ahora no, a no ser que quieras matarme –lo dijo como si estuviera verdaderamente desesperado. Cerraba los ojos con fuerza y parecía como si estuviera haciendo complicados cálculos mentales. Aflojó la fuerza con que le sujetaba la muñeca–. Probablemente no lo entiendas... –le dijo– pero no dudaría ni dos minutos más si ahora volvieras a tocarme.

Quizá no lo hubiera experimentado nunca antes, pero Tess se hizo perfectamente cargo de su predicamento. Bajó entonces la mano para apoderarse de la bolsa de sus testículos, solo para comprobar la verdad de sus palabras.

–Mentiroso –murmuró contra la acalorada piel de su cuello.

–Ah... –el gruñido le surgió de lo más profundo. Rodó sobre ella para aprisionarla con su peso, enterró los dedos en su pelo y la besó con violenta pasión.

Por un instante experimentó una chispa de miedo ante el poder puramente físico que Owen estaba ejerciendo sobre ella. Su mente hizo un intento de vagar hacia aquellos oscuros lugares, hacia la violencia y sujeción que antes había sufrido. Pero al mismo tiempo estaba empezando a descubrir que una dominación tal, la de tomar al otro sin su consentimiento, era algo que nada tenía que ver con el amor. Porque con Owen era distinto: su beso contenía una demanda que ella misma anhelaba satisfacer. En aquel preciso instante, además, le estaba acunando el rostro y besándola con ternura. Y con una seducción tan persuasiva que pudo sentir como su cuerpo tenso se ablandaba de nuevo, consentidor, para deslizarse luego por la fácil ruta del deseo.

Owen le besó el cuello, la sensible piel de detrás de una oreja, las caras exteriores de sus senos y después el valle que se abría entre ellos. Tess se retorcía de placer. La falda enredada inmovilizaba de manera insoportable la mitad inferior de su cuerpo. Se sentía demasiado acalorada, demasiado constreñida.

Una mano de Owen descendió por la desnuda piel de su estómago hasta llegar al borde de su vestido, enredado en torno a su cintura. Tess sintió la tensión de sus músculos en lo más profundo de su vientre. *Ahora*. Tenía que desembarazarse de aquella horrible ropa.

–Quítamelo. *Por favor*.

Lo oyó reírse del desesperado tono de súplica de su voz. Aunque podía escucharse a sí misma, tan deseosa y descontrolada, no se sentía en absoluto avergonzada de la profundidad de su desesperación.

–De acuerdo, entonces. Si me lo pides con tanta educación...

Se sentía todo menos *educada*. Se sentía excitada, salvaje, asombrada y deleitada a la vez. Todas aquellas sensaciones deberían haberla asustado, y sin embargo no era así. Tenía el torso desnudo, expuesto al aire frío, a la luz de la vela y a la mirada de Owen. La mitad inferior de su cuerpo estaba lastrada por sedas y linos, incapaz de hacer otra cosa que no fuera agitarse inquieta por culpa de aquella insufrible presión.

Hasta que al fin sintió que los lazos que ataban su falda se aflojaban. Algo se removió, cedió la presión, y de pronto sintió la frialdad del aire en las piernas.

–Me temo que se te ha arrugado el vestido –el tono de Owen sonaba cortés, pero no especialmente arrepentido.

–No me importa.

Sintió la cálida mano de Owen en un tobillo y después

en la curva de la pantorrilla. Seguía llevando sus medias; los dedos alcanzaron el borde de la liga y allí se detuvieron. Se agitó, desesperada: no pudo evitarlo. El tiempo parecía girar en remolino mientras ella permanecía suspendida en el tormento de la espera. Hasta que la mano de Owen continuó su recorrido hasta la sensible piel de la cara interior del muslo. Llegó hasta su ropa interior más íntima y otra vez se detuvo.

Aquello era sencillamente intolerable.

La besó, acariciándole la lengua con la suya, explorándola en profundidad, y Tess sintió que la mente empezaba a darle vueltas. Tardó un momento en darse cuenta de que aquella pieza de lencería había desaparecido también, junto con las medias. No se había enterado.

—Oh —exclamó impresionada—. Eres muy bueno en esto…

Los labios masculinos se curvaron en una sonrisa, pero las pupilas de sus ojos estaban oscurecidas, la mandíbula tensa y apretada, y solo entonces se dio cuenta Tess con sorpresa del férreo control al que se estaba sometiendo. No tenía prisa alguna. La estaba esperando a ella, paso a paso. Sus dedos se movían delicada y persuasivamente, hasta que por fin alcanzaron el corazón de su feminidad.

Se arqueó de nuevo, gritando de asombro y maravilla, mientras cascadas de sensaciones anegaban su cuerpo. La acarició una y otra vez, con sutiles movimientos, hasta el punto de que Tess casi temió que fuera a partirse en dos. Estaba disfrutando de la manera más deliciosa y lascivamente imaginable. Solo que a quien quería era a Owen, más allá de aquel deslumbrante placer. Ese fue su último pensamiento antes de que la luz explotara en su cerebro y su cuerpo se viera barrido por una inefable marea de gozo.

Cuando recuperó nuevamente el sentido, estaba en brazos de Owen, piel contra piel. La acercó hacia sí y estrechó su cuerpo contra el suyo, besándola con persuasiva ternura.

—¿Te ha gustado esto también?

Tess podía sentir su duro miembro presionando contra su muslo y se quedó muy quieta, asimilando el pensamiento de que estaba desnuda junto a un hombre por primera vez en diez largos años. Se permitió pensar en la última ocasión en que había ocurrido, pensar en ello de verdad, cuando hasta entonces siempre había ahuyentado aquellos recuerdos antes siquiera de que cobraran forma en su mente. Se le llenaron los ojos de lágrimas, no por lo que le había pasado, sino por lo muy distinta que había sido aquella última experiencia, por la ternura y la maravilla que acababa de experimentar. Owen le apartó los rizos enredados de una mejilla, rozándosela suavemente con las yemas de los dedos.

—¿Te encuentras bien? —le preguntó, y ella asintió con la cabeza.

Ahora que el momento había llegado, se daba cuenta de que había estado equivocada al imaginar que todo aquello sería fácil solo porque deseaba a Owen. De la misma manera que se había equivocado al pensar que saldría mal.

—No será perfecto —le advirtió él después de besarla en una comisura de la boca.

Tess le sonrió.

—Te estás haciendo una injusticia a ti mismo —pensó que ya era perfecto, al margen de cómo terminara.

—Ya lo veremos —esa vez se apoderó completamente de sus labios.

La besó hasta dejarla nuevamente encendida y temblando, reavivada la necesidad que latía entre ellos, y continuó besándola hasta que Tess no pudo pensar ya en nada más y tampoco quiso. Sus cuerpos estaban íntimamente enredados, húmedas y acaloradas sus pieles allá donde se tocaban. Era una sensación tan maravillosamente decadente que anheló dejarse arrastrar y devorar por ella.

Owen subió una mano hasta su seno, y el cuerpo de Tess, ya convulso, deseoso de más, volvió a arquearse mientras una nueva oleada de necesidad estallaba en su interior. Abrió las piernas y él se acomodó entre ellas. Se tensó, a la espera de que entrara de una vez, pero en lugar de ello retrocedió de modo que su cabeza quedó entre sus muslos.

—Ah... —su voz apenas era un susurro—. Tan hermoso... Pura seda.

Plantó una mano abierta sobre su vientre, presionándoselo ligeramente con la palma para abrirla todavía más, y empezó a acariciar acto seguido el dulce centro de su feminidad. El cuerpo de Tess dio un respingo y su mente estalló en una pura sensación de asombro e incredulidad. Nuevamente Owen la saboreó y ella perdió hasta el último vestigio de pensamiento racional. Solo podía sentir: sentir el placer elevándose en su interior mientras aquella lengua se hundía cada vez con mayor profundidad. Gimió en voz alta, retorciéndose bajo la renovada caricia de sus manos. Aquello era imposible de soportar, pensó débilmente. Y sin embargo su cuerpo seguía acudiendo al encuentro del contacto de Owen; tal parecía que tuviera una voluntad y un conocimiento propios, algo que nunca había imaginado, y que sin embargo comprendía en ese momento con una sabiduría tan arcana como el tiempo mismo.

Owen se adelantó entonces y se cernió sobre ella, retirándose lo suficiente para acariciarle el sexo con la punta de su miembro. Una vez, dos veces, hasta una tercera mientras Tess se retorcía bajo su cuerpo. Lo agarró en un intento por conseguir que se quedara quieto, y él, para su enfado, se echó a reír. Manteniéndose donde estaba, se inclinó para besarla con inefable ternura.

—Paciencia —le susurró con un brillo travieso en los ojos.

Tess le clavó entonces las uñas en los hombros y lo oyó gruñir antes de deslizarse en su interior, lenta y profundamente.

No tuvo nada que ver con lo que recordaba. No se pareció a nada que hubiera experimentado. Fue un contacto duro y suave, delicioso y ardiente. Algo gloriosamente íntimo y tan honesto que sintió que el corazón se le contraía de maravillado estupor.

Owen se detuvo para permitir que el cuerpo de Tess se adaptara debidamente, antes de retomar un largo y prolongado ritmo que parecía arrancarle el alma del cuerpo. Tess observaba su rostro mientras se movía, su expresión concentrada e intensa, transfigurada de deseo, y se sorprendió de que pudiera suscitar ese efecto en un hombre semejante. Ser capaz de proporcionarle tanto placer la llenaba de un asombro reverencial.

Aun sabiendo que, para ella, no iba a funcionar de la misma manera.

Se sentía maravillosamente bien, y sin embargo no bastaba para que se abandonara por completo a él. Había recorrido un largo camino, pero todavía no había llegado lo suficientemente lejos. El profundo, delicioso placer empezaba a abandonarla. Y experimentó entonces la primera punzada de desánimo y desesperación.

Owen se dio cuenta al momento. Se inclinó para besarla:

—Tienes que confiar en mí, Teresa —su voz era una ronco murmullo—. No luches contra mí. Estamos del mismo lado.

Tess se preguntó si sería capaz de rendirse. Era como si tuviera que renunciar a todo, entregarse en cuerpo y alma a Owen. Quería hacerlo, lo ansiaba, pero la última satisfacción parecía burlarse de ella, evitándola y frustrando sus intenciones.

Estaba sin embargo a un paso de ceder. Hasta que, en un determinado momento, Owen inclinó la cabeza para lamerle un pezón, y un chorro de fuego atravesó su seno para hundirse en lo más profundo de su vientre. Por un fugaz instante, se olvidó hasta de pensar. Luego él repitió la caricia, rozando esa vez con su cabello la sensible piel, arrasándola con su boca ardiente e implacable, y ella gimió. Su mano apareció de pronto allí donde se fundían sus cuerpos, inflamándola. Y, con la misma rapidez, no quiso ya Tess luchar contra él, no quiso negarle su placer y el suyo propio. Se entregó de manera absoluta para, al instante siguiente, verse a sí misma sumergiéndose de golpe en una maravillada felicidad. Su cuerpo se encajó con el de Owen y lo oyó llamarla por su nombre y lo sintió verter su semilla en su interior. Y estallaron por fin juntos, precipitándose una y otra vez en el gozo de una radiante y abrasadora consumación.

Algún tiempo después, imposible de calcular, Tess se despertó. Owen la atrajo inmediatamente a sus brazos. Solo entonces se dio cuenta de que se había quedado despierto, contemplándola.

—Espero que por fin se te haya abierto el apetito —murmuró al tiempo que le acariciaba el cabello.

—Pues sí —sonrió—. Me has sido de gran ayuda.

—Un placer para mí... —le mordisqueó suavemente el lóbulo de la oreja y se concentró luego en chupárselo. Una cascada de deliciosos estremecimientos recorrió la piel de Tess—. Mandaré que nos suban algo de comida —susurró.

Tenía una mano reposando sobre su estómago, cálida e íntima. Tess podía sentir pequeñas ondas de sublime placer atenazándole el vientre.

—Dentro de un rato, claro —precisó Owen—. Porque, antes de nada, me hago cargo de la necesidad que tienes de recuperar el tiempo perdido...

Esa vez le hizo el amor con tal morosa ternura que la comida, al igual que indudablemente todo lo demás, quedó completamente olvidada.

Capítulo 14

–El matrimonio te ha sentado muy bien esta vez –Joanna sirvió el té en una taza de fina porcelana, que ofreció a Tess junto con un pedazo de sabroso pastel.

Estaban en el salón de Joanna, especialmente acogedor en aquel día gris de noviembre, resplandeciente de flores de invernadero, con su juego de porcelana color rojo rubí. Su hermana, pensó Tess no sin algo de envidia, tenía un gusto exquisito. Quizá fuera ella la persona más indicada para reformar el viejo mausoleo Rothbury de Clarges Street, después de todo.

–Estás radiante –continuó Joanna. Una maliciosa sonrisa bailó en sus labios–. ¿He de suponer que has descubierto ciertos beneficios en el estado matrimonial de los que no habías sido consciente antes?

–Solo llevo diez días casada, pero estoy muy satisfecha –admitió Tess, mordiendo el pastel de crema y mermelada. Se lamió los dedos–. Sí, yo diría que estar casada tiene cosas que recomendaría a cualquiera.

–Me alegro –le lanzó una mirada perspicaz–. Supongo que esa es la diferencia entre un matrimonio por conveniencia y uno por amor...

Tess casi se atragantó con su té.

–¡Yo no estoy enamorada de Owen! –protestó de manera automática. La idea se le antojaba absurda, y sin embargo, tan pronto como hubo pronunciado las palabras, se sintió extraña, desleal, como si hubiera cometido una traición.

«Amor». La palabra había salido a la luz como el genio de la botella: ya no podía volver a esconderla. Se acaloró de puro pánico. La taza le tembló en el plato hasta que lo dejó sobre la mesa. No podía estar enamorada. Era imposible. Nunca en toda su vida lo había estado.

—Sí que lo estás —replicó tranquilamente Joanna—. Estás enamorada de Owen.

—No. No —insistió Tess. La conversación llevaba camino de degenerar en una discusión de colegialas.

—Siempre estás huyendo de las cosas —se quejó Joanna.

—Y tú siempre tienes que tener razón.

Se fulminaron mutuamente con la mirada.

—¡Bueno, pues *deberías* estar enamorada de él! —exclamó Joanna, toda contrariada—. ¿Por qué no lo estás? ¿Acaso no es un hombre suficientemente *apropiado* para ti?

Un frío vacío se había ido abriendo en el corazón de Tess con cada negativa. Sentía mucho miedo. Sabía que Joanna tenía razón. Ahora que la verdad la estaba mirando de cara, ignoraba cómo había podido pasarle desapercibida durante tanto tiempo.

De alguna forma, sin haber sido consciente de ello, había entregado su corazón a Owen. Ya no estaba al mando de sus propios sentimientos. Había pensado que lo único que había tenido que rendir había sido su cuerpo, y la sensación le había gustado. Había disfrutado con el descubrimiento del placer físico. Pero, durante todo el tiempo, la seducción de Owen había trascendido el amor carnal. Había incluido la confianza, la protección y el consuelo, además del deseo. Se había enamorado perdidamente. Owen la había seducido de manera que a esas alturas ella lo amaba con toda su alma, y se sentía por tanto terriblemente vulnerable. No tenía defensa ninguna contra ello: estaba deshecha.

Levantó de nuevo la taza y tomó un delicado sorbo del té ya frío.

–Apenas me he reconciliado con el concepto del deseo físico –argumentó con tono ligero, aunque ella misma podía escuchar el timbre de pánico de su voz–. Confieso que me gusta extremadamente. Estoy enamorada del deseo, sin duda.

–Estás enamorada de Owen –la corrigió bruscamente su hermana–. Admítelo de una vez, Tess.

–Absurdo –el miedo que sentía por dentro crecía por segundos–. Me gusta. Me gusta mucho. Siento por él lo mismo que sentía por el señor Chasuble, el maestro de baile, cuando finalmente logré aprender los pasos de la *quadrille*. Una suerte de encaprichamiento, supongo.

Joanna emitió un gruñido muy grosero.

–Ambos casos son muy diferentes y lo sabes. Te enciendes como los fuegos artificiales de los jardines Vauxhall cada vez que aparece Owen.

Tess se quedó mirando fijamente los posos de su taza.

–¿Estás segura? Quiero decir... ¿cómo lo sabes?

Ella nunca había conocido el amor. Había construido su vida de espaldas a ese sentimiento. Nunca había imaginado lo muy aterrador, a la vez que feliz y estimulante, que podía llegar a ser el amor. Pero ahora ya no podía negarlo. Se sentía dividida entre el miedo y el entusiasmo, perdida y encontrada al mismo tiempo.

–Créeme –le aseguró Joanna–. Yo lo sé.

Tess experimentó una débil chispa de esperanza y calor. Si el descubrimiento de la naturaleza de sus sentimientos constituía una verdadera sorpresa para ella, era precisamente debido a su propia ingenuidad en aquel campo. Si había sido capaz de entregar su cuerpo a Owen, seguro que también podría entregarle su corazón. Pero solo si él la amaba a su vez, ya que en caso contrario la relación quedaría desequilibrada. Frunció el ceño. En realidad no sabía bien lo que Owen sentía por ella. Se había mostrado infinitamente tierno, sí, pero eso no significaba que la amara. Se sentía dolorosamente insegura.

–Me alegro por Owen –dijo Joanna–. Se merece alguien que corresponda por fin a sus sentimientos... –se interrumpió de golpe.

Siguió un curioso y prolongado silencio, como si el tiempo hubiera quedado suspendido del más fino de los hilos. Tess se sintió un tanto aturdida. Joanna estaba eludiendo su mirada, ocupada en rellenar su taza aunque no hacía la menor falta, ya que rebosaba de té hasta el borde. El pálido sol de noviembre iluminaba el arreglo de flores de invernadero que decoraba la mesa. La taza de su hermana tintineó sobre el plato y hasta ellas llegó el rumor de la calle, en forma del chirrido de las ruedas de un carruaje. En alguna parte de las profundidades de la casa se cerró una puerta.

Fue en aquel momento cuando Tess pensó que podía sin más cambiar de tema y hacer algún inocuo comentario sobre los actuales gustos de moda de invierno, o sobre el baile que lady Meriton daba aquella misma noche. Podía ignorar el comentario de Joanna y fingir que no lo había escuchado. Nunca volverían a mencionarlo. Y sin embargo no podía hacerlo porque ya era demasiado tarde.

–¿Has dicho que Owen se merece alguien que corresponda por fin a sus sentimientos... –dijo con tono suave– como si antes hubiera profesado esos sentimientos hacia alguien que estaba enamorada de otro?

Un rubor culpable empezó a subirle a Joanna por el cuello, tiñendo sus mejillas de rosa. Incluso culpable, reflexionó con tristeza Tess, estaba absolutamente preciosa. Se preguntó cómo podía haber sido tan lenta en descubrirlo. Había sabido que Joanna y Owen se conocían desde hacía años, desde los días del primer matrimonio de su hermana, mucho antes de que se hubiera casado con Alex. Owen se los había llevado a los dos a Spitsbergen a bordo de la *Bruja del mar*. Tess pensó en las exiguas comodidades del barco, en la forzada cercanía y en las aventuras que debieron de haber compartido...

Joanna y Owen. Owen y Joanna.

Una marea de violentos celos la anegó. Nada la había preparado para ello. Sintió náuseas.

–Fuiste tú, ¿verdad? Owen estaba enamorado de ti –recordó aquel día en el parque, cuando le preguntó a Owen si había querido casarse alguna vez, y él dudó por un traicionero instante antes de responder negativamente. Ahora lo sabía. La respuesta había sido en realidad afirmativa. Sí, había estado enamorado. Y, sí, había querido casarse.

Había querido casarse con su hermana.

Esperó a que Joanna la contradijera. Esperó con el corazón encogido en una débil chispa de esperanza que al final quedó reducida a nada. Ansiaba por encima de cualquier otra cosa en el mundo que Joanna lo negara, porque la cálida y maravillosa confianza que había comenzado a disfrutar en su relación con Owen era tan preciada como frágil. Contra todo pronóstico, había empezado a confiar en él. Por un momento su mente incluso había comenzado a aceptar que podría ser seguro amarlo. Sus sentimientos por Owen habían sido algo completamente nuevo, puro.

Apenas había empezado a encontrar su camino. En ese momento, sin embargo, mientras veía cómo la felicidad se le escapaba entre los dedos, no pudo evitar preguntarse si acaso no habría estado fundamentada sobre arenas movedizas.

–No fue realmente así –dijo Joanna al cabo de un momento.

–Cuéntame como fue, entonces –pronunció las palabras con tono tranquilo, cuando en su cabeza habían resonado como un grito.

–Owen me ayudó cuando David me maltrató gravemente –explicó apresurada–. Ya sabes que mi primer matrimonio no fue nada feliz. David llegó a agredirme y entonces Owen pagó a alguien para protegerme, eso es todo.

Era uno de los boxeadores de la taberna de Tom Cribb. Puede que recuerdes que fui *Lady of the Fancy* antes de casarme con Alex, y que asistía a todos los combates de boxeo.

A esas alturas Joanna estaba parloteando más que hablando: sus palabras se derramaban sobre Tess, anegándola como un río que hubiera desbordado su cauce. Owen había ayudado a Joanna cuando ella había estado en problemas. Bueno, eso no era tan malo. Cualquier hombre decente habría hecho lo mismo. Solo que... Tess podía escuchar la carcoma de la duda devorando los más ocultos rincones de su mente. Owen la había protegido también a ella cuando había estado en problemas. Quizá padeciera algún tipo de compulsión que lo empujaba a rescatar a mujeres en apuros.

—Pero para entonces, por supuesto, ya estaba casada con Alex —estaba diciendo Joanna, y Tess se dio cuenta de que su hermana seguía hablando con una rapidez casi febril, evitando su mirada y triturando nerviosa los capullos de rosa del arreglo floral de la mesa—. Owen sabía que yo no era feliz. Y es cierto que me propuso que me escapara con él, pero yo me negué y estoy segura de que nunca más volvió a pensar en ello.

Tess encontró por fin la voz para hablar.

—Espera... —le dijo, asaltada por otro golpe de náusea—. ¿Owen te propuso que te escaparas con él *después* de que te hubieras casado con Alex?

Una vez más esperó la negativa, porque sabía que Owen y Alex habían sido amigos y camaradas durante años, y ningún hombre habría puesto a una mujer en una tesitura semejante a no ser que la hubiera amado con pasión, juzgando que merecía la pena con ello hacer trizas una confianza de años. A no ser que la hubiera amado en cuerpo y alma, de la misma manera en que ahora se daba cuenta de que quería que Owen la amara...

El rubor de las mejillas de Joanna se intensificó todavía

más. Intentó esconder su expresión, pero Tess creyó distinguir un matiz de triunfo en ella. Sí, estaba segura. Desde que era un bebé, Joanna siempre lo había querido todo primero: la mejor ropa, las muñecas más nuevas... Todo menos los libros, que la habían aburrido, al contrario que a Merryn. Y había querido recibir más atenciones que nadie; primero de sus padres y de su hermano, después de los hombres... Joanna siempre había sido la primera. Tess no había esperado ciertamente que aquella pulsión se extendiera a ser también la primera ante su actual marido, sobre todo cuando *ese* marido había sido el único hombre al que había amado con todo su corazón.

—Entiendo —le tembló la voz, reflejo de la agitación que sentía por dentro. Se levantó. Hasta las piernas le flaqueaban—. ¿Acaso no pensabas decírmelo nunca?

—No te lo dije porque había pasado mucho tiempo de aquello —replicó Joanna, levantándose también y tomándole una mano.

Tenía la mano ardiente, tanto como la ternura con que la miraba. Tess deseó poder creer en su sinceridad, pero a esas alturas se sentía hostigada por la duda y el miedo. Era horrible imaginar que Owen se había casado con ella solo porque no había podido tener a Joanna. Y resultaba igualmente imposible dejar de pensarlo. Incluso aunque ese no hubiera sido el caso, debía de haber querido mucho a Joanna, lo suficiente... y ahí era donde los celos volvían a hacer presa en ella... para haberle propuesto que se escaparan juntos.

—Aquello no significó nada —insistió Joanna.

Pero Tess retiró bruscamente la mano.

—¿No significó nada que un hombre te pidiera que te fugaras con él? —le dijo, experimentando una punzada de furia—. ¡Creo que te minusvaloras demasiado al pretender lo contrario!

Joanna frunció el ceño, confusa. Tess podía ver que estaba intentando encontrar las palabras adecuadas, las palabras que pudieran arreglar la situación o al menos no empeorarla. Desafortunadamente para ella, no había palabras capaces de conseguirlo.

—Como te dije, de eso hace ya mucho tiempo y me atrevo a asegurar que Owen lo ha olvidado.

—¡Pero *tú* no lo has olvidado! —le espetó Tess.

Se alisó la falda del vestido con movimientos trémulos, pasando una y otra vez las manos por la seda azul lavanda. Le ardía la garganta por las lágrimas. Odiaba sentirse tan celosa. Odiaba sentirse así, y que no pudiera controlarlo. Era como un cáncer que la consumía.

—Lady Martindale quería que decoraras la casa —le dijo. Aquel era otro perverso alfilerazo: imaginarse a su hermana reformando el edificio de Clarges Street que, bajo circunstancias diferentes, habría podido ser suyo. Experimentó un violento estremecimiento—. Me siento como si te tuviera presente en cada aspecto de mi matrimonio.

—¡No seas ridícula! —exclamó Joanna, brusca.

—¿Cómo te sentirías tú si descubrieras que Alex estuvo enamorado de otra y que si se casó contigo fue como segunda opción?

Una arrepentida expresión se dibujó en el rostro de Joanna.

—Quizá lo entienda mejor de lo que tú crees —le dijo—. Cuando me casé con Alex, yo estaba atormentada por el fantasma de su primera esposa —abrió los brazos—. Pero esos celos eran absurdos, como lo son los tuyos, Tess. Pregúntaselo a él. Él te dirá la verdad.

Tess se pasó una mano por los ojos. Eso era precisamente lo que temía más. Owen le diría la verdad porque siempre lo hacía. Y ella no estaba del todo segura de que deseara escucharla.

Empezó a caminar hacia la puerta, con la sensación de que estaba muy lejos.

—Yo no quería hacerte daño —le dijo de repente Joanna, a su espalda—. Tess, lo único que quiero es que seas feliz.

Se detuvo. Sentía una opresión en el pecho, como si se lo hubieran aprisionado con fuerza.

—Tess... —dijo de nuevo Joanna.

Esa vez pudo escuchar las lágrimas en la voz de su hermana. Abatida, se volvió hacia ella.

—Lo sé —murmuró, tragándose el enorme nudo que tenía en la garganta. Quería sentirse furiosa con Joanna, quería culparla, pero no podía. Recordó que su hermana le había dado un hogar después de que enviudara por tercera vez. Recordó sus empecinados intentos de que se abriera con ella, pese a sus constantes rechazos. Resultaba sencillamente imposible odiar a aquella hermana que tanto la amaba.

—No te acostaste con él, ¿verdad? —le preguntó—. Creo que eso sí que no podría soportarlo.

—¡No! —Joanna se mostró horrorizada—. ¡Ni siquiera lo besé! Te lo prometo.

Tess asintió. Se miraron fijamente hasta que, por fin, se tomaron las manos y se abrazaron emocionadas.

—Lo siento —murmuró Joanna con voz ahogada—. Tess, lo siento tanto... —volvieron a abrazarse una vez más—. Ve a buscarlo —le aconsejó, soltándola y dándole un breve apretón de ánimo—. Pregúntaselo —de repente pareció dubitativa—. O no lo hagas, si prefieres no hacerlo.

—Ojala me lo hubiera contado él mismo —le confesó Tess.

Se sentía terriblemente desgraciada mientras caminaba de regreso a Clarges Street a través de la nieve que ya estaba empezando a derretirse. El viento de noviembre había enfriado, pese a que había salido el sol. Podía sentir su cruda y helada mordedura helada en contraste con el febril ardor de sus mejillas. Tenía los ojos irritados de las lágrimas contenidas y la nariz roja. Poco recomendable era el matrimonio, reflexionó, cuando causaba aquellos estragos en el aspecto de una dama.

Su depresión se profundizó cuando entró en la casa.

Estaba tan lóbrega y oscura, presidida por aquellas fantasmales estatuas y bustos de piedra… En un fogonazo de desesperación se imaginó el personal sello que impondría Joanna en aquella casa, dejándola tan luminosa y resplandeciente como la suya propia.

–¿Es cierto que quisiste escaparte con Joanna? –estalló tan pronto como abrió la puerta de la biblioteca. No había pretendido abordarlo así, pero los celos habían vuelto a dominarla y había sido incapaz de refrenar la lengua. Tenía el corazón lacerado de dolor. Nunca había imaginado que el amor pudiera llegar a doler tanto.

Garrick Farne estaba con Owen. Tess registró su presencia y pasó luego a ignorarlo. Se plantó frente al escritorio de Owen.

–¿Y bien?

Garrick se levantó.

–Si ya no me necesitas, Rothbury…

–No –respondió Owen. Se quedó mirando a Tess con expresión pensativa–. Estoy seguro de que puedo estropear todo esto yo solo, gracias, Farne.

Garrick sonrió levemente. Se despidió de Tess con una reverencia y salió.

Tess arrojó sus guantes sobre la mesa.

–¿Es cierto que tú…?

–Ya te oí la primera vez –la interrumpió, cortante.

Lo miró sorprendida. Owen siempre había sido tan paciente con ella, tan cortés que nada la había preparado para aquella reacción tan distinta. Había un brillo de furia y dureza en sus ojos. Sintió un nudo de desesperación en el estómago.

–Sí, es cierto. Le pedí a Joanna que se escapara conmigo. Estaba enamorado de ella.

Tess ni siquiera le había preguntado eso y él le estaba ofreciendo la información. Como resultado, la invadió una terrible ira contra los hombres en general y su marido en particular.

–¿Así que te casaste conmigo porque no pudiste tenerla a ella? –le preguntó.

La sombría expresión de Owen se profundizó. La hirviente atmósfera de la biblioteca subió varios grados.

–Ni tú ni yo nos merecemos esto –murmuró él.

Lo único que quería escuchar Tess eran las palabras que le había dirigido Joanna: que todo aquello había ocurrido hacía mucho tiempo, que no había significado nada para él, que ella era la única que le importaba en ese momento. Pero, siendo un hombre, estaba claro que no iba a decir lo que tenía que decir.

–Siempre que hemos estado juntos, estaba segura de que pensabas en mí. No soporto imaginar que estuvieras pensando en ella mientras me hacías el amor.

–No lo estaba –repuso Owen.

–Quizá tengas alguna clase de obsesión por rescatar a damiselas en apuros –continuó Tess como si él no hubiera dicho nada. El dolor la desgarraba, y no pudo evitar infligírselo también a él–. Deberías curarte ese mal con un médico antes de que vuelva a ocurrirte otra vez.

–No necesito ninguna cura –le aseguró Owen. Se levantó y rodeó el escritorio.

Tess podía sentir su controlada furia mientras caminaba lentamente hacia ella.

–Teresa –le dijo–. No hagas esto. No rompas algo tan frágil.

–¡No soy yo la que está rompiendo cosas! –gritó airada–. ¿Ibas a contármelo, Owen? ¿O esperabas acaso en que no llegara nunca a averiguarlo? –le dio la espalda. El dolor que la desgarraba era sencillamente insoportable–. Yo confiaba en ti. Te conté hasta el último de mis secretos. Nunca imaginé que tú a cambio no me contarías nada. Ahora sé por qué.

Se hizo un denso y largo silencio, punteado por el tictac del reloj del mantel de la chimenea, hasta que Owen la atrajo hacia sí y la besó. No hubo advertencia alguna, ni le dejó tiempo para prepararse. Fue todo tan extraño que Tess quedó aturdida de estupor. Y esa vez no se mostró en absoluto tierno. Fue un beso feroz, gloriosamente apasionado.

—¿Te parece que estoy pensando ahora mismo en alguien que no seas tú? —le preguntó, apartándose.

La turbulenta expresión de sus ojos exigió una respuesta. Le reclamaba sinceridad.

—No —respondió.

El corazón le martilleaba contra la seda de su corpiño. Pensó que debería haberse asustado por la furia y la violencia que había percibido en él, pero no era así. A lo largo de los diez últimos días, Owen no le había demostrado más que ternura. Había acudido a su lecho cada noche y le había hecho el amor con delicia, llenándola de felicidad. Pero a la vez se había mostrado contenido: se había guardado algo. Solo en ese momento descubrió lo que era. Owen siempre se había mostrado tierno y considerado con ella, siempre había antepuesto sus deseos y necesidades a los suyos. Ni una sola vez había traicionado su confianza. La había tratado con una delicadeza absoluta.

Pero ahora Tess descubría que ya no quería esa delicadeza. Owen tenía una suerte de lado oscuro, al que respondió instantáneamente. Tenía un fuego que no le había mostrado antes: una salvaje pasión. Ella había intuido hasta entonces aquel profundo sentimiento en él, pero nunca lo había experimentado. Y en ese instante pudo sentir como esa pasión afloraba también en su interior, para acudir al encuentro de la suya.

Lo miró fijamente a los ojos. Entreabrió los labios. Owen emitió un sonido inarticulado y la atrajo a sus brazos. De nuevo se apoderó de su boca, bloqueando todo pensamiento.

Owen nunca había tenido intención de perder el control. Se había puesto furioso con Tess por la manera en que había subestimado sus sentimientos por ella y se le había enfrentado. Pero su primera intención había sido hablar del asunto tranquilamente y con contención. Hasta que, en lugar de ello, cometió el error de besarla.

Durante toda la semana se había estado reprimiendo cuando la tocaba, haciéndole el amor con exquisito cuidado, intentando asegurarse de no asustarla pidiéndole demasiado o demasiado pronto. Había sido la gloria, pero también el tormento. Estrechar su delicioso y sensual cuerpo y manipularla como si fuera la más fina porcelana, para ejercer un férreo control sobre sus propias necesidades y deseos cuando ansiaba hundirse en ella y transportarlos a ambos a las más altas cumbres del placer... La intensidad de sus propios sentimientos no había dejado de asombrarlo. Nunca había querido a una mujer tanto como quería a Tess. Y sin embargo no era simple deseo. Nunca lo había sido.

Volvió a besarla y sintió su reacción, dispuesta y totalmente desinhibida, y fue como si la pura visceralidad de la misma lo arrastrara consigo. La llevó al ancho diván y se cernió sobre ella, acariciando cada curva de su cuerpo, sintiendo su suavidad y su calor. Tess abrió la boca bajo la suya y la besó profunda, ávidamente. La cabeza empezó a darle vueltas cuando oyó su voz, un quebrado murmullo, suplicándole más.

Se apartó entonces para escrutar su rostro con urgente mirada. Sus pestañas destacaban largas y negras en su ruborizado rostro. Tenía los labios entreabiertos, irritados por sus besos. Jadeaba.

—Esto tiene que desaparecer —le dijo él. Tess llevaba demasiada ropa, y él también. Procedió sumariamente con los lazos y botones de su corpiño. Las manos de ella tropezaron con las suyas, igual de impacientes.

Algo se desgarró. ¿Fue su ropa o la suya? No le importó. Se detuvo para volver a besarla, y en seguida se perdió en la tormenta de sensaciones. Sintió sus manos sobre su pecho desnudo y gruñó.

El corpiño había quedado abierto, pero sus faldas se resistían, contumaces. Bajó la cabeza hacia sus senos y se apoderó de uno con la boca hasta hacerle gritar. La necesidad que lo consumía era mayor que cualquier otra que hubiera conocido, borrando todo pensamiento, toda racionalidad. Le levantó las faldas y deslizó una mano todo a lo largo de su muslo, hacia el húmedo y caliente centro de su feminidad. Ella gritó de nuevo y él empezó a frotarla, a acariciarla, encantado con la forma en que levantó las caderas para suplicar su contacto.

Era todo fuego y ardor bajo sus caricias, con la boca de Owen en su seno y sus dedos en su sexo, hasta que empezó a temblar tanto que ya no fue posible esperar más. Subiéndole las faldas y las enaguas hasta la cintura, le separó los muslos, le alzó las caderas y se hundió profundamente en su calor. No había pretendido hacerlo tan rápido, pero a esas alturas se hallaba completamente fuera de control.

Ella alcanzó la cumbre del placer casi de inmediato, con un grito agudo, y su cuerpo se cerró en torno a él con una pasión y un ardor que casi le hicieron perder el juicio. Owen empujaba una y otra vez, cada vez más profundamente, aferrando con las manos el áspero terciopelo del diván, sumergiéndose en su cálido y sensual cuerpo mientras la poseía con implacable intensidad. No fue capaz de refrenar su necesidad. Ansiaba conquistarla por completo y reclamarla para siempre.

Sintió que el cuerpo de Tess se tensaba de nuevo para cerrarse sobre el suyo mientras él estallaba en un poderoso clímax que lo dejó aturdido, mareado. Nunca en toda su vida había perdido hasta tal punto la contención con una mujer.

Ambos estaban jadeando. Owen apoyó la frente contra la de ella, absolutamente asombrado de su total falta de control y de la ferocidad con que la había tomado.

Tess abrió por fin los ojos, de un color tan vívido y profundo que Owen sintió que se le encogía el corazón. Ella le sonrió y alzó levemente la cabeza para besarlo. Le rozó los labios con los suyos, deliciosamente suaves. En aquel preciso momento, Owen pensó en Joanna, pero solo para desterrar su fantasma, tan débil ya en comparación con lo que sentía por Tess. Amar a Joanna, pensó con tristeza, se había convertido para él en una especie de costumbre. Solo ahora se daba cuenta de lo vacío que se había tornado aquel sentimiento con los años.

–Se suponía que deberíamos estar hablando –murmuró.

–Lo siento –repuso Tess, pese a que parecía terriblemente satisfecha consigo misma–. Fui injusta contigo.

Viéndola tan despeinada y soñolienta, Owen se vio asaltado por el violento impulso de besarla de nuevo, de hacerle el amor una y otra vez con voraz necesidad. Pero se obligó a refrenarse, sentándose en el diván y acercándola hacia sí.

Se arrepentía amargamente de haberla tratado de aquella forma.

–No. Soy yo quien debería pedir disculpas.

Tess se removió a su lado; Owen sintió la caricia en la mejilla, las suaves yemas de sus dedos en su áspera barba.

–Nunca entenderé el sexo –le confesó ella–. A mí me ha parecido delicioso. Excitante hasta un punto inimaginable. Y ahora vas y te disculpas conmigo.

Owen esbozó una mueca.

–He sido brusco, violento. Te he tratado con menos consideración de la debida.

–Consideración –Tess repitió la palabra con un tono de humor–. Puedo soportar muchísima menos consideración si con ello consigo que me hagas el amor así. Owen.

La miró rápidamente: se arrebujaba contra su pecho, frotando la mejilla contra su hombro, con la ropa toda desarreglada, insoportablemente sensual. Se enervaron sus sentidos mientras se obligaba a rechazar la renovada excitación de su cuerpo.

—No lo entiendes —le dijo con voz ronca y tono arrepentido—. Yo no pierdo el control. No puedo. Es demasiado peligroso.

La expresión adormilada de Tess se evaporó de golpe. Se sentó, apartándose de él, y recogió los pies bajo la arrugada falda.

—¿Qué es lo que no entiendo? Cuéntamelo.

Finalmente, Owen encontró fácil revelarle la única verdad que le producía tanta vergüenza que jamás hablaba de ella, ni siquiera con aquellos de sus amigos que estaban al tanto de lo ocurrido. Habló mientras Tess lo escuchaba con atención, la barbilla descansando en una mano.

—Me preguntaste si tenía alguna especie de obsesión por ayudar a las mujeres en apuros —empezó—. Nunca antes lo había contemplado de esa manera, pero supongo que tenías razón.

Tess entrecerró los ojos, pero no dijo nada. Owen había pensado que quizá querría volver a preguntarle por sus sentimientos por Joanna, pero en aquel momento había una nueva expresión en su rostro, totalmente distinta. Como si hubiera superado los celos que antes se habían apoderado de ella.

—Hubo una mujer, hace mucho tiempo. Una joven —miró rápidamente a Tess, que se había removido inquieta—. Oh, no es eso. Yo no la amaba. Ni siquiera conocía su nombre. Por aquellos días yo era un joven guardiamarina lleno de ambición. Estábamos en Southampton, un puerto más duro y bronco que ese resultaría difícil encontrarlo —se encogió de hombros—. Aquella noche habíamos estado bebiendo y yo estaba bastante ebrio. Cuando salíamos de la taberna vi que el primer oficial del barco, un bruto llamado Bates, estaba con una chica. Se pusieron a discutir y él empezó a pegarla —se interrumpió.

La imagen de aquel oscuro callejón y de la blanca piel

de la mujer, con la ropa desgarrada, así como el sonido de sus gritos, era algo que jamás había podido olvidar.

–Era una prostituta –explicó–. Poco más que una niña –se movió incómodo mientras aquellos insoportables recuerdos desfilaban por su mente–. A mí me habían educado en el respeto a las mujeres. Yo era joven y me produjo un verdadero impacto ver aquello. Oh, bueno, yo sabía... –volvió a interrumpirse, encogiéndose de hombros. Eran recuerdos demasiado crudos, y su legado demasiado doloroso–. Yo sabía que esas cosas pasaban; no era tan ingenuo. Pero esa vez se trataba de un superior, un oficial. Así que quizá sí que fue una ingenuidad por mi parte, después de todo, imaginar que un hombre de su rango debía siempre comportarse con honor.

Tess lo escuchaba hecha un ovillo, perfectamente inmóvil.

–¿Qué sucedió? –inquirió en un susurro.

–Quise intervenir, pero los otros me contuvieron. Al final me desasí de ellos: estaba lleno de idealismo, de orgullo y de nobleza –soltó una amarga carcajada–. Planté cara a Bates, dispuesto a pelearme. Él se enfureció todavía más al ver desafiada su autoridad. Estaba fuera de sí. Pero en lugar de pegarme a mí, agarró a la chica y... –se le cerró la garganta–. La empujó con tanta fuerza que la pobre cayó y se golpeó la cabeza contra una pared: quedó muerta en el acto. Bates lo hizo deliberadamente, como una exhibición de poder, para demostrarme su absoluto dominio sobre ella, para demostrarme que nada de lo que yo pudiera hacer llegaría nunca a cambiar nada. Lo odié con todas mis fuerzas.

Le tembló la voz. Tess seguía sin decir nada, observándolo.

–Y después de aquello, sin importarme que fuera o no un superior, me lancé sobre él como un poseso. Perdí el control y me dejé arrastrar por la furia, por la rabia que había en mí. Los otros consiguieron reducirme al final, pero para entonces... –se interrumpió–. Lo había dejado medio muerto.

Oyó la ahogada exclamación de horror de Tess. El color abandonó de repente su rostro, dejándola lívida.

–Por eso dejaste la Marina.

–No tuve otra elección –la miró–. Se montó un horrible escándalo. Perdí mi rango y fui expulsado. Mi familia lo sufrió también. Arrojé por la borda todo lo que con tanto esfuerzo me habían dado, en una sola noche. Y todo porque me faltó al autocontrol necesario para refrenar mi violencia.

–Oh, Owen... –Tess le echó los brazos al cuello, apretándose contra él.

Con aquel cuerpo suave y cálido arrebujado contra el suyo, Owen pudo sentir como la helada tensión lo abandonaba. Enterró el rostro en su cabello.

–No fue culpa tuya –le dijo ella, ahogadas sus palabras contra su piel–. No fue justo.

–Puede que no lo fuera, pero yo fui culpable de no poder controlar mi ira –repuso él. Todavía sentía en la boca el amargo sabor del fracaso–. No he dejado de reprochármelo desde entonces, en cada tiempo y ocasión. Pude haber frenado a Bates, razonado con él...

–No podías haber sabido lo que terminaría sucediendo –protestó Tess–. El crimen fue de él, no tuyo.

–Mi crimen fue la falta de juicio y de control –repuso Owen con tono inexpresivo–. Y yo le fallé a la chica. No pude salvarla. Era joven e indefensa, pero no pude ayudarla. Para colmo, arrojé por la borda todo aquello por lo que tanto había trabajado mi familia. Me habían dado tantas cosas... También a ellos les fallé.

–Eras joven –le dijo con ternura, acariciándole una mejilla–. E idealista. Todos cometemos errores.

–Yo decidí no volver a cometer más –replicó él con un tono casi feroz. Se dio cuenta de que la estaba sujetando con demasiada fuerza, tenso, y se obligó a soltarla, deslizando las manos a lo largo de sus brazos hasta entrelazar los dedos con los suyos. Ella se los apretó con fuerza, fija la mirada en sus ojos.

—Después de que me expulsaran de la Marina, me quedé solo. Tenía mi propio código. Trabajé por lo que ahora tengo porque tenía que probarme a mí mismo —la miró—. Una vez me preguntaste si era un pirata. Bueno, si nunca llegué a serlo fue porque a partir de entonces guardé un estricto respeto por las leyes. Me propuse no volver a romperlas jamás.

—Fue por eso por lo que trabajaste para Sidmouth, ¿verdad? Porque querías defender la ley y hacer lo que considerabas era lo correcto. Te has pasado la vida entera intentando enmendar ese error —se inclinó hacia él y lo besó—. Eres un hombre bueno, Owen, pero incluso los hombres buenos pueden cometer errores —se apartó, sonriéndole—. Ahora entiendo lo de Joanna. Cuando viste la manera en que la trataba su primer marido, debiste de odiarlo mucho.

—David Ware era un canalla. Todo el mundo lo tenía por un héroe, pero yo lo único que veía en él era abuso de poder y falta de respeto. Solo sentía desprecio por él. Quise matarlo... otra vez esa maldita violencia que llevo dentro... y alejar a Joanna de su lado —sacudió la cabeza—. Luego Joanna se casó con Alex y volví a verla triste y desgraciada. Eso me enfureció.

—Lo siento —dijo Tess, con la mirada fija en sus manos entrelazadas—. Siento que ella te hiciera daño.

Owen esbozó una sonrisa triste.

—Fue una suerte que las cosas sucedieran así. Joanna era más sabia que yo. Sabía que huir conmigo no era la solución. Ella amaba a Alex y él la amaba a ella, y ambos fueron capaces de resolver sus diferencias. Me alegro por ellos —acarició tiernamente el desnudo hombro de Tess bajo el desabrochado corpiño de su vestido, deleitándose con la tersura de su piel, con su calor. Era tan generosa... Jamás había conocido tamaña generosidad en ninguna mujer, y tampoco había esperado encontrarla en ella–. Que no se te ocurra pensar que sigo amando a Joanna –le dijo, deseando corresponder a su confianza con la sinceridad que se merecía–. No es verdad. Dejé de amarla hace tiempo, aunque sin ser consciente de ello.

Vio que su expresión se iluminaba de placer.

–Me alegro –admitió–. Estaba muy celosa. Me dolió mucho y además me tomó completamente por sorpresa –sus labios se curvaron en una sonrisa–. Has sido paciente conmigo, y generoso, e infinitamente tierno y considerado –se echó a reír–. Te tenía por un santo; por eso, cuando me enteré de que habías querido fugarte con la esposa de tu mejor amigo, me sentí desilusionada a la vez que terriblemente celosa.

–¡Un santo! –exclamó Owen, riendo también–. Estoy muy lejos de la santidad, te lo aseguro.

Tess bajó la vista a su ropa toda desarreglada.

–Eso parece –murmuró–. De hecho, prefiero con mucho que seas simplemente un hombre…

Acunándole el rostro entre las manos, lo besó. El corpiño se le abrió aun más, y Owen pudo admirar sus senos, redondos y sensuales, de rosadas puntas, tan tentadores... Todo su cuerpo se sobresaltó de excitación.

–Entiendo que sientas la necesidad de mantener el control –susurró Tess contra su boca–, pero ya no necesitas ser tan cuidadoso conmigo como antes –le mordisqueó el labio inferior y deslizó la lengua en el interior de su boca, donde se enlazó con la de él en una erótica danza–. Me gusta lo que he aprendido sobre mí misma –musitó–. Y me gusta también mucho lo que me haces...

Introdujo una mano bajo su pantalón y se apoderó de su miembro, ya duro. Owen gruñó y la atrajo hacia sí, para tumbarla de nuevo en el diván.

–Creo que no deberíamos hacerlo de nuevo –se apresuró a decirle ella, triste–. La puerta no está cerrada con llave y cualquiera podría entrar. El pobre Houghton podría anunciar una visita. Tu tía Martindale, por ejemplo. Eso hundiría mi reputación para siempre...

–Dios santo... Tienes razón –Owen se levantó para dirigirse hacia la puerta, sin que le pasara desapercibida su decepcionada expresión mientras empezaba a abrocharse el corpiño–. No hagas eso –añadió, girando la llave–. O me veré obligado a desabrochártelo otra vez –se arrancó la corbata de un tirón y la arrojó a un lado mientras volvía a reunirse con ella.

–¡Owen! –exclamó, ruborizándose–. ¿Podemos? ¿Otra vez? ¿Aquí mismo? ¿Ahora?

–Por supuesto que sí –respondió él–. Y lo hicieron.

Capítulo 15

Fue mucho después, cuando Owen se había marchado con retraso a su entrevista con su agente de la naviera, que Tess subió a su dormitorio. Allí encontró a Margery guardando imperturbable la ropa de cama limpia en el baúl, doblando las sábanas de lino con ramitas de lavanda entre sus pliegues. Era poco después de mediodía y la fría luz de invierno bañaba la habitación, que olía toda ella a hierbas aromáticas.

—¿Os encontráis bien, señora? —le preguntó Margery, contemplando con cierta diversión el arrugado vestido de Tess y su cabello mal recogido.

—Muy bien, gracias, Margery —asintió Tess, y la doncella se sonrió mientras volvía a sus ocupaciones.

—Quizá deberíais cambiaros de vestido si estáis pensando en salir, señora.

—Quizá lo haga —respondió, soñadora.

Había sido un largo viaje, reflexionó, pero ahora, y contra todo pronóstico, volvía a sentirse llena, realizada. Al principio había sido una niña aterrada que había perdido demasiadas cosas y padecido demasiadas desgracias. Había abrazado la causa política de Robert para llenar los espacios vacíos de su vida y, al hacerlo, había desarrollado una verdadera pasión y lealtad. En ese momento, sin embargo, sus lealtades habían cambiado.

Se sentó en el borde de la cama y sacó la miniatura de Robert Barstow del cajón para observarla por un momento. El diminuto retrato pintado le sonreía, joven, idealista, algo aniñado. Robert había albergado tantos sueños y esperanzas para el futuro... La muerte le había arrebatado aquellos planes, pero ella había tomado el testigo de su causa para defenderla todo lo posible: había llegado ya el momento de que otros asumieran su papel. A esas alturas había mucha, muchísima gente que apoyaba el movimiento radical. Con el tiempo conseguirían que fueran promulgadas las reformas que buscaban: salarios justos y comida para todos, y derecho a que sus voces se escucharan. Y ella, aunque no tuviera ya que dibujar caricaturas satíricas ni liderar el club Júpiter, seguiría haciendo sus donaciones a causas benéficas y ejerciendo de filántropa.

–Qué joven tan guapo –comentó Margery, mirando el retrato por encima del hombro de su señora.

–Mi primer marido –explicó Tess–. Era... –se interrumpió. Robert no había sido su amor, pensó, pero ella lo había querido enternecidamente– una persona muy especial para mí.

–Pero ahora estáis enamorada de lord Rothbury –dijo Margery.

Tess se sonrió ante el tono directo y campechano de la criada.

–Sí. Es completamente diferente, Margery.

–Ya. Eso parece –repuso al tiempo que volvía a recorrer con la mirada su arrugado vestido. Luego fue al armario y empezó a rebuscar entre las enaguas de Tess–. ¿Pensáis asistir al mitin radical de esta tarde, señora? –le preguntó, mirándola por encima del hombro con expresión preocupada.

Tess dio un respingo.

–Ignoraba que la convocatoria se hubiera extendido tanto –experimentó una punzada de culpa. Ese día se celebraría la concentración política más numerosa del año, pero no se lo había mencionado a Owen porque no había querido suscitar una discusión entre ellos. No había querido que nada pudiera estropear su recién reencontrada felicidad. Sobre todo ahora, cuando todo era tan nuevo, tan preciado, tan verdadero.

–Todo Londres sabe que «Orador» Hunt se dirigirá a la multitud, señora –dijo Margery–. En el parque de Spa Fields, ¿verdad? Deberíais manteneros alejada de allí, señora. Seguro que habrá problemas.

–Lo sé –murmuró Tess. Pensó en la advertencia que le había hecho Owen de que no confiara en Justin Brooke. Pero Justin no necesitaba saber que ella asistiría. Nadie se enteraría. Acudiría por última vez a aquel mitin para despedirse de la causa radical. Necesitaba hacerlo por la memoria de Robert. Sería la última cosa que haría antes de cerrar definitivamente la puerta de su pasado–. Te prometo que llevaré cuidado –miró la terca expresión de la doncella–. Será la última vez. Tengo que despedirme.

Se guardó la miniatura de Robert en un bolsillo, se vistió rápidamente y salió.

Owen regresó tarde del centro de la ciudad. La entrevista con el agente de la naviera en la sede de Lloyds se había prolongado más de lo esperado. No le gustaba la atmósfera de las calles. La sentía cargada y peligrosa, con la amenaza de problemas. La escasa gente que había parecía circular con aspecto furtivo, cabizbaja, como deseosa de llegar a su destino lo antes posible.

Había pensado en mencionarle a Tess el mitin de Spa Fields, pero al final había decidido no hacerlo para que no pareciera que no confiaba en ella. Tess le había dado su palabra de que no volvería a meterse en política y él la había aceptado. Pero mientras el carruaje rodaba por las silenciosas calles, con las ruedas resonando ominosamente en el empedrado, tuvo un presentimiento de temor. De repente ya no estaba seguro de que Tess fuera a cumplir su palabra. Al fin y al cabo, su devoción a la causa radical había formado parte de su vida durante demasiado tiempo. Había sido de fundamental importancia para la persona que ahora era.

–¿Dónde está lady Rothbury? –preguntó nada más llegar a Clarges Street, lanzando los guantes sobre la mesa del vestíbulo y desabrochándose el abrigo. Quería escuchar que Tess se encontraba en el salón, o quizá comprando con Joanna Grant. Solo entonces se quedaría tranquilo, ahuyentada la sombra de duda que lo había acosado hasta allí.

–Milady ha salido, señor –le informó Houghton–. Hace ya varias horas.

Un helado terror se apoderó del corazón de Owen.

–¿Dijo dónde iba?

El mayordomo negó con la cabeza; su rostro caballuno pareció estirarse aún más.

–¿Llamó a un coche de alquiler? –podía sentir como su furia y su miedo se acrecentaban por momentos.

–Se marchó a un mitin político –fue Margery quien habló, desde las sombras del vestíbulo. Adelantándose hacia él, lo saludó con una reverencia–. Perdonadme, milord. Lady Rothbury ha ido a Spa Fields a escuchar a «Orador» Hunt. Dijo que... –vaciló de pronto–. Dijo que tenía que poner punto final a algo. Se llevó la miniatura consigo, señor.

–¿La miniatura? –inquirió Owen.

–De su difunto marido, señor. El señor Barstow. Dijo que tenía que despedirse.

Owen se sintió simultáneamente aliviado y casi ciego de ira. Así que Tess había ido a despedirse de la causa que había defendido durante tanto tiempo. Experimentó una enorme ternura por ella, que no tardó en quedar eclipsada por el miedo y la angustia. Si Brooke llegaba a verla, si los hombres de Sidmouth llegaban a identificarla... esa vez

Tess estaría perdida. Tendrían por fin la evidencia que necesitaban para vincularla a la causa radical. Y Sidmouth aprovecharía sin duda la oportunidad para incitar a las masas a la revuelta, y poder así detener a los más destacados radicales y destruir el movimiento de una vez por todas. Acudir a aquel mitin había sido una auténtica locura por parte de Tess, por mucho que se hubiera visto impulsada a ello. Volvió a ponerse el abrigo.

—¿Necesitáis el carruaje, milord? —le preguntó Houghton.

—No —dijo Owen—. Tomaré un caballo. Es más rápido —nunca sería capaz de abrirse paso en carruaje entre una masa amotinada, pensó sombrío. Destruirían el coche y se vería luego obligado a disparar contra alguien, con lo que todo aquel asunto se convertiría en un desastre aún mayor de lo que prometía ser.

Las calles estaban bastante más oscuras, comenzada ya la corta tarde invernal. Mientras cabalgaba de regreso al centro de la ciudad, distinguió las primeras señales de problemas. Había bandas de borrachos recorriendo las calles armados de palos; carruajes volcados en la carretera y ardiendo; ventanas rotas y tiendas saqueadas. Columnas de humo negro se mezclaban con súbitas llamaradas. Por todas partes flotaba la violencia en el aire.

El viento arrastraba papeles: panfletos y caricaturas. Sin desmontar, se inclinó para recoger uno. El corazón se le encogió en el pecho. Era una caricatura de lord Sidmouth asolando el país, aplastando al pueblo bajo sus botas. Estaba firmada por aquel inconfundible garabato negro, *Júpiter*. Saltó del caballo para recoger otro. Había otro más, y otro, decenas de caricaturas de Júpiter, incitaciones todas a la violencia. Había un matiz de crueldad en ellas que Owen nunca había visto antes: el toque de humor había desaparecido y en su lugar latía una cruda rabia que lo dejó consternado. Aquello tenía que ser obra de Tess. Por fuerza. De repente se sintió como si no la conociera en absoluto.

Se vio asaltado por una fría sensación de desilusión. Tess le había dado su palabra de que había abandonado su militancia, y él había creído en su sinceridad. Y ahora descubría que había estado dibujando todas aquellas caricaturas desde que se casaron. Había estado convencido de que habían construido algo honesto y verdadero entre ellos, pero Tess evidentemente había antepuesto lealtades más antiguas y profundas. Y además durante todo el tiempo había sido fiel a ellas, que no a él. Lo había engañado desde el principio. Owen saboreaba de pronto la amargura de la traición y decepción más crueles. Estaba furioso con Tess, pero más todavía con él mismo, por haber creído en ella.

Fue entonces cuando la vio, envuelta en su capa, escabulléndose por un callejón. Por un instante el viento le bajó la capucha, y la luz declinante de la tarde se reflejó en su cabello antes de que alzara una mano para volver a cubrirse. Owen guió su montura hacia ella. La alcanzó por la espalda, estirándose para agarrarla por la cintura, levantarla y montarla en su caballo, delante de él.

Tess chilló y se revolvió, dispuesta a clavarle un cuchillo en la garganta, pero él le sujetó la muñeca con tanta fuerza que lo soltó de golpe. La hoja terminó rebotando en el empedrado.

—Owen... —exclamó, inmensamente aliviada—. Oh, gracias a Dios...

No respondió: no podía. Estaba furioso con Tess, y sin embargo estremecido a la vez de puro alivio de que se encontrara bien, a salvo. Ella también estaba temblando.

—Esto es horrible...

—¿Qué esperabas? —le espetó Owen, y ella se quedó callada al escuchar su tono airado.

Solo tardaron quince minutos en llegar a Clarges Street. No cruzaron palabra en todo el viaje. Owen se dirigió primero a las cuadras, entregó el caballo al mozo y se despidió del animal con una agradecida caricia. Tess no dejaba de mirarlo, los ojos muy abiertos, la expresión preocupada. Tenía una larga rasgadura en la capa y los guantes sucios y rotos. Ante la evidencia del peligro físico al que se había expuesto deliberadamente, Owen se encolerizó todavía más.

–Owen... –le dijo ella mientras él la arrastraba prácticamente a través del vestíbulo hasta la biblioteca, para cerrar de golpe la doble puerta–. Lo siento –parecía acariciarle el rostro con sus ojos azules, tan abiertos, tan honestos–. Por favor, deja que te explique...

Lo había intentado aquella última vez, pensó Owen con amargura, y le había funcionado. Había creído en su palabra. Pero eso se había acabado.

–Me dijiste que no volverías a asistir a más mítines –gruñó. Vio que bajaba la mirada.

–Quería despedirme –explicó en voz baja. Abrió la mano y dejó algo brillante sobre la mesa: un retrato en miniatura–. La causa radical era la causa de Robert –alzó de pronto los ojos y Owen sintió que el corazón le daba un vuelco en el pecho ante la sinceridad de su expresión–. Me estaba despidiendo.

A punto estuvo de creer en lo que le decía. Quería creer en ella, pero no podía porque estaban aquellas caricaturas con su feroz incitación a la violencia. Se llevó una mano al bolsillo del abrigo y sacó los dibujos, que lanzó sobre la mesa.

–¿Y qué me dices de esto? –exigió saber.

Tess asintió. Owen vio que miraba las caricaturas con expresión extraña, consternada pero a la vez sospechosa.

–No son obra mía.

–Por favor... –pronunció, despreciativo. No había esperado que le mintiera–. Los firma Júpiter, ¿no? ¿Qué significa esto, Tess? –rugió–. ¿Se trata de otra traición?

–¡No! –su voz sonó alta y clara. Fruncía levemente el ceño–. ¡Ya te he dicho que no los he dibujado yo! –escrutó su rostro y solo entonces bajó el tono, ya con impresionante calma–: No me crees.

–No. ¡Por supuesto que no te creo! Me diste tu palabra de que no volverías a un mitin político y sin embargo te encuentro allí, a pesar del peligro, a pesar de tu promesa. Me diste tu palabra de que no volverías a dibujar estas cosas... –rasgó uno de los dibujos en dos– y sin embargo aquí están, con tu firma en ellos.

–No confías en mí –no dejaba de escrutar sus ojos–. Pero puedes hacerlo. Owen, por favor...

La doble puerta de la biblioteca se abrió entonces de golpe.

–¿Sí? –inquirió Owen sin apartar la mirada de ella.

–Señor... –el temblor de la voz de Houghton era más de miedo que de indignación–. Están aquí los soldados...

Lo dijo al tiempo que entraban en la habitación, pasando a su lado, llenándola de una nebulosa mancha de rojas casacas.

–Estamos aquí por orden de lord Sidmouth para arrestar a lady Rothbury por los cargos de traición y sedición –el joven capitán de dragones miró nerviosamente a uno y a otra.

Owen vio que Tess se ponía blanca como la cera. Se tambaleó, hasta el punto de que tuvo que apoyarse en el borde de la mesa. Las restantes caricaturas cayeron al suelo como si fueran confeti.

Owen apartó por fin la mirada de ella para clavarla en el capitán. Pensó que lo único que podía hacer en ese momento era intentar intimidar al oficial para que se retirara, y si eso no era posible, engañarlo. Era sin duda la partida más importante de su vida. Pudo sentir como se le cargaban los hombros de tensión.

–No seáis ridículo, buen hombre –le espetó con absoluta frialdad–. ¿Lady Rothbury una delincuente? Debéis de haber perdido el juicio.

–Son órdenes de lord Sidmouth, señor –replicó el oficial, terco–. Las caricaturas políticas que andan circulando por la ciudad son obra suya... –señaló los papeles arrugados del suelo– y además ha sido reconocida cuando acudía al mitin de esta tarde en Spa Fields. Si estamos aquí es para llevárnosla a la Torre de Londres, señor, de manera que lord Sidmouth pueda interrogarla más adelante.

Owen miró de nuevo a Tess. Por un instante distinguió un absoluto terror en sus ojos. Recordó en aquel momento lo que ella le había contado sobre su miedo cerval a la oscuridad: la puerta cerrándose frente a su rostro, encerrándola dentro de la pesadilla de Brokeby. Pensó en la mazmorra, en el terror, en la oscuridad, en las puertas cerradas. Se vio invadido por la desesperación. Bien sabía él cómo era una cárcel inglesa: había estado allí antes. Los métodos de Sidmouth no serían nada amables. Él podría resistirlo; ella no. Fuera lo que fuera que hubiera hecho, jamás permitiría que pasara por aquel trance.

—Las caricaturas son mías. Yo soy el hombre que busca lord Sidmouth.

Tess hizo un involuntario movimiento. Owen podía oír cómo contenía la respiración: vio que tenía los ojos desorbitados de terror. Con un gesto, le ordenó silencio. Volvió a clavar la mirada en el capitán de dragones.

—Soy estadounidense, conocido simpatizante de la causa del movimiento reformador. Hace algunos años fui hecho prisionero de guerra por luchar contra los británicos.

Tess hizo amago de acercársele.

—Owen...

Pero él negó enérgicamente con la cabeza.

—No digas nada, Teresa.

Y se volvió hacia el capitán:

—Me temo que he estado trabajando contra el gobierno desde dentro del mismo. Como agente de Sidmouth, tuve acceso a una gran cantidad de información útil.

Una ola de agitación recorrió a los soldados como una ráfaga de viento en un campo de hierba. Al menos la mitad de ellos pareció como si quisiera disparar allí mismo contra Owen. El capitán se mostraba ya indeciso, sin saber qué hacer. Owen no dejaba de mirarlo. Tess lo había obedecido: seguía de pie, inmóvil, aunque cada línea de su cuerpo evidenciaba una dolorosa tensión mientras lo miraba a su vez estupefacta.

Owen recogió entonces las caricaturas y volvió a dejarlas caer entre sus dedos.

—¿A qué estáis esperando? —le espetó al capitán—. He confesado. Soy el hombre que buscáis. Lady Rothbury es y siempre ha sido inocente.

—Milord —el capitán parecía confuso—. Lord Sidmouth...

—Os aseguro que lord Sidmouth se sentirá muy complacido de tenerme a mí en lugar de a mi esposa.

El capitán se irguió entonces, como si acabara de tomar una decisión.

—Muy bien. Veremos lo que dice lord Sidmouth —se volvió hacia sus hombres—. Detenedlo.

Pero Tess se adelantó, corriendo hacia los brazos de Owen cuando ya los soldados lo rodeaban.

—¡No!

Owen sintió sus lágrimas calientes en la mejilla, escuchó su desesperado susurro:

—¡No! ¡No permitiré que hagas esto!

—Es mejor así —por un instante la estrechó con fuerza contra su pecho, contra su corazón, pero rápidamente la soltó haciendo gala de un férreo autocontrol. Un segundo más y habría estado perdido.

Retrocedió y los soldados la separaron bruscamente de ella. La distancia entre ambos se fue acrecentando mientras Tess tendía los brazos hacia él en un vano gesto de impotencia.

—Te amo —le dijo—. Te amo tanto... Tú hiciste que volviera a sentirme completa.

Owen siguió escuchando aquellas mismas palabras mucho después de que se lo hubieran llevado de allí.

El reloj dio las dos de la madrugada pero Tess no podía

dormir. Llevaba siete noches seguidas sin dormir, desde que los soldados se habían llevado a Owen detenido. Tampoco había comido. Joanna y Merryn se desvivían por ella. Lady Martindale, de repente su más acérrimo apoyo, la visitaba cada día. Ninguno de ellos había conseguido que comiera o hablara.

Había acudido a lord Sidmouth a la mañana siguiente del arresto de Owen, para decirle que había detenido al hombre equivocado: que él sabía que la culpable era ella, y que por tanto debía soltar a Owen y detenerla. Le había dicho también que era consciente de que Justin Brooke la había traicionado. Incluso se había ofrecido a dibujar algunas caricaturas al objeto de demostrar que ella era Júpiter. Se había apoderado de la pluma de ganso que tenía en el escritorio y había improvisado unos rápidos trazos ante la indulgente sonrisa de superioridad de Sidmouth. El Secretario de Estado le había respondido que entendía que se hubiera llevado una aterradora sorpresa al descubrir que su esposo era un traidor, pero que había sido de esperar tratándose de un antiguo prisionero de guerra. «La cabra siempre tira al monte», le había dicho mientras chupaba un apestoso cigarro.

Tess había montado en cólera y le había recordado que Owen había luchado con los británicos en Trafalgar, habiendo jurado lealtad al rey, pero Sidmouth se había limitado a encogerse de hombros. No le había permitido ver a Owen, por mucho que ella se hubiera tragado su orgullo para suplicárselo.

—¿Por qué hace esto? —se había quejado después de la entrevista, abandonando sus reservas para ponerse a llorar delante de Joanna y de Alex—. ¡Él sabe perfectamente que fui yo! ¿Por qué quiere castigar a Owen en mi lugar?

Y Alex, con la expresión más triste que Tess le había visto nunca, había contestado:

—Porque a ti no puede colgarte, Tess. No podría colgar a la hija del conde de Fenner. Sí, él sabe que tú eras Júpiter, pero necesita un chivo expiatorio. Y tiene uno perfecto en un hombre que además nació extranjero.

Solo entonces lo había entendido Tess, y su mundo se había desmoronado de golpe, llevándose consigo toda luz y toda esperanza para siempre. Porque sabía que Alex tenía razón. Owen se había entregado para salvarla y, evidentemente, era el candidato perfecto para que lo acusara Sidmouth.

Incluso lady Martindale había acudido a Sidmouth para suplicar en su favor como sobrino-nieto que era suyo, pero Sidmouth se había mostrado tan inconmovible por sus ruegos como por los de Tess. Luego Tess se había enterado de que Rupert Montmorency había estado alardeando, en estado de embriaguez, de haber conspirado contra Owen con la esperanza de que lady Martindale cambiara su testamento para dejarle a él toda su fortuna. Al parecer su intención había sido también la de pelear por el título Rothbury en los tribunales, una vez ahorcado Owen. Tanta había sido la ira y la indignación de Tess que había irrumpido en el White's Club, había ignorado a todos los caballeros que habían intentado impedirle la entrada aduciendo que era mujer, y había arrojado una copa de oporto a la cara de Rupert, estropeándole la corbata y el chaleco de plata bordada. Desde entonces, todo el mundo en Londres hablaba de ella. Lo cual le daba igual, porque, excepto salvar a Owen, nada más le importaba.

En ese momento se hallaba sentada junto a la ventana, contemplando el jardín bajo la fría luna de invierno. Nunca en toda su vida se había sentido tan vacía y tan sola. Intentó convocar a Owen en aquella oscuridad, imaginarse dónde podría estar y lo que estaría haciendo, pero no lograba sentir su presencia. Se sentía como asfixiada por aquella casa, con sus viejas y polvorientas colgaduras y aquellas malditas estatuas de ojos sin vida. La odiaba. Tenía que salir de allí. Tenía que pensar en algo.

Fue al escritorio y sacó su cuaderno de bocetos, con el

dibujo que había hecho de Owen la primera vez que fue a su casa para proponerle que se casara con ella. Delineó con el dedo las líneas de su rostro, el enérgico trazo de sus pómulos, los mechones que le caían sobre la frente. Le resultaba imposible imaginar que quizá no volvería a verlo más. E inaceptable pensar que Sidmouth podía acabar colgándolo por un delito que no había cometido. El simple pensamiento se le antojaba insoportable. No podría soportar perderlo cuando hacía tan poco que lo había encontrado.

Volvió la página y empezó a dibujar. Con unos pocos trazos de lápiz, la *Bruja del mar* apareció ante ella, con sus velas infladas al viento, su proa surcando las olas.

La Bruja del mar...

Cerró cuidadosamente el cuaderno. Ahora sabía lo que tenía que hacer.

—Maldito estúpido... —exclamó Garrick Farne, irrumpiendo en la celda de Owen en la Torre de Londres y plantándose firmemente ante él—. ¿Por qué diablos tuviste que confesar algo así? —y luego, como Owen no respondió—: No creo que pueda sacarte de aquí. Grant y yo lo hemos intentado. Sidmouth no quiere saber nada.

—Por supuesto que no —dijo Owen—. Fui yo quien cuestionó sus decisiones y lo llamó corrupto —esbozó una mueca—. A Sidmouth no le gusta que le lleven la contraria.

Sidmouth, reflexionó para sus adentros, no le había demostrado ninguna deferencia hasta el momento. Lo había arrojado a una húmeda celda en algún olvidado rincón de la Torre Blanca, para dejarlo pudrirse allí. La habitación tenía un catre por cama, una silla rota y una ventana estrecha y enrejada. Olía a moho, a suciedad y a desesperación. Pese a todo, estaba enormemente satisfecho de que Tess no hubiera tenido que soportar aquel lugar, donde el día y la noche se confundían y horrores sin nombre se alzaban para atormentarlo en las profundidades de la noche.

–Y para colmo eres extranjero, conocido simpatizante republicano, antiguo prisionero de guerra y reputado pirata –Garrick se frotó la frente–. Diablos, Rothbury, te colgarán antes de que te des cuenta –lo miró ceñudo–. ¿Por qué tuviste que confesar aquella mentira?

–¿A ti qué te parece? –le preguntó a su vez Owen.

Garrick se lo quedó mirando fijamente.

–Tess –pronunció al cabo de un momento–. Así que es cierto. Realmente ella era Júpiter –se pasó una mano por el pelo con gesto distraído–. Ella misma me lo dijo, pero pensé que se había vuelto loca, en su desesperación por salvarte. De modo que aquella noche en el burdel...

–Estaba huyendo del mitin radical –dijo Owen–. Tu esposa no es la única activista e intelectual de la familia, Farne.

–Maldita sea –masculló Garrick. Frunciendo el ceño, sacó de un bolsillo las últimas caricaturas que había hecho Júpiter–. Pero Tess no hizo estos dibujos.

Owen ni siquiera los miró.

–Sí que los hizo –murmuró, cansado.

Se sentía enfermo de tristeza y decepción. Tess le había prometido que no acudiría al mitin radical, pero él la había encontrado en Spa Fields. Le había asegurado que ella no había dibujado las caricaturas, pero lo cierto era que no podía creerle. Ojalá hubiera cumplido la promesa que le había hecho. Sin embargo, lo que más lamentaba era que hubieran discutido, sobre todo cuando era muy probable que no le permitieran volver a hablar con ella en privado. Nunca más tendría la oportunidad de decirle lo mucho que la amaba.

–Tess no dibujó estas últimas caricaturas –insistió Garrick–. Fue lady Emma Bradshaw.

–¿Qué? –Owen se levantó como un resorte–. ¿Lady Emma? No puede ser.

Garrick le entregó las caricaturas.

–Míralas –gruñó–. No son tan buenas como las primeras.

—Están como dibujadas con prisa —dijo Owen, todavía resistiéndose a creerle.

—La propia Emma vino a verme y me lo confesó —le informó con sombría satisfacción—. Estaba dispuesta a confesárselo también a Sidmouth, pero yo le dije que eso no serviría de nada. Sidmouth no te soltará. Quiere hacer un escarmiento con Júpiter, pero no podría ahorcar a la hija del conde Brooke ni a la del conde de Fenner. Eso sería un escándalo. Y eso te convierte a ti... —lanzó a Owen una mirada mezclada de furia y exasperación— en su víctima propiciatoria.

—Merecerá la pena —repuso Owen con tono sombrío. Pero luego, al ver que Garrick simplemente se le quedaba mirando, estalló—: Que el diablo te lleve, Farne, ¿qué habrías hecho *tú*? ¿Dejar que encerraran a Merryn en una mazmorra? ¿Que la mataran?

La expresión de Garrick se endureció.

—No, por supuesto que no —alzó ambas manos en un gesto contemporizador—. Pero tiene que haber otra manera.

—No la hay —le espetó Owen—. Tú mismo lo has dicho. Sidmouth está decidido a dar ejemplo con alguien —se dejó caer pesadamente en el catre—. De modo que Tess no hizo estas caricaturas —añadió pensativo mientras examinaba los dibujos—. Maldita sea. Ojalá hubiera creído en ella —podía ver todavía el rostro lívido y tenso de Tess mientras juraba y perjuraba que esa vez no había sido ella la autora de las caricaturas. No había confiado en ella. Experimentó una infinita desesperación.

—Tess está como tú —le dijo Garrick—. ¿Sabías que acudió a ver a Sidmouth para intentar persuadirlo de su culpa? Si alguien más declara ser Júpiter, todo este asunto empezará a tener aspecto de farsa —se pasó una mano por el pelo, con aspecto súbitamente agotado—. ¿Eres consciente de lo que va a suceder, Rothbury? ¿Lo entiendes? Si me han dejado verte es porque van a colgarte.

Owen no dijo nada. Permanecieron mirándose fijamente.

–Había pensado en ayudarte a escapar hasta la *Bruja del mar* –añadió Garrick de pronto–, pero si me hubiera puesto a contratar una tripulación, Sidmouth se habría dado cuenta y yo habría terminado aquí contigo.

–Es una pena que no pueda pilotarla solo –comentó Owen con una leve sonrisa–, pero eso está más allá de mis poderes –sacudió la cabeza–. Como dices, Sidmouth tiene que ahorcar a alguien a toda costa. La gente tiene miedo de que los radicales se desmadren y estalle una revolución como la de Francia.

–Sidmouth ha sembrado deliberadamente esos rumores para poder acabar con sus enemigos políticos –dijo Garrick, sombrío.

Owen se encogió de hombros.

–Pero eso no es lo más importante ahora mismo. Dile a Tess que siento haber dudado de ella –pronunció con dificultad. Levantándose, tendió la mano a su amigo–. Y cuídala de mi parte, Farne. Quiero que sea feliz. Espero que encuentre a su marido número cinco –añadió, irónico.

–Eso no ocurrirá. ¿Es que no te das cuenta de que te ama, Rothbury? Es una lástima que precisamente ahora que había encontrado a un hombre que la merece, el tipo tenga la quijotesca debilidad de morir por ella –vacilando, le estrechó mano–. Seguiremos intentando salvarte. Haremos todo lo posible.

Owen pensó que aquello sonaba a epitafio. La puerta se cerró detrás de su amigo, dejándolo sumido en la oscuridad.

Tom se había pasado esperando a Emma todo el día. Sabía que había ido a buscar primero a Garrick Farne y que su hermanastro le había aconsejado que no acudiera a Sidmouth para confesar la verdad. Pero él conocía a Emma y había estado seguro de que iría de todas formas. Emma quería con locura a Tess Rothbury y jamás permitiría que Tess perdiera a Owen: estaría dispuesta a hacer lo que fuera por evitarlo. Emma era así de honesta, una mujer buena y honrada, todas las cosas que él no era y que habría querido ser para poder merecerla. Pasó el largo y frío día de espera pensando en todas las maldades que había cometido. Sabía que muy pronto tendría tiempo más que suficiente para sentarse a reflexionar sobre sus pecados, sobre toda la gente a la que había robado, engañado y chantajeado, sobre la manera en que había abandonado a Merryn para que muriera e intentado disparar contra Garrick. Pensó en todas las mujeres a las que había traicionado. Cerró los ojos y vio a Tess tambaleándose a lo largo de oscuros corredores hacia una puerta abierta. Una puerta que él mismo le había cerrado en la cara.

Fue un sonido de pasos acercándose lo que lo sacó de sus reflexiones. El reloj de la iglesia de Sant Margaret acababa de dar seis campanadas. La fría oscuridad se abatía sobre la silenciosa calle mientras la nieve empezaba a caer. Y de repente allí estaba Emma, cubierta con capa y capucha, una esbelta sombra destacándose en lo oscuro. Tom sintió que el corazón le daba un vuelco de emoción antes de marchitarse bajo el peso del rechazo, consciente como era de que nunca más volvería a ser suya. Pronto, muy pronto, se convertiría en viuda. Sabía bien lo que tenía que hacer.

Subió los escalones de la casa de lord Sidmouth y tiró de la campanilla. Emma se había vuelto para mirarlo cuando ya se alejaba. Tom sabía que no lo había reconocido. Por un instante, sin embargo, le pareció que vacilaba antes de retomar la marcha.

La vio doblar la esquina de la calle para perderse en la noche. La puerta se abrió. Y Tom entró por fin.

Ya era tarde cuando se abrió la puerta de la celda con un chirrido, sacando a Owen de su duermevela.

–Sois libre para marchar, milord –dijo el carcelero con mucho mayor respeto que el que le había demostrado la semana anterior–. Órdenes de lord Sidmouth. Todo ha sido un desgraciado malentendido, según su señoría nos ha dicho. Tenemos al verdadero culpable. Un sujeto que no ha hecho más que dar problemas desde el principio –y empujó a Tom Bradshaw dentro de la celda.

Bradshaw trastabilló y estuvo a punto de caer; se enderezó y se sacudió luego como un perro. Se oyó un ruido de cadenas. Owen advirtió que tenía grilletes en las muñecas y en los tobillos.

–¿Bradshaw? –lo llamó, incrédulo.

–Quiere tener unas palabras con vos –dijo el carcelero–. Pero no tenéis por qué hablar con él, señor, si no queréis.

–Oh, qué deferencia para con lord Rothbury... –se burló Tom–, ahora que ya no es un criminal...

El carcelero le propinó una patada:

–Cállate.

–Hablaré con él –dijo Owen. No le pasó desapercibida la mirada de sorpresa del carcelero antes de que los dejara solos, con solamente una pequeña vela para iluminar la celda.

–Espero que no hiera vuestro orgullo, Rothbury –empezó Bradshaw– que Sidmouth tenga más ganas ahora de colgarme a mí que a vos.

Así que eso era. Owen miró la sombría y cínica expresión de Bradshaw y experimentó asombro y una inmensa sensación de alivio, mezclados con un cierto punto de tristeza.

–Me sorprende que Sidmouth no decidiera colgarnos a ambos –comentó secamente.

–Tenéis poderosos amigos. La idea no les gustaba y montaron un buen escándalo. Lady Martindale... –sacudió la cabeza–. Nunca os interpongáis en el camino de esa dama. Sidmouth estaba metido en un buen lío. Así que cuando aparecí yo... –sonrió–. Fue como maná caído del cielo. No hubo preguntas.

–¿Os entregasteis? –el tono de Owen destilaba una cruda incredulidad. El autosacrificio se hallaba tan lejos del habitual estilo de vida de Bradshaw que no dudó de que le estaba mintiendo.

Bradshaw se sonrió.

–Difícil de creer, ¿verdad?

–Imposible –lo corrigió Owen.

La sonrisa de Bradshaw se borró de golpe.

–Hay cosas que merecen más la pena que otras –dijo en voz baja–. Por eso estáis aquí, ¿no, Rothbury? Porque amáis tanto a vuestra esposa que moriríais antes de verla sufrir algún daño.

–Sidmouth nunca habría arrestado a Emma.

–Ella misma le habría obligado a hacerlo –replicó Tom–. Fue a confesárselo todo. Y si Sidmouth hubiera ignorado su confesión, Emma la habría voceado por las calles, publicado en los periódicos, declarado su culpa y su identidad como Júpiter ante todo el mundo, obligando de esa forma a Sidmouth a actuar –por un momento dejó caer la cabeza, ocultando el rostro entre las manos. Cuando volvió a levantarla, tenía una expresión demacrada–. Emma posee demasiada integridad moral para permitir que muera un inocente. Ella y lady Rothbury. Las dos eran Júpiter, desde el principio. Se turnaban para dibujar las caricaturas. Cuando vos andabais a la caza de Júpiter, lady Rothbury protegió a Emma. Y ahora Emma quiere hacer lo mismo por ella.

Por segunda vez, Owen experimentó el impacto físico de la sorpresa con la fuerza de un puñetazo. Emma y Tess, ambas Júpiter, ambas dibujantes de los radicales. Jamás habría sospechado algo así. Tess no le había mentido: ella *había sido* Júpiter y se había mostrado dispuesta a admitirlo. Pero había querido proteger a Emma porque era fuerte y generosa, y porque ayudar a los que la necesitaban era algo que había hecho desde siempre.

–Os entregasteis para salvar a lady Emma.

–Hice un trato con Sidmouth –explicó Tom–. Él sabe que yo no soy Júpiter. Sabe también que aquellas últimas caricaturas son obra de Emma. Pero no la tocará porque considera un triunfo mayor arrestarme a mí, colgarme y montar el gran espectáculo con mi persona –torció el gesto–. El hijo bastardo del duque de Farne, criminal y asesino, por fin capturado.

–¿Y si lady Emma no consiente que muráis por ella? –le preguntó Owen–. Ella no os entregó antes.

–No lo sabrá de inmediato –respondió Tom–. Eso forma parte del trato. Sidmouth guardará silencio hasta el último momento, cuando sea ya demasiado tarde para que Emma haga algo al respecto –alzó la mirada–. No lo hago solo por Emma –dijo lentamente–. Por lady Rothbury también.

La atención de Owen se agudizó.

–¿Porque Teresa salvó a Emma cuando fue repudiada y arrojada a la calle?

–Eso también –se removió, incómodo–. Y porque yo cometí un terrible error con ella.

La atmósfera de la celda se volvió densa. Owen podía sentir la tensión reverberando en su sangre.

–Tengo entendido que estabais buscando a los compinches de Brokeby –añadió Bradshaw.

Owen que se quedó muy quieto.

–¿Cómo habéis sabido eso?

–He oído cosas –se encogió de hombros, apoyado en la pared–. Tengo también entendido que buscabais venganza. No puedo culparos. Pero el tiempo os ha burlado –lo miró a los ojos–. Todos ellos están muertos, Rothbury. Todos menos yo.

Owen hizo un involuntario movimiento hacia él. Bradshaw lo observaba con expresión sombría e inescrutable, a la espera de su reacción. Owen lo sabía todo sobre Tom Bradshaw y sus actividades. Sabía cómo había manipulado a Merryn e intentado chantajear a James Devlin, y todas las otras cosas que había hecho. Sabía que era un hombre que gozaba con el poder de hacer daño a la gente. Empezó a sentir cómo la furia y la violencia empezaban a anegarlo por dentro, extendiéndose por todo su ser, pero aun así no se movió.

–¿Por qué me contáis todo esto?

Bradshaw sonrió. Esa vez fue una sonrisa cargada de amargura.

–Consideradlo una confesión, Rothbury. Todo esto ha pesado sobre mi conciencia, cuando ni siquiera pensaba que la tenía.

–¿Qué es lo que hicisteis? –una rabia fría como el hielo le recorrió la sangre, enfermo de terror como estaba.

–Yo no la toqué –Bradshaw también debió de haber escuchado el timbre de odio de su voz, porque alzó una mano como para protegerse de un golpe. El golpe que Owen se contuvo de propinarle, pese a las inmensas ganas que tenía–. Lo juro –soltó una breve y triste carcajada–. Bueno, era de esperar que dijera eso, ¿verdad? Pero os aseguro que es cierto.

–¿Qué hicisteis entonces? –apenas reconoció su propia voz, ronca de ira y de violencia.

–Fui yo quien cerró la puerta –escrutó el rostro de Owen–. Veo que ella os lo contó. Yo fui quien la dejó encerrada allí, Rothbury, con Melton, Brokeby y los amigos de este último. Pensé que se estaban divirtiendo sin más... ¡ni siquiera sabía quién era ella! Algunos de los otros habían llevado mujeres consigo y estaban jugando a toda clase de juegos... Pensé que era posible incluso que la hubieran pagado por prestarse a ello, ya sabéis. Pagado por simular huir, para luego ser capturada y...

–Pensasteis que Teresa no era más que una meretriz

más, para tratarla como estabais acostumbrado a hacerlo
–lo interrumpió Owen–. Repugnante cana... –un odio asesino le cerró la garganta. Estaba a punto de perder el control por la abominación que había cometido Bradshaw, así
como por el profundo asco que sentía por aquellos hombres y sus odiosos juegos. Sintió que se le desgarraba una
vez más el corazón por Tess.

–Pero no es demasiado tarde, ¿verdad, Rothbury? –dijo
Bradshaw, y Owen pudo reconocer un matiz de esperanza
en su voz–. Ahora os tiene a vos. Vos abristeis la puerta.
Podréis por tanto mostrarle la luz.

Owen cerró los puños con tanta fuerza que le dolieron
los huesos. Quería matar a Bradshaw, despedazarlo con
sus manos, no solo por lo que le había hecho a Tess, sino
porque aquel hombre era el último vestigio del repulsivo
legado de Brokeby, el único que quedaba y con quien podía por tanto desahogar su furia y ejecutar su venganza. La
ira volvió a apoderarse de su alma, pero por debajo podía
sentir la presencia de Tess, sentir su caricia en la mejilla.
Evocó sus palabras: «te amo. Tú hiciste que volviera a
sentirme completa».

No tenía ninguna necesidad de matar a Bradshaw. Sidmouth lo haría por él, fría, cínicamente, con todo el peso
de la ley detrás. Lo único importante era Tess. Lo único
que importaba ahora era su futuro, el de los dos, que no el
pasado.

Se dirigió hacia la puerta. Sentía el cuerpo frío y cansado. Le dolían los huesos como si acabara de librar un
combate. Bradshaw no se había movido: ni siquiera había
alzado la mirada.

Owen se detuvo entonces.

–Cuidaremos de lady Emma –le dijo–. Os lo prometo.

Bradshaw levantó lentamente la cabeza. Esbozó una
torcida sonrisa.

–Lo sé. Yo intenté ser lo suficientemente bueno para
ella, pero siempre fue demasiado tarde.

–Al final creo que lo fuisteis –repuso Owen. Tocó con fuerza la puerta y el carcelero lo dejó salir.

–Gusano –masculló el hombre, señalando el oscuro interior de la celda–. Escoria de la tierra –cerró la puerta de una patada y giró la llave con un gruñido de satisfacción–. Supongo que querréis alejaros de aquí a toda prisa, milord –añadió–. Ahora que todo este desafortunado equívoco está por fin aclarado.

–Desafortunado equívoco –repitió Owen. Podía imaginarse perfectamente a Sidmouth pronunciando aquellas mismas palabras con su engreído tono moralizante–. Efectivamente, de lo más desafortunado.

Salió a la calle. Soplaba un viento frío, que amenazaba nieve. Nunca se había alegrado tanto de estar libre. Puso rumbo a casa.

Capítulo 16

La oscuridad había caído sobre el muelle de Greenwich, pero en la cubierta de la *Bruja del mar* ardían varios fanales, como había venido ocurriendo hasta bien avanzada la hora durante las dos últimas noches. El aire, espeso de nieve, olía a brea y pintura fresca. Los hombres se movían en las jarcias, oscuras figuras que hormigueaban de la proa a la popa. Owen contemplaba asombrado la escena desde la esquina de Wharf Street, al pie de los tinglados.

Había acudido directamente desde Clarges Street.

–Lady Rothbury se ha ido a vivir a un *barco*, milord –le había informado Houghton frunciendo los labios con un gesto de enorme desaprobación, como si Tess hubiera establecido su residencia en un burdel–. Su doncella está con ella –añadió en un intento por otorgar a la escena un mínimo de respetabilidad.

Owen se había sonreído y le había dado una cariñosa palmada en un hombro. Inmediatamente había pedido un caballo y se había marchado antes de que el mayordomo pudiera recriminarle que olía como si se hubiera pasado una semana entera en una mazmorra, como efectivamente había sido el caso. Sabía exactamente dónde estaba Tess y la amaba aún más por ello.

Mientras observaba las evoluciones de los marineros, vio que Tess aparecía de repente en cubierta. Por un instante distinguió el reflejo de la luz del fanal en su cabello cobrizo antes de que se lo cubriera con el chal. Vio que permanecía inmóvil durante unos segundos, solitaria figura contemplando el río oscuro, hasta que se volvió rápidamente hacia el lado donde él se encontraba.

Owen no fue consciente de que se había movido hasta que se descubrió corriendo por la estrecha calle hacia el muelle. Llegó hasta la *Bruja del mar* y la abordó de un salto. Tess no se había movido de su sitio. Lo estaba mirando con los labios entreabiertos, los ojos brillantes a la luz del fanal, como si no pudiera dar crédito a lo que estaba viendo. Se llevó una mano a la garganta. Dio un paso hacia él.

—Sabía que eras tú —dijo lentamente, con voz ronca—. Lo sentí...

La abrazó, estrechándola contra su pecho. Tess emitió un sonido leve, mitad sollozo, mitad carcajada. El corazón le latía frenético y Owen la besó torpe, desesperadamente, con toda la pasión que habitaba en su alma. Solo entonces se sintió en paz, libre del miedo y de la oscuridad de la prisión, saliendo de nuevo a la luz. Enterró los dedos en su cabello y volvió a besarla, saboreando sus lágrimas y escuchando su ahogada protesta.

—¡Estás tan sucio! —se apartó—. ¡No siquiera te has molestado en cambiarte antes de venir a buscarme! —pero no podía soltarlo mientras le acariciaba la mejilla como si todavía no pudiera creer que estuviera allí, a su lado.

—Te amo. Nunca llegué a decírtelo. Y siento tanto no haberte creído cuando negaste haber dibujado las caricaturas... —se interrumpió cuando ella le puso un dedo sobre los labios.

—Sshh —lo besó de nuevo. Las llamas de los fanales parpadeaban y siseaban bajo la nieve. De repente, estalló una entusiasta ronda de aplausos: era la tripulación.

—Veo que has estado ocupada —comentó Owen, contemplando con asombro el gran número de hombres que había en ese momento en cubierta.

–Tenía mis planes –le confesó recatadamente, para añadir con un brillo en los ojos–: Y los sigo teniendo. Puedes navegar conmigo, si quieres.

Owen volvió a besarla y saboreó una vez más la caliente sal de sus lágrimas, mezclada con la fría nieve.

–Vamos abajo –le dijo mientras la soltaba–. No quiero seguir teniendo audiencia.

Y fue Tess la que tiró de él escaleras abajo, en medio de los vítores de la tripulación.

–¿Dónde diantres has encontrado la tripulación? –le preguntó Owen. Había transcurrido un lapso considerable, durante el cual se lo había contado todo sobre la visita de Tom y su liberación de la Torre de Londres. En aquel momento, Tess yacía en sus brazos, en el camarote del capitán.

Había una botella de *bumbo* en la mesa, ya medio vacía. Tess se sentía feliz, algo mareada y perfectamente a salvo porque Owen la estaba abrazando, acunándola con sus duros y fuertes brazos. Y porque sabía ya que nada en el mundo volvería a separarlos.

–Le pedí a tu agente de la naviera que me recomendara un contramaestre –respondió–, y luego él y yo fuimos a la taberna del Águila a preguntar si alguien quería trabajar para ti –le besó la mandíbula–. Al final casi tuvimos que apartarnos para que no nos arrollara la multitud que se formó.

–¿De veras?

Parecía tan sorprendido que Tess sintió la necesidad de besarlo de nuevo por su modestia, un beso que él le devolvió con especial interés.

–De veras. Todos te admiran tremendamente.

–Ya. Solo que los contrataste tú, no yo.

–Solamente hasta que lográramos salvarte. Ese era el plan. Navegar río arriba hasta la torre y rescatarte –vio que le temblaban los hombros por los esfuerzos que estaba haciendo por contener la risa, y le propinó un fuerte codazo en las costillas–. ¡Sinvergüenza desagradecido! Habría podido funcionar.

Owen enterró los dedos en su pelo, le tomó la nuca y volvió a besarla.

–Contigo al mando, seguro que sí. Ni Sidmouth habría podido hacerte frente –la soltó para mirarla con una conmovedora expresión de amor y felicidad–. Así que amas la *Bruja del mar* –añadió con tono suave.

–Casi tanto como te amo a ti –le aseguró Tess–. Cuando te encerraron, este era el único lugar donde me sentía cerca de ti –contempló el pequeño y reluciente camarote que Margery y ella habían limpiado con tanto esfuerzo y cuidado–. Yo odiaba la casa. La sentía insoportablemente fría y vacía. De modo que decidí venirme, porque sabía que había tanto de ti en la *Bruja del mar* y tanto de este barco en ti, que estuve segura de que volvería a verte. Y así fue –se arrebujó en sus brazos–. Apenas puedo creer que nos haya sido dada una segunda oportunidad –alzó la cabeza para mirarlo–. Por cierto, ¿adónde iremos? Podríamos visitar todas las fincas y propiedades Rothbury por mar, en lugar de por tierra.

–Me parece una excelente idea.

–Y Joanna quiere que la visitemos en Fenners por Navidad, así que dentro de un par de semanas podríamos poner rumbo a Bristol.

–Fantástico –dijo Owen con tono feliz y algo soñoliento. Le sonrió mientras jugueteaba con sus rizos–. Navegaremos juntos. Te amo tanto... Llegué a pensar que te había perdido para siempre.

Tess suspiró.

–Lástima que no tenga ya que buscarme un marido número cinco... –bromeó.

Chilló cuando Owen se tumbó implacable sobre ella en el catre. Luego le apartó el cabello de la frente con delicados y amorosos dedos.

-¿Recuerdas haberme preguntado cómo era posible hacer el amor en un lugar tan estrecho como este? -le preguntó con tono suave.

Tess se ruborizó.

-¡Yo nunca te pregunté eso!

-Pero lo pensaste -replicó Owen-. ¿Te gustaría averiguarlo?

Volvió a besarla y Tess sintió como si todo su ser estallara de felicidad. Su corazón se inflamó con todo el amor que jamás había esperado encontrar. Abandonándose a la sensación, salió por fin a la luz.